पुस्तक प्रशंसा

आज के हर इंसान को इस पुस्तक की जरूरत है, चाहे वह बच्चा हो या बूढ़ा। मैंने देखा है कि जिन बच्चों की परवरिश में कमी होती है ऐसे बच्चे सदा कमजोर रहते हैं। ऐसा इंसान हर परीक्षा में उत्तीर्ण हो जाता है, अफसर भी बन जाता है लेकिन उसकी नींव होती ही नहीं, वह सब ऊपर का १0% होता है। वह अंदर से खोखला रह जाता है, उसकी ९0% नींव खोखली होती है। सरश्रीजी ने बहुत बढ़िया बताया है कि 'जिसकी नींव मजबूत है उसके सामने कितने भी तूफान आ जाएँ, वह तूफानों को भी थप्पड़ मार सकता है।' कमजोर नींव वाला इंसान जब नेता बन जाता है, अफसर बन जाता है, टीचर या डॉक्टर बन जाता है तो देश की क्या हालत होती है, यह आप जानते हैं।

यह जीवन की किताब है, बुनियाद की किताब, फाउण्डेशन ऑफ लाईफ है। यह किताब हर युनिवर्सिटी, स्कूल, रोटरी क्लब, लायन्स क्लब, मार्केट असोसिएशनस्, गवर्मेंट डिपार्टमेंट्स हर जगह पहुँचनी चाहिए।

यह किताब पढ़कर नौजवान पीढ़ी, जो हमारे देश का भविष्य है, सीख पाएगी कि नींव बनती कैसे है! यह किताब अपने आप में एक आंदोलन है। जब यह आंदोलन चलेगा तब हमारे राष्ट्र का निर्माण होगा। इस किताब की पूरे विश्‍व को जरूरत है। दुनिया बदल सकती है इसी पुस्तक की बुनियाद से।

डॉ. किरन बेदी
First Indian woman IPS officer, First women police commissioner,
Ramon Magsaysay award winner.

सरश्री का जो तेजज्ञान है, वह है 'द सिस्टम ऑफ विजडम'। यह 'सिस्टम ऑफ नॉलेज है, सिस्टम ऑफ इन्फॉर्मेशन नहीं।' मुझे लगता है पहली बार दुनिया में डेलीशीशी (सुकरात) के बाद ऐसा ज्ञान बताया गया है। मैं शिक्षा के क्षेत्र में काम करता हूँ। क्या आपको पता है कि ऐसी कौन सी शिक्षा है जो हमारे आंतरिक अवस्था को बदल सकती है, हमारे चरित्र में परिवर्तन ला सकती है? सरश्री की 'नींव नाइन्टी, नैतिक मूल्यों की संपत्ति' यह किताब एक ऐसी किताब है जो हमारे चरित्र में परिवर्तन ला सकती है। सरश्री की अनेक किताबें, उनका ज्ञान, उनके प्रवचनों में इतनी शक्ति है कि इंसान बदल जाता है।

डॉ. विजय भटकर
Bachelor of Engineering in 18 years of age, Padmashree award winner
for Supercomputing, Maharashtra Bhushan Award winner.

सरश्री द्वारा रचित श्रेष्ठ पुस्तकें

१. इन पुस्तकों द्वारा आध्यात्मिक विकास करें

- निःशब्द संवाद का जादू – जीवन की १११ जिज्ञासाओं का समाधान
- विचार नियम – आपकी कामयाबी का रहस्य
- संपूर्ण ध्यान – २२२ सवाल
- तुम्हें जो लगे अच्छा वही मेरी इच्छा – भक्ति नियामत
- मोक्ष – अंतिम सफलता का राजमार्ग
- सत् चित्त आनंद – आपके 60 सवाल और 24 घंटे
- आध्यात्मिक उपनिषद् – सत्य की उपस्थिति में जन्मी 24 कहानियाँ
- शिष्य उपनिषद् – कथाएँ गुरु और शिष्य साक्षात्कार कीं
- भक्ति के भक्त – रामकृष्ण परमहंस

२. इन पुस्तकों द्वारा स्वमदद करें

- संपूर्ण लक्ष्य – संपूर्ण विकास कैसे करें
- अवचेतन मन की शक्ति के पीछे आत्मबल
- धीरज का जादू – संतुलित जीवन संगीत
- समग्र लोक व्यवहार – मित्रता और रिश्ते निभाने की कला
- संपूर्ण प्रशिक्षण – आत्मविकास के लिए सीखें महान महारत तकनीकें
- स्वीकार का जादू
- संपूर्ण सफलता का लक्ष्य
- परिवार के लिए विचार नियम
- इमोशन्स पर जीत – दुःखद भावनाओं से मुलाकात कैसे करें

३. इन पुस्तकों द्वारा हर समस्या का समाधान पाएँ

- समय नियोजन – समय संभालो, सब संभलेगा
- खुशी का रहस्य – सुख पाएँ, दुःख भगाएँ : ३० दिन में
- रिश्तों में नई रोशनी

४. इन आध्यात्मिक उपन्यासों द्वारा जीवन के गहरे सत्य जानें

- मृत्यु पर विजय – मृत्युंजय
- स्वयं का सामना – हरक्युलिस की आंतरिक खोज
- कैसे करें ईश्वर की नौकरी – एक जिम्मेदार इंसान की कहानी, समझ मिलने के बाद
- बड़ों के लिए गर्भ संस्कार – १० अवतार का जन्म आपके अंदर

नींव नाइन्टी

नैतिक मूल्यों की संपत्ति

Character building and value education

सफलता के शिखर पर टिके रहने का राज

नींव नाइन्टी – नैतिक मूल्यों की संपत्ति

© Tejgyan Global Foundation
All Rights Reserved 2011
Tejgyan Global Foundation is a charitable organization with its headquarters in Pune, India.

© सर्वाधिकार सुरक्षित

वॉव पब्लिशिंग्ज् प्रा. लि. द्वारा प्रकाशित यह पुस्तक इस शर्त पर विक्रय की जा रही है कि प्रकाशक की लिखित पूर्वानुमति के बिना इसे व्यावसायिक अथवा अन्य किसी भी रूप में उपयोग नहीं किया जा सकता। इसे पुनः प्रकाशित कर बेचा या किराए पर नहीं दिया जा सकता तथा जिल्दबंद या खुले किसी भी अन्य रूप में पाठकों के मध्य इसका परिचालन नहीं किया जा सकता। ये सभी शर्तें पुस्तक के खरीददार पर भी लागू होंगी। इस संदर्भ में सभी प्रकाशनाधिकार सुरक्षित हैं। इस पुस्तक का आंशिक रूप में पुनः प्रकाशन या पुनः प्रकाशनार्थ अपने रिकॉर्ड में सुरक्षित रखने, इसे पुनः प्रस्तुत करने की प्रति अपनाने, इसका अनूदित रूप तैयार करने अथवा इलेक्ट्रॉनिक, मैकेनिकल, फोटोकॉपी और रिकॉर्डिंग आदि किसी भी पद्धति से इसका उपयोग करने हेतु समस्त प्रकाशनाधिकार रखनेवाले अधिकारी तथा पुस्तक के प्रकाशक की पूर्वानुमति लेना अनिवार्य है।

सातवाँ संस्करण : अक्तूबर २०११

रीप्रिंट : अगस्त २०१७

प्रकाशक : वॉव पब्लिशिंग्ज् प्रा. लि. पुणे

Neev Ninety Naitik Mulyon Ki Sampatti
by **Sirshree** Tejparkhi

समर्पित

यह पुस्तक समर्पित है दुनिया की महान पुस्तकों (ग्रंथों) तथा उनके लेखकों, संपादकों, शब्द शुद्धिकरण करनेवालों, सहयोगियों, डी.टी.पी. ऑपरेटरों, चित्रकारों तथा प्रिंटिंग प्रेस कर्मचारियों को। ये पुस्तकें हैं –

गीता
कुरान
बाइबिल
धम्मपादा
गुरुग्रंथ साहिब
योग वशिष्ठ
गीता भागवत
ज्ञानेश्वरी
दासबोध
श्रीराम चरितमानस
महाभारत

विषय सूची

अखण्ड पुस्तक के तीन खण्ड
खण्ड–१   नींव नाइन्टी

Day 1	सौनबेदसशून्य – प्रस्तावना	१३
	नींव नाइन्टी+टॉप टेन+छिपा शून्य=संपूर्ण चरित्र सौगात	
Day 2	आप कैसी पुस्तक हैं	१७
	सर्वोत्तम इंसान कैसे बनें	
Day 3	नींव नाइन्टी का प्रशिक्षण क्यों	२६
	चरित्र बिगड़ने से सावधान	

नींव नाइन्टी कमजोर होने के कारण व परिणाम

Day 4	नींव नाइन्टी कमजोर होने के ८ कारण	२९
	स्वस्थ मनन करें	
Day 5	नींव नाइन्टी कमजोर होने के ८ परिणाम	३९
	असफल जीवन ऐसा होता है	

नींव नाइन्टी मजबूत करने के उपाय

Day 6	प्राथमिक दस गुण बढ़ाने का गुण हासिल करें	पहला उपाय	४६
	गुणगान–गुणज्ञान रहस्य		
Day 7	आत्ममंथन करें	दूसरा उपाय	५०
	अपनी कमजोरी न सुन पाने की कमजोरी दूर करें		
Day 8	लक्ष्य को अपने जीवन का सारथी बनाएँ	तीसरा उपाय	५४
	लक्ष्य और लाभ में सही चुनाव करें		
Day 9	झूठ प्रभात और कपट रात	चौथा उपाय	६०
	हर गलती से सीखें		
Day 10	अस्वस्थ मनोरंजन में सावधान रहें	पाँचवाँ उपाय	६५
	स्वस्थ मनोरंजन के १० कदम अपनाएँ		

Day 11 **सही मित्रों का चुनाव करें** *ताड़ के पेड़ के नीचे न बैठें*	छठवाँ उपाय	७०
Day 12 **मैच्युरिटी बढ़ाएँ** *पूर्ण इंसान बनें*	सातवाँ उपाय	७६
Day 13 **मानसिक परिपक्वता बढ़ाएँ** *मन को प्रेमन, निर्मल और अकंप बनाएँ*	आठवाँ उपाय	८१
Day 14 **विश्वसनीय बनें** *चार बल प्रबल बनाएँ*	नौवाँ उपाय	८५
Day 15 **अपने आपमें सुधार लाएँ** *लिखावट और आत्मचरित्र पठन*	दसवाँ उपाय	९४
Day 16 **नींव नाइन्टी मजबूत करने के चार कदम** *वासना की शक्ति का रुपांतरण कैसे करें*	ग्यारहवाँ उपाय	९७
Day 17 **धार्मिक पुस्तकों पर मनन करें** *ग्रंथ अनेक, संदेश एक- मनन मंथन*	बारहवाँ उपाय	१०२
Day 18 **संतों की शिक्षाओं पर मनन करें** *संत अनेक, संदेश एक- मनन वाक्य*	तेरहवाँ उपाय	१०६
खण्ड -२	**टॉप टेन**	
Day 19 **टॉप टेन को ही सब कुछ न मानें** *सस्ती प्रसिद्धि से बचें*		११३
Day 20 **टॉप टेन का दुरूपयोग न करें** *अप्रभावी टॉप टेन भी कृपा है*		११८
Day 21 **टॉप टेन की परिपक्वता बढ़ाएँ** *आपकी देहभाषा एक ही संदेश दे*		१२२
खण्ड -३	**छिपा शून्य**	
Day 22 **शून्य में जीना हकीकत है** 90 + 10 + 0 = 100%		१२९
Day 23 **शून्य अनुभव अंदर-बाहर के बाहर है** *फ्री सैंपल*		१३२

Day 24 **शून्य को जानने के दो पहलू** १३६
स्वअनुभव सत्य
Day 25 **आध्यात्मिक परिपक्वता बढ़ाएँ** १४१
मौन में मैच्युरिटी

चरित्र वरदान

Day 26 **आत्मविकास की पराकाष्ठा** १५१
महात्मा गांधी
Day 27 **प्रेम, ममता, त्याग और सेवा का अनोखा संगम** १५६
मदर तेरेसा
Day 28 **ज्ञान, प्रेरणा और कर्मयोग के प्रतीक** १५९
स्वामी विवेकानंद
Day 29 **वैराग्य, भक्ति, सेवा और क्षमा का सागर** १६४
संत तुकाराम महाराज
Day 30 **गुरु को हमारी नींव बनाने दें** १७०
गुरु के औजार पहचानें – आखिरी उपाय
परिशिष्ट **तेजज्ञान ग्लोबल फाउण्डेशन अभियोग** १७५-१९२

पुस्तक का लाभ कैसे लें

इस पुस्तक से लाभान्वित होकर देश का हर नागरिक चरित्र की दौलत का स्वामी बन सकता है। पुस्तक का अधिक से अधिक लाभ लेने के लिए नीचे कुछ सुझाव दिए गए हैं, जिन्हें पढ़कर, पुस्तक का लाभ लेना सीखें।

१. नींव नाइन्टी और टॉप टेन का गहराई में अर्थ समझने के लिए तथा इसके प्रशिक्षण की आवश्कता को जानने के लिए पढ़ें Day 1 और 3।

२. Day 2 'आप कैसी पुस्तक हैं' इस भाग में इंसान को पुस्तक की उपमा दी गई है। जिसके पठन से आप अपने लिए जीवन जीने का बेहतरीन मार्ग चुन सकते हैं।

३. यदि आप नींव नाइन्टी कमजोर होने के कारणों और दुष्परिणामों की छानबीन करना चाहते हैं तो पढ़ें Day 4 और 5।

४. अपनी नींव नाइन्टी मजबूत करने के उपायों पर अमल करने के लिए पढ़ें Day 6 to Day 18।

५. अपनी मानसिक, बौद्धिक, शारीरिक और आध्यात्मिक परिपक्वता बढ़ाने के इच्छुक पाठक Day 12 & 13 तथा 21 और 25 से लाभ ले सकते हैं।

६. लोगों की नजर में अपने आपको विश्वसनीय बनाने के लिए पढ़ें Day 14।

७. टॉप टेन ही सब कुछ है, इस धारणा से बाहर निकलने के लिए पढ़ें खण्ड २, Day 19, 20, 21।

८. छिपे शून्य अनुभव पाने हेतु तथा शून्य की कीमत जानने के लिए पढ़ें खण्ड ३, Day 22, 23, 24।

९. कुछ महान विभूतियों की चरित्र शक्ति और शिक्षाओं से प्रेरणा प्राप्त करने के लिए पढ़ें Day 26 से 29 तक।

१०. धार्मिक पुस्तकों तथा संतों की शिक्षाओं पर मनन करने के लिए पढ़ें Day 17, 18।

११. यह सुझाव है कि पुस्तक पढ़ने से पहले इसमें दी गई वी.सी.डी. देखें ताकि आप इस पुस्तक का सर्वाधिक लाभ ले पाएँ।

अखण्ड पुस्तक
के तीन खण्ड
खण्ड - १
नींव
नाइन्टी

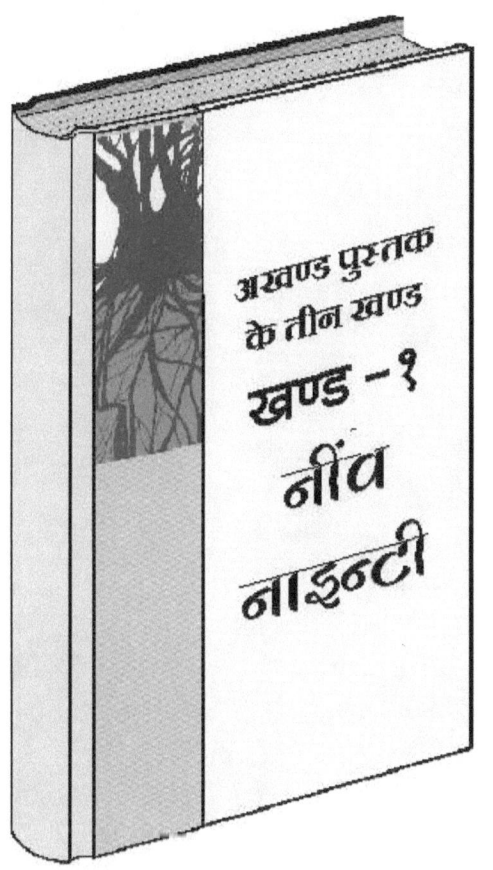

DAY
1

सौनबेदसशून्य

नींव नाइन्टी + टॉप टेन + छिपा शून्य = संपूर्ण चरित्र सौगात

प्यारे पुस्तको,

इंसान एक पुस्तक है। इस बात को इसी पुस्तक से समझें। इस पुस्तक को पढ़कर अपनी नींव नाइन्टी मजबूत बनाएँ। नींव नाइन्टी यानी इंसान का चरित्र। यदि आपकी नींव नाइन्टी पहले से ही मजबूत है तो आप औरों के लिए निमित्त बनें ताकि विश्व में सुख, शांति और ज्ञान फैल सके।

सफल किसान की फसल अच्छी होती है क्योंकि वह गहरी नींव रखने वाले पेड़ लगाता है, वह काँटों के पेड़ कभी नहीं लगाता। सफल किसान जानता है कि जिस पेड़ की जड़ जमीन की गहराई में जाती है, वही पेड़ विशाल बनता है, वही पेड़ फल और ठंढी छाँव देता है। पेड़ की जड़ नींव नाइन्टी का प्रतीक है। नाइन्टी यानी नब्बे प्रतिशत हिस्सा। नींव नाइन्टी जितनी गहरी और मजबूत होगी, उतना ही पेड़ विशाल और मजबूत बनेगा। जिन पेड़ों की नींव नाइन्टी कमजोर होती है, वे छोटे तूफानों में

ही उखड़ जाते हैं।

इंसान भी एक चलता-फिरता पेड़ और पुस्तक है। उसकी नींव नाइन्टी उसका चरित्र है। इंसान का चरित्र अगर शुद्ध और अटल है तो वह सफल जीवन का असली आनंद ले पाता है। जिस इंसान का चरित्र फिसलू और अशुद्ध है, वह नकली आनंद में असफल जीवन जीता है। इंसान का चरित्र यदि हर छोटी घटना को देखकर, हर दृश्य में अटककर डगमगा जाता है तो समझ लें कि वह अनजाने में अपने ही पाँव पर कुल्हाड़ी मार रहा है। ऐसा इंसान अच्छे लोगों की मदद से जीवन में यदि सफल हो भी जाए तो भी उसकी सफलता चिरस्थायी नहीं होगी।

नींव नाइन्टी के महत्वपूर्ण और गहरे विषय को समझने के लिए इंसान की तुलना एक पुस्तक से करके देखें। जिस तरह एक पुस्तक मुख पृष्ठ यानी कवर १०% और अंदर के पन्नों यानी ९०% जानकारी से मिलकर बनी होती है, ठीक उसी तरह इंसान का चरित्र भी उसके बाह्य रूप (दस %) और अंतःकरण (नब्बे%) के जोड़ से बना होता है। इसका संपूर्ण निर्माण होना अति आवश्यक है।

चरित्र का निर्माण हर उम्र में हो सकता है। प्रौढ़ावस्था में भी चरित्र को आकार दिया जा सकता है। मगर इस अवस्था में प्रवृत्तियाँ अपने पैर फैला चुकी होती हैं। इसके बावजूद अपने अंदर छिपे सद्गुणों को विकसित करके चरित्र सृजन की साधना की जा सकती है। चरित्र सृजन के लिए अपने आपसे ये सवाल पूछें कि हमें देखकर लोगों को हम में क्या दिखाई देता है? हमारा टॉप टेन (बाह्य आवरण) देखकर लोगों को किस चीज की याद आती है? हमें देखकर लोगों में सत्य की प्यास जगनी चाहिए या माया की माँग बढ़नी चाहिए? हमारे बाहरी रूप को देखकर लोगों में कौन से भाव प्रकट होने चाहिए?

हमारा बाहरी रूप यानी टॉप टेन देखकर लोगों को 'आदर्श जीवन' कैसा होना चाहिए, यह दिखाई देना चाहिए। इसलिए हमारी नींव नाइन्टी कैसी है, यह हमें परखना चाहिए ताकि हम उसकी प्रूफ रीडिंग (गलती सुधार) कर पाएँ। हमारे टॉप टेन में जो अनावश्यक है, उसे हम काट पाएँ और यह तय कर पाएँ कि हमारी पुस्तक के अंदर किस पन्ने पर क्या लिखा होना चाहिए। हमारी पुस्तक के अंदर जो छपा है वही हमारी नींव नाइन्टी है।

आपकी नींव नाइन्टी मजबूत होने के बाद बाकी का जो १० प्रतिशत रूप (टॉप

नैतिक मूल्यों की संपत्ति

टेन) बचा है, वह खुद-ब-खुद लोगों को अच्छा लगने लगेगा। गांधीजी या मदर तेरेसा को आज आप किस तरह से देखते हैं! उनका नाम सुनकर आप उनके शरीर पर नहीं रुकते बल्कि उनके शरीर के पार चले जाते हैं। उनके गुणों को सराहते हैं। आपको उनमें वही दिखाई देता है, जो 'जीवन ज्ञान' उनके अंदर तैयार हुआ है। 'जीवन ज्ञान' जीवन के खट्टे-मीठे अनुभव प्राप्त करके प्राप्त किया जाता है। यह ज्ञान हर आत्मचरित्रवान इंसान में सुंदरता से छपा हुआ होता है। उनका बाहरी रूप केवल दस प्रतिशत होता है। आप उनके शरीर पर यानी कवर पर नहीं अटकते। आप सुदामा और शबरी के बाहरी रूप पर नहीं अटकते क्योंकि आपको तुरंत उनके पीछे जो छपा हुआ है, जो छिपा (स्वअनुभव) हुआ है, वह दिखाई देने लगता है। यही इंसान की असली दौलत है, संपत्ति है, जिसे सँभालना, बरकरार रखना, बढ़ाना इंसान की पहली जरूरत है।

इंसान का चरित्र ही उसे लोगों के विश्वास योग्य बनाता है। लोग आपसे मिलकर यह कह पाएँ कि 'हमें आप पर विश्वास है, आप जो बोलते हैं, वही करते हैं यानी आप वही सोचते हैं, जो आप कहते हैं। जो आप करते हैं, आपके भाव भी वही दर्शाते हैं। अर्थात आपके भाव, विचार, वाणी और क्रिया में एकरूपता है।' ऐसा आपके साथ तब होने लगेगा, जब लोग आपको गौर से पढ़ेंगे, जानेंगे, समझेंगे। वरना आम तौर पर ऊपरी कवर (शरीर) देखकर ही लोग हमारे बारे में अनुमान लगाते हैं। इस कारण हम अपने शरीर को सजाने में ही पूरा समय गँवा देते हैं। हालाँकि कवर के अंदर जो पुस्तक है, उसमें कुछ छपा है, जो नाइन्टी प्रतिशत है। यही नींव - नाइन्टी प्रतिशत है - जो असली सफलता पाने तथा उस पर टिके रहने का राज है।

आज की युवा पीढ़ी को नींव नाइन्टी की शिक्षा स्कूल, कॉलेज में ही मिल जानी चाहिए क्योंकि आज के नौजवानों को नींव नाइन्टी की दौलत रास्ते पर लुटाते हुए देखा गया है। वे फिल्मी कलाकारों को सिनेमा और टी.वी पर देखकर, उनके रंग-ढंग, पहरावे और चमक-दमक देखकर, दिखावटी जीवन के भ्रम में फँस जाते हैं। वे यह नहीं जानते कि कलाकारों का दिखावटी जीवन व्यवसाय है। केवल पैसे कमाने के लिए लोगों को सपनों की दुनिया में भटकाया जाता है। इन सपनों की कोई नींव नहीं होती। हवाई किले, बिना नींव के सुंदर धोखा हैं इसलिए सबसे पहले उन्हें अपनी नींव नाइन्टी फौलादी बनाना सिखाया जाना चाहिए।

आनेवाली पीढ़ी को वे ही लोग मार्गदर्शन दें, जिनका चरित्र मजबूत है क्योंकि ऐसे लोग ही नई पीढ़ी को सही दिशा दे पाएँगे। जिनकी नींव ढीली होती है, जो चरित्र की दृढ़ता का महत्व जानते ही नहीं हैं, उन्हें यह खयाल भी नहीं आता कि 'मुझे औरों को कुछ ऐसी बातें बतानी चाहिए, जिससे उनका चरित्र दृढ़ बने।'

भावी पीढ़ी को मार्गदर्शन देने की जिम्मेदारी इस पुस्तक को पढ़नेवाले लोग लें। आपको अपने चारों तरफ दिशाहीन युवा पीढ़ी घूमते हुए नजर आती है। उन्हें अच्छी पुस्तकें और सत्य संदेश सुनने के लिए प्रेरित करें ताकि वे आत्मबलवान और चरित्रवान बनें। नौजवान पीढ़ी ही विश्व का भविष्य है इसलिए उन्हें सही समय पर सही मार्गदर्शन मिलना चाहिए। ऐसा करने से नई पीढ़ी आगे चलकर आपको अपने संपूर्ण चरित्र के लिए धन्यवाद देगी।

संपूर्ण चरित्र (सौनबेदसशून्य) का निर्माण नींव नाइन्टी + टॉप टेन + छिपे शून्य से हो सकता है। छिपा शून्य इंसान के अंदर छिपा ईश्वर है, जिसे अलग-अलग जाति, देश, धर्मों में अलग-अलग नाम दिए गए हैं। बिना शून्य के हर काम अधूरा है। छिपे शून्य की सहायता से इंसान जीवन के सर्वोच्च शिखर पर पहुँच सकता है, तृप्ति और संतुष्टि का एहसास कर सकता है। वह अपने आस-पास रहनेवाले लोगों में भी इस खुशबू को फैलाकर एक आदर्श स्थापित कर सकता है।

ऐसा इंसान समाज की बुनियाद को मजबूत करने का बीड़ा उठाता है ताकि एक स्वस्थ, विकार रहित समाज का गठन हो सके और समूची मानव जाति 'पृथ्वी लक्ष्य' को प्राप्त कर सके। इसी लक्ष्य को ध्यान में रखते हुए यह पुस्तक लिखी गई है, जो न केवल एक सेल्फ शिविर* है बल्कि आपकी गुरु तथा गुरुग्रंथ भी साबित हो सकती है। तो आइए गुरु आज्ञा (पूरी पुस्तक पढ़ने) का पालन करके अपने जीवन की पुस्तक को पढ़ने योग्य बनाएँ।

सरश्री...

** सेल्फ शिविर में हर दिन पुस्तक का एक अध्याय पढ़ें तथा अध्याय की सामग्री पर आत्ममंथन करें। इस तरह तीस दिनों में आप नींव नाइन्टी के ज्ञाता और निर्माता बन जाएँगे।*

DAY
2

आप कैसी पुस्तक हैं

सर्वोत्तम इंसान कैसे बनें

इंसान एक जीती जागती पुस्तक है, इसे पढ़ना सीखें। हर इंसान को पढ़कर आप जीने के हजारों तरीके सीख सकते हैं। कुछ इंसानों को पढ़कर आपको जीने के नये और बेहतरीन तरीके मिल सकते हैं तो कुछ लोगों को पढ़कर जीने के पुराने या दुःखद तरीके मिल सकते हैं। इसलिए आप अपने आप से यह सवाल पूछें कि 'मुझे पढ़कर लोगों को किस तरीके का जीवन जीना सीखना चाहिए? मेरी पुस्तक पर क्या नाम लिखा होना चाहिए?' यानी आपकी पुस्तक का शीर्षक क्या होना चाहिए?

'मुझे पढ़कर लोग उकता जाएँगे या जीवन जीने का बुरा तरीका सीखेंगे?'

'आज मुझे पढ़कर लोग जीवन जीने का कौन सा तरीका सीख रहे हैं? और भविष्य में मैं अपने जीवन से लोगों को क्या सिखाने के लिए प्रेरणा बनूँगा?'

ये सवाल आपके अंदर के होश को पूर्णतः जागृत कर देंगे। जब आप इन

सवालों के जवाब निश्चित कर लेंगे तब आपके जीवन को एक दमदार दिशा मिलेगी।

कहीं हमारी पुस्तक का शीर्षक 'गोलमाल' तो नहीं है? कुछ लोगों की पुस्तकों पर 'गोलमाल', 'हेराफेरी', 'श्री ४२०' या 'नमक-हराम' लिखा होता है यानी उनका चरित्र गोल-मटोल होता है। ऐसे लोगों से आप सदा दूर रहना चाहेंगे। पुस्तकों के ये सारे नाम आपको फिल्मों के नाम लग रहे होंगे लेकिन ऐसा नहीं है। चोरी, हेरा-फेरी, जुआ, चार सौ बीसी करनेवाले अनेक चरित्र हीन, दिशा हीन, विवेक हीन व्यक्ति समाज में जीते हुए देखे गए हैं। समाचार पत्रों का पचास प्रतिशत से ज्यादा हिस्सा तथा दूरदर्शन की समाचार वाहिनियों के समय का भी बहुत सारा हिस्सा इन लोगों को समर्पित होता है। समाज, देश और विश्व के लिए ये लोग अभिशाप हैं।

लोगों की पुस्तक का शीर्षक 'रुस्तम-ए-हिंद' या 'थीफ ऑफ बगदाद' भी हो सकता है। दोनों तरह के लोग अपनी पुस्तक द्वारा समाज में शांति या अशांति फैला रहे हैं। कुछ लोगों की पुस्तक का नाम 'कोरा कागज' होता है तो कुछ अनाड़ी नंबर १ होते हैं। लेकिन आप अपनी पुस्तक का नाम क्या रखना चाहेंगे?

उपर्युक्त बातें पढ़कर कुछ पल के लिए आप यह भी सोच रहे होंगे कि ये फिल्मों के नाम हमें कैसे दिशा देंगे। इन नामों का इस पुस्तक से क्या संबंध है? लेकिन आप इस पुस्तक को जिसका नाम है 'नींव नाइन्टी - चरित्रवान कैसे बनें- नैतिक मूल्यों की संपत्ति', पढ़ते रहें तो हकीकत आपके सामने आ जाएगी।

किसी पुस्तक का शीर्षक कैसे निर्धारित किया जाता है? आप जो कर्म करते हैं उससे ही आपका चरित्र यानी आपकी पुस्तक का शीर्षक निर्धारित होता है। इंसान के द्वारा सुबह से लेकर रात तक होनेवाली शारीरिक अथवा मानसिक क्रियाएँ, जो उस पर अथवा उसके परिसर पर असर करती हैं, वे कर्म कहलाती हैं। इसका अर्थ इंसान के अंदर उठनेवाले भाव, विचार, वाणी और उसके द्वारा की गई क्रियाएँ ये सभी कर्म हैं क्योंकि इन सब बातों का उस पर तथा उसके परिसर पर असर होता है। आपके कर्मों का असर बताता है कि आपकी पुस्तक का शीर्षक क्या होगा। यदि इंसान के कर्मों का असर बुरा पड़ रहा है तो उसकी पुस्तक का नाम 'बेईमान', 'दस नंबरी', 'खलनायक' या 'नालायक' होगा। यदि इंसान के कर्मों का असर अच्छा और असरदार पड़ रहा है तो उसकी पुस्तक का नाम 'नमक हलाल', 'मिस्टर

नैतिक मूल्यों की संपत्ति

इंडिया', 'अर्जुन', 'देव', 'सत्यकाम' या 'हे राम' होगा।

इंसान जिस तरीके से जीता है, उससे उस इंसान (पुस्तक) को शीर्षक दिया जा सकता है। जो अलीबाबा या अलादीन बनकर जी रहा है, उसकी पुस्तक पर 'चालीस चोर' या 'जादुई चिराग' शीर्षक लिखा होगा। ये शीर्षक इंसान को लक्ष्य देकर सही या गलत दिशा देते हैं।

पुस्तक के नाम से काम का पता चलना चाहिए तथा पुस्तक की विषयवस्तु से पुस्तक का नाम निर्धारित होना चाहिए। किसी पुस्तक की विषयवस्तु में रहस्य कथा होती है तो किसी पुस्तक की विषयवस्तु में भक्ति और भजन का समावेश होता है। इसलिए किसी पुस्तक पर 'हैरी पॉटर' या 'भक्त प्रहलाद' भी लिखा हो सकता है।

इस अध्याय में आपको कई नाम सुझाए जा रहे हैं, जिनके आधार पर आप अपनी पुस्तक का शीर्षक निर्धारित कर सकते हैं यानी एक शब्द में आप अपना चरित्र बयान कर सकते हैं। किसी पुस्तक पर यदि 'मीराबाई' या 'मुक्ताबाई' लिखा है तो आपको कौन सा चरित्र दिखाई देता है - चरित्रवान या चरित्रहीन? जवाब स्पष्ट है, 'मीराबाई', 'मुक्ताबाई' का जीवन भक्ति की पाठशाला में विद्यार्थियों की चहेती किताब है। 'मीराबाई' हो या 'मुन्नाभाई', हर नाम यदि इंसान का लक्ष्य निर्धारित करे तो नाम का महत्व है वरना नाम में क्या रखा है? पुस्तक का नाम यदि इंसान को जीने का मकसद दे सकता है तो नाम में सब कुछ आ सकता है।

कुछ इंसानी पुस्तकों पर 'स्पाइडरमैन', 'हनुमैन', 'सुपरमैन', 'मुकद्दर का सिकंदर' या 'हम हैं राही प्यार के' भी लिखा हो सकता है। इसका अर्थ ये सारे लोग अपनी सेवा और शक्ति से रावण और कुंभकरण की सोने की लंका को जलाकर विश्व का कल्याण करना चाहते हैं।

जो लोग हमेशा भूतकाल में रहते हैं, उनकी पुस्तकों पर 'यादें', 'भूत बंगला', 'गुमनाम', 'वो मैं नहीं', 'गुमराह', ऐसे शीर्षक लिखे होते हैं यानी ये लोग वर्तमान और सच्चाई से कोसों दूर रहते हैं।

जो वर्तमान में रहना चाहते हैं वे कहेंगे, 'कल हो ना हो' उसमें क्या? यदि आपकी पुस्तक पर 'आज का अर्जुन' लिखा है तो वह कैसा मार्गदर्शन चाहेगा? वह कृष्ण से क्या सवाल पूछेगा, यह पुस्तक का शीर्षक बताता है।

भविष्य में रहनेवाला 'कलकत्ता एक्सप्रेस' में रहता है। उसकी पुस्तक पर

नींव नाइन्टी

'कल-करता' ऐसा शीर्षक लिखा होता है। ऐसे लोग हवाई किले तो बनाते हैं मगर उस किले की नींव यानी बुनियाद बनाना भूल जाते हैं। होना यह चाहिए कि भूत और भविष्य में न रहते हुए उन्हें वर्तमान में अपनी नींव नाइन्टी मजबूत बनानी चाहिए।

जो जीवन को बोझ समझकर जी रहा है उसका शीर्षक 'कुली नं.१' होगा और जो जीवन को ईश्वर की लीला समझकर जी रहा है तो उसकी पुस्तक का शीर्षक होगा 'महा-आसमानी।'

इंसान जीवन को जैसे ले रहा है, वैसा शीर्षक उसकी पुस्तक (जीवनी) पर लिखा होगा। आप तय करें कि आपको नंबर वन पुस्तक बनानी है तो किस विषय पर बनानी होगी। आपको अपना विषय चुनना होगा।

'सर्वोत्तम डॉक्टर कैसे बनें' यह भी पुस्तक का नाम हो सकता है। अगर आप डॉक्टर बनने जा रहे हैं तो आप ऐसी पुस्तक (सर्वोत्तम डॉक्टर) बनाना चाहेंगे ताकि आने वाले डॉक्टरों के लिए आप प्रेरणास्रोत बन सकें।

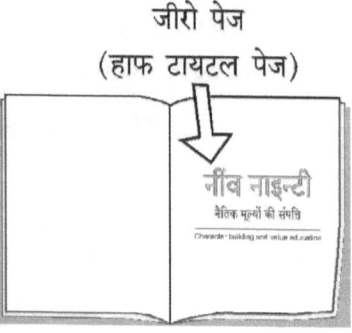

आपकी पुस्तक का नाम 'सर्वोत्तम शिक्षक कैसे बनें', 'सर्वोत्तम भक्त कैसे बनें', 'अच्छे व्यवसायी कैसे बनें', 'सच्चे वकील कैसे बनें', यह भी हो सकता है। इस तरह पुस्तकों के अलग-अलग उद्देश्यों के अनुसार बहुत सारे शीर्षक हो सकते हैं।

पुस्तकों में उपशीर्षक भी होते हैं। कई बार आप दो-दो भूमिकाओं में होते हैं तो उपशीर्षक भी दिए जा सकते हैं। इसके अतिरिक्त उसमें हाइलाईटर भी डाल सकते हैं, महत्वपूर्ण मुद्दों को अधिक प्रभावकारी ढंग से प्रतिपादन कर सकते हैं।

नैतिक मूल्यों की संपत्ति

आप तय करें कि आपको क्या चाहिए, आपकी पुस्तक के मुखपृष्ठ पर कौन सा शीर्षक हो? पुस्तक का जो शीर्षक हो, वही विषय अंदर लिखा हो।

कभी-कभी कुछ पुस्तकें ऐसी होती हैं, जिन्हें कवर नहीं होता है मगर वे बेहतरीन पुस्तकें सिद्ध हुई हैं। ऐसी पुस्तकें कई बार रद्दी में मिल जाती हैं। ऐसी पुस्तकों में कई बार आपको अपूर्व ज्ञान का खजाना मिल सकता है। ऐसी पुस्तक में 'सोचने की कला' और 'सीखने की कला' सिखाई गई हो सकती है। लोग नहीं जानते कि सोचना और सीखना भी एक कला है और यह सीखने योग्य बात है। हम कैसे सीखें, किसी भी विषय पर महारत कैसे प्राप्त करें, यह हमें सीखना चाहिए। फिर चाहे वह साइकिल चलाना सीखना हो या कोई भाषा सीखना हो। अगर किसी पुस्तक का कवर फटा हुआ है तो भी वह पुस्तक सर्वोत्तम सिद्ध हो सकती है इसलिए सिर्फ पुस्तक के कवर (टॉप टेन) पर न जाएँ।

पुस्तक की विषय सूची

हर पुस्तक में एक ही विषय सूची होती है, यह आप जानते हैं। पुस्तक में दो-दो विषय सूचियाँ नहीं होनी चाहिए, एक ही विषय सूची के अनुसार पूरी पुस्तक क्रमबद्ध और कलमबद्ध होनी चाहिए।

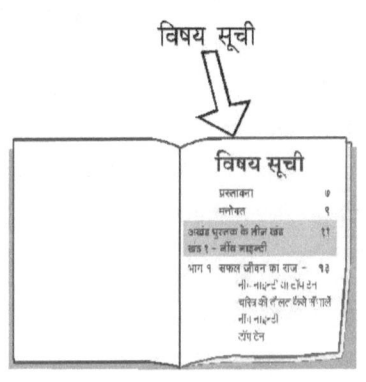

विषय सूची

हमारी पुस्तक की विषय सूची यह बताये कि हमारा जीवन किस चीज के लिए निमित्त बन सकता है। 'सच्चा और झूठा' जैसी कुछ पुस्तकों में दो-दो विषय सूचियाँ होती हैं। एक दिखाने के लिए होती है और दूसरी हकीकत में होती है। जो विषय सूची में लिखा गया होता है, वह पुस्तक के अंदर लिखा हुआ नहीं होता है। सब गोलमाल होता है, घुमा-फिराकर लिखा गया होता है। हाथी के दाँतों की तरह असली विषय सूची छिपी हुई होती

समर्पित पृष्ठ

है। ऐसी पुस्तकें रहस्य और रोमांच का दावा करती हैं लेकिन रद्दी के काम में भी नहीं आती हैं।

क्या आज आप किसी को बता सकते हैं कि 'मैं इस-इस तरह जीने जा रहा हूँ। ऐसी-ऐसी परिस्थिति आने पर भी मेरे जीवन के कुछ सिद्धांत हैं, उन पर ही मैं चलनेवाला हूँ, अमुक-अमुक नीति-नियमों, आज्ञाओं में मैं रहनेवाला हूँ। फिर चाहे कुछ भी हो जाए, किसी भी तरह की मुसीबत आ जाए, इन सिद्धांतों से मैं हटनेवाला नहीं हूँ। जो चीजें मेरा चरित्र गिरा सकती हैं, उनसे मैं दूर रहूँगा। अगर शराब पीने से मेरा चरित्र गिरेगा तो मैं कभी भी शराब नहीं पीऊँगा।' इस तरह आप तय कर लें और निर्भय होकर सबको बताएँ कि 'यह मेरा जीवन-सिद्धांत है और इस पर ही मैं चलूँगा। मैं अपने चरित्र की रक्षा के लिए कोई भी व्यसन नहीं अपनाऊँगा।'

अपने जीवन के सिद्धांत न बनाने की वजह से इंसान व्यसनों का गुलाम हो जाता है। पहले इंसान व्यसनों का भोग करता है, बाद में व्यसन इंसान का भोग करते हैं। एक इंसान अपने कुत्ते के साथ कहीं जा रहा था। रास्ते में उसे एक शराबी मिला। शराबी ने उस इंसान से पूछा, 'आप अपने कुत्ते के साथ जा रहे हैं। जरा बताएँ कि कुत्ते और इंसान में क्या फर्क है?' उस इंसान ने शराबी को जवाब दिया, 'कुत्ता कितनी भी शराब पीये मगर वह इंसान नहीं बन सकता लेकिन इंसान दो पैग पीकर ही हर जानवर बन सकता है।'

पिताजी ने अपने बेटे को डाँटा कि 'क्या तुम गधे हो जो तंबाकू खाते हो? तंबाकू घास के समान होती है और गधे घास खाते हैं।' बेटे ने पिताजी की यह बात सुनकर कहा, 'मैं गधा नहीं, शेर हूँ।' इस पर पिताजी ने कहा, 'गधा हो या शेर, आखिर हुए तो तुम जानवर ही।'

अगर हमें इंसान का जन्म मिला है यानी इंसान का आवरण (कवर) मिला है तो हमें जानवर की तरह नहीं, इंसान की तरह ही जीना होगा। हमें अपने जीवन के कुछ सिद्धांत बनाने होंगे और उन सिद्धांतों पर अडिग रहना होगा। अपनी पुस्तक में दो विषय सूचियाँ नहीं, एक ही विषय सूची रखनी होगी और उसके अनुसार आगे कदम बढ़ाना होगा।

जो लोग अपना स्वार्थ सिद्ध करना चाहते हैं, वे दो विषय सूचियाँ बनाते हैं। ऐसे लोग दूसरों को दिखाने के लिए एक तरह का जीवन जीते हैं और दूसरी तरफ

नैतिक मूल्यों की संपत्ति

छिप-छिपकर कुछ गलत काम करते रहते हैं। उनके पास दो विषय सूचियाँ होने की वजह से वे हमेशा इस उलझन में रहते हैं कि 'इस इंसान से क्या कहें, उस रिश्तेदार से क्या कहें, कहीं मेरी चोरी या बुराई पकड़ी तो नहीं जाएगी ! कल फलाँ इंसान को मैंने ऐसी गलत जानकारी दी थी, फलाँ इंसान से मैंने कपट किया था, वह कोई सवाल तो नहीं पूछेगा !' इस तरह वे हमेशा डरे हुए होते हैं। जिनकी एक ही विषय सूची होती है, वे सदा निश्चिंत होकर जीते हैं।

जब आप पुस्तक खोलकर देखते हैं तो सबसे पहले पन्ने पर पुस्तक का शीर्षक होता है। फिर उसके अगले पन्ने पर आभार, धन्यवाद का एक स्तंभ (कॉलम) होता है, जिसमें लिखा होता है कि 'इन लोगों को धन्यवाद, आभार या इन-इन लोगों को पुस्तक समर्पित है।' आपकी पुस्तक पर भी आप उन्हें धन्यवाद दें, जो आपके विकास के लिए निमित्त बन रहे हैं। जिस चीज के लिए आप धन्यवाद देते हैं, वह चीज आपके जीवन में खिलती और खुलती है। आपके जीवन की पुस्तक को खिलना है और खुलना है वरना कई पुस्तकें बिना खुले, बिना पढ़े रह जाती हैं।

पुस्तक की प्रस्तावना

पुस्तक की प्रस्तावना यानी जीवन की स्टेटमेंट (बयान)। आपके जीवन की 'मिशन स्टेटमेंट' क्या है? प्रस्तावना में थोड़े से शब्दों में पूरी पुस्तक के बारे में लिखा जाता है। संक्षेप में बताएँ आपका जीवन क्या है, आपकी प्रस्तावना आपके जीवन की कौन सी संभावना व्यक्त कर रही है?

कोई इंसान अपने जीवन की 'मिशन स्टेटमेंट' देता है कि 'मैं दो साल में दो से परे, बिना दो (धोखे) के जीनेवाला हूँ।' इस तरह संक्षेप में उसने बताया है कि यह मेरी 'मिशन स्टेटमेंट' है। यहाँ पर स्टेटमेंट का अर्थ है, जीवन के प्रति आपके निर्धारित जीवन सिद्धांत, आपके अनुसार जीवन की परिभाषा, आप जीवन को क्या मानकर जी रहे हैं, जीवन के प्रति आपकी समझ।

हर इंसान अपनी एक मिशन स्टेटमेंट बनाए कि 'यह मेरी प्रस्तावना है। मैं इस तरह खुलकर, खिलकर जीने जा रहा हूँ। मेरा जीवन ही यह खोलकर बताएगा।' उदाहरण, किसी इंसान के पुस्तक की प्रस्तावना में यह लिखा हो सकता है कि 'मुझसे जो भी मिले वह पहले से बेहतर बन जाए या कम से कम वह जैसा था, वैसा रह पाए। मुझसे मिलकर वह कभी भी पहले से बदतर न हो जाए यानी उसकी चेतना

का स्तर मुझसे मिलकर कभी कम न हो।'
इस तरह जीवन के सिद्धांत अगर पहले ही बना लिए गए तो आपको व्यवहार करने में बहुत सुविधा होती है। जैसे आप कहीं गए और कोई आपसे कहे कि 'जरा यह खाकर तो देखो, यह शराब पीकर तो देखो' तब प्रस्तावना की वजह से आपको स्पष्ट होता है कि किन चीजों को लेना है और किन चीजों को नहीं लेना है। आप बहुत सहजता से और आत्मविश्वास से कहते हैं कि 'यह चीज मेरे मुकद्दर में नहीं है।' फिर सामने वाला आपको ज्यादा जोर भी नहीं देता। यदि जीवन के सिद्धांत निश्चित नहीं किए गए हों तो आपकी जरा सी भी हिचकिचाहट सामनेवाले को बताती है कि आपको थोड़ा और आग्रह किया गया तो आप वह चीज ग्रहण करनेवाले हैं क्योंकि आपकी पुस्तक में प्रस्तावना (सिद्धांत) ही नहीं है। कई पुस्तकों में प्रस्तावना ही गायब होती है।

कई लोग पुस्तक की प्रस्तावना पढ़ते ही नहीं हैं। हर पुस्तक में प्रस्तावना दी जाती है, उसे जरूर पढ़ें। उसमें कुछ लिखा होता है, जैसे पुस्तक कैसे पढ़ना है, किन बातों पर मनन करना है। विशेषकर कहाँ ज्यादा ध्यान देना है इत्यादि। आप भी अपनी प्रस्तावना में लोगों के लिए संकेत लिखें ताकि आपसे मिलकर लोग वही सीखें, जो आप अपनी पुस्तक द्वारा लोगों को सिखाना चाहते हैं।

कुछ पुस्तकों में संकेतक (बुक मार्कर) डाला जाता है ताकि मनन करने के लिए रुक सकें, रुककर थोड़ा सोच सकें। पुस्तक का निरंतरता से लाभ लेने के लिए बुक मार्कर का भी रोल होता है। बुक मार्कर लोगों को यह याद दिलाता है कि पिछली बार हम कहाँ तक सीख पाए हैं ताकि आगे की बातें बिना समय गँवाये

नैतिक मूल्यों की संपत्ति

सीखना शुरू कर पाएँ। क्या आप लोगों को सही रिमाइंडर यानी जागृति संकेत दे पाते हैं? क्या आपको यह याद रहता है कि पिछली बार आप लोगों के लिए किन बातों के लिए प्रेरणा बने थे? जब आप लोगों में रुचि रखते हैं तब आप बुक मार्कर या संकेतक का काम सही ढंग से कर पाते हैं।

प्रस्तावना, पहले पृष्ठ का शीर्षक (हाफ टायटल पेज), विषय सूची इत्यादि सब बन जाने के बाद एक पुस्तक अखण्ड बनती है। पुस्तक में उलझाने के लिए नहीं बल्कि सुविधा के लिए खण्ड बनाए जाते हैं। पुस्तक में अलग-अलग अध्याय इसलिए बनाए जाते हैं ताकि पुस्तक को समझने में आसानी हो। पुस्तक पढ़ने के बाद पता चलता है कि यह पुस्तक एक ही खण्ड है यानी अखण्ड है। जिस पुस्तक में भाव, विचार, वाणी और क्रियाएँ एक ही होती हैं, उस पुस्तक की नींव नाइन्टी मजबूत होती है।

जो इंसान अंदर-बाहर से एक होगा वह कहेगा, 'हमारा जीवन खुली किताब है, उसे कोई भी पढ़े। हम जो अंदर से हैं, वही बाहर से हैं।' ऐसा इंसान ही अपना चरित्र पवित्र बना पाता है क्योंकि उसकी नींव नाइन्टी मजबूत होती है, वह लोगों का विश्वास पात्र बनता है।

जिस पुस्तक में सारे अध्याय बेतरतीबी से बिखरे हुए होते हैं, वह पुस्तक सुलझाने से ज्यादा उलझाती है। वह पुस्तक अखण्ड नहीं, पाखण्ड है। इसलिए अपने आपसे यह सवाल पूछें कि 'मैं जो कर्म करता हूँ क्या वही मैं कहता हूँ? मेरी भावनाएँ और मेरे विचार क्या एक ही दिशा में दौड़ते हैं? मैं जो महसूस करता हूँ क्या वही मेरे शब्दों में प्रकट होता है?' यदि इन सारे सवालों के जवाब 'हाँ' हैं तो आप एक अखण्ड पुस्तक हैं। आपसे मिलकर खुशी हुई।

DAY 3

नींव नाइन्टी का प्रशिक्षण क्यों

चरित्र बिगड़ने से सावधान

कोई भी इंसान अच्छे-बुरे चरित्र के साथ जन्म नहीं लेता लेकिन वह अच्छे-बुरे चरित्र के साथ मर सकता है। हर बच्चे का चरित्र पवित्र होता है, जो अयोग्य परवरिश पाकर दूषित हो सकता है।

चरित्र एक जलती हुई मशाल की तरह होता है। इसके पावन प्रकाश में अनेकों को प्रेरणा मिलती है। जिस तरह एक इमारत की मजबूती उसकी नींव से आँकी जाती है, उसी तरह एक इंसान अपने चरित्र से पहचाना और सराहा जाता है।

चरित्र का दायरा बहुत ही व्यापक है। चरित्र ही अपने गुणों के बीज इंसान के अंतःकरण में डालता है। समय आने पर इन गुणों के विकास से इंसान का व्यक्तित्व निर्माण होता है। चरित्र के बीज यदि स्वस्थ हों तो नींव नाइन्टी मजबूत व सुदृढ़ होती है। ठीक इसके विपरीत यदि बीज घुन यानी कीड़े लगे हुए हों, कमजोर हों तो इंसान दुर्बल चरित्र का गुलाम बनता है।

नैतिक मूल्यों की संपत्ति

चरित्र वह पैमाना है, जिसके आधार पर इंसान जाना व समझा जाता है। चरित्र बाहरी साज सिंगार से नहीं अपितु गुण, ज्ञान और आत्मअनुशासन से बनता है। विश्वसनीयता, लक्ष्य की अथक प्यास और मन की पवित्रता नींव नाइन्टी को मजबूत करने में सहायक बनते हैं। इन सहायकों का भरपूर लाभ लेना सीखें।

चरित्र संबंधी बहुत सी धारणाएँ लोगों ने अपने मन में पाल रखी हैं। चरित्र को स्त्री-पुरुष के संबंधों तक ही सीमित कर दिया गया है। इस तरह चरित्र को एक छोटे से दायरे में बाँधकर रखा गया है। इंसान जब इन संबंधों को बाहरी ढंग से निभाता है, भले ही उसका अन्तर्मन विषय-वासना से भरा हो तब भी हम उसे चरित्रवान समझते हैं। यह बिलकुल गलत है। यह संबंध चरित्र का मात्र एक भाग हो सकता है। अतः सभी को यह स्पष्ट समझ लेना चाहिए कि चरित्र सभी गुणों की कसौटी पर खरा उतरना चाहिए।

जब इंसान का चरित्र बलवान बन जाता है तब वह पृथ्वी लक्ष्य प्राप्त करने के काबिल बन जाता है वरना वह इंसान अपने लक्ष्य की यात्रा में किसी भी मुकाम पर, बीच में ही रुक सकता है। लक्ष्य की यात्रा में रास्ते में मिलने वाली सुख-सुविधाओं में अटककर वह अपना लक्ष्य भूल सकता है। इसी खतरे को टालने के लिए नींव नाइन्टी दमदार बनाने का प्रशिक्षण अति महत्वपूर्ण है। नीचे दी गई कहानी से यह समझने का प्रयास करें कि नैतिक मूल्यों का इंसान के जीवन में कब और क्यों इस्तेमाल होता है।

एक इंसान अंतिम सत्य की यात्रा पर निकलता है। उसके रास्ते में एक ऐसा गाँव आता है, जहाँ उसे सिनेमा के किरदार (पात्र) मिलते हैं। उस इंसान को वे चलचित्र चरित्र (लोगों के चेहरे) अच्छे लगते हैं इसलिए वह सोचता है कि उसी गाँव में रह जाना ही बेहतर है। वह अपने लक्ष्य को भी चलचित्र के चरित्रों की वजह से दाँव पर लगा देता है क्योंकि जिन लोगों का वह प्रशंसक या अनुरागी (फैन) है, जिन खूबसूरत चेहरों को वह प्रत्यक्ष रूप से देखना चाहता था, वे सभी सूरतें उस गाँव में ही विद्यमान हैं। वह सोचता है, 'जिन लोगों से मैं मिलना चाहता था, वे सभी इस गाँव में मौजूद हैं। जो चेहरे मैं देखना चाहता था, वे सभी चेहरे इस गाँव में दिखाई दे रहे हैं। यहाँ पर इतना आनंद है कि आगे जाने की आवश्यकता ही नहीं है। मैं अब यहीं रुक जाता हूँ।'

नींव नाइन्टी

इस तरह वह इंसान चलचित्र चरित्र में अटक जाता है, जिसकी वजह से उसका चरित्र बिगड़ जाता है। उस इंसान के गुरु पहले से ही जानते हैं कि वह रास्ते में कहाँ अटकने वाला है इसलिए परम लक्ष्य की ओर यात्रा शुरू करने से पहले ही गुरु उससे साधना करवाते हैं। वह इंसान ऐसे चरित्रों में न उलझकर अपनी यात्रा जारी रखे इसलिए उससे नींव नाइन्टी पर काम करवाया जाता है। यह प्रशिक्षण इसलिए जरूरी है क्योंकि उच्चतम लक्ष्य पाने की यात्रा में इंसान अपने मन को अकंप और निर्मल रख पाए, रास्ते में आने वाले सुख-सुविधाओं के गाँवों में रुक न जाए।

मन को बिना अकंप और निर्मल बनाए, इंसान जब अपने वाहन पर यात्रा के लिए निकल पड़ता है तब अचानक एक खरगोश रास्ते के एक तरफ से निकलते हुए दूसरी तरफ जंगलों में चला जाता है। वह इंसान अपनी गाड़ी रोककर उस खरगोश के पीछे जंगल में दौड़ पड़ता है। समझदार इंसान ऐसे वक्त में अपने आपसे यह सवाल पूछता है कि 'खरगोश के पीछे जाना मेरी जरूरत है या चाहत?' सवाल का जवाब मिलते ही वह इंसान अपनी यात्रा में आगे चल पड़ेगा क्योंकि ऐसे खरगोश (रैबिट) रास्ते में आते ही रहते हैं। जब इंसान अपने निर्णयों पर होश पूर्वक पूर्ण मनन करता है तब उसे अपनी गलती का एहसास होता है। फिर वह चरित्रहीन नहीं बल्कि चरित्रवान इंसान बनकर सत्य की यात्रा, मायावी गाँव छोड़कर, फिर से शुरू करता है।

महानिर्वाण निर्माण (संपूर्ण सफलता प्राप्त) करने की यात्रा में इंसान को ऐसी बातें, ऐसे गाँव (मिठाई, सुविधा, सुरक्षा, पद, सम्मान) रोक सकते हैं, अटका सकते हैं। ऐसे आकर्षण में उलझकर इंसान ने अगर सत्य की यात्रा रोक दी तो इससे बड़ा नुकसान और क्या हो सकता है! इसका अर्थ इंसान का जन्म, लक्ष्य और मार्गदर्शन मिलने के बावजूद भी वह मंजिल तक नहीं पहुँचता। अपनी मंजिल प्राप्त करने के लिए, मंजिल मिलने से पहले भटकने से बचने के लिए क्या आप अपनी नींव नाइन्टी अटूट बनाना नहीं चाहेंगे? क्या आप नींव नाइन्टी टूटने के आठ कारण मिटाना नहीं चाहेंगे? अगले अध्याय में इसी ज्ञान को समेट लें ताकि फिर कभी कोई खरगोश, लोभ-लालच या मायावी गाँव आपको रोक न सके।

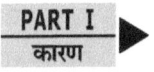

DAY
4

नींव नाइन्टी कमजोर होने के ८ कारण

स्वस्थ मनन करें

अपने मकसद को मजबूती प्रदान करने के लिए उसकी नींव को मजबूत करना बेहद जरूरी है। कई बार नींव अदृश्य होने की वजह से लोग नींव को मजबूत करने की बात को नजरअंदाज कर देते हैं। मजबूत घर बनाने से लेकर अपने प्रभावशाली व्यक्तित्व को निखारने तक नींव का मजबूत होना आवश्यक है। लोग नींव के महत्व को इसलिए समझ नहीं पाते क्योंकि नींव सूक्ष्म बातों के जोड़ से बनी हुई होती है। लोग स्थूल बातों को जल्दी समझ पाते हैं लेकिन सूक्ष्म बातों के जोड़ से बनी हुई नींव नाइन्टी पर एकाग्रता नहीं रख पाते। इसलिए नींव कमजोर रह जाने का परिणाम जल्द ही सामने आता है।

अज्ञान में इंसान की मनोवृत्ति ऐसी हो जाती है कि वह अपने जीवन को ही खाई में ढकेल देता है। वह अज्ञान और अहंकार के वश में खुद के जीवन को इतना उलझा लेता है कि उससे बाहर आना उसके लिए मुश्किल हो जाता है। कई

— नींव नाइन्टी —

बार जीवन की गुत्थियों को सुलझाते-सुलझाते उसकी उम्र बीत जाती है। इंसान को अपनी इस मनोवृत्ति को तोड़ने के लिए ज्ञान का सहारा लेना चाहिए। अपने अज्ञान का ज्ञान पाकर जीवन पर खूब मनन करें। स्वस्थ मनन आपमें होश की मशाल जलायेगा। होश की मशाल से आप अपने जीवन को सुलझाकर अपनी नींव नाइन्टी आसानी से मजबूत रख पाएँगे।

इन्हीं सब पहलुओं को ध्यान में रखते हुए अपने चरित्र को नीचे लिखे गए कारणों से मुक्त करें। ये कारण साधारण से लगते हैं लेकिन इन्हीं कारणों के जोड़ से इंसान की नींव कमजोर हो जाती है।

१. दो के धोखे और दोहरा जीवन

इंसान जब अपने जीवन की सरलता खो देता है और लोभ-लालच में आसक्त होकर धूर्तता से लोगों के साथ कपट करने लगता है तब वह दोहरा जीवन जीता है। एक जीवन जो हाथी के बाहरी दाँतों की तरह, वह लोगों को दिखाता है और दूसरा जीवन जो वह हकीकत में जीता है। दो तरह के जीवन जीकर वह अखण्ड से पाखंडी बन जाता है। खंडित जीवन को सँभालने के लिए उसे संघर्ष करना पड़ता है, जिस वजह से वह सदा शारीरिक और मानसिक तनाव में जीता है।

इंसान को दोहरा जीवन जीना पहले तो अच्छा लगता है लेकिन बहुत जल्द ही पर्दा फाश होता है और वह असफलता की गहरी खाई में गिर जाता है या अपराधी बन जाता है।

दोहरा जीवन जीनेवाला इंसान, मायाजाल में फँसा इंसान स्वयं का अहित तो करता ही है, साथ ही वह जाने-अनजाने में दूसरों को भी कपट करने हेतु प्रेरित करता है। ऐसा इंसान अपने आस-पास के कई लोगों को अपराध के दलदल में धँसने के लिए 'प्रोत्साहन सूत्र' का कार्य करता है।

दोहरा जीवन जीनेवाला इंसान दूसरों के साथ तो अपराध करता ही है, अपने जीवन के साथ भी वह छल करता है। जो इंसान अपने साथ कपट करता है वह अपने आपको हमेशा धोखे में रखता है। धोखे भरी दोहरी जिंदगी जीने की वजह से उसकी नींव कमजोर हो जाती है।

—— **नैतिक मूल्यों की संपत्ति** ——

२. लालच और झूठ

लालच की वजह से इंसान छोटी-छोटी बातों को लेकर बेवजह अपने आपको उलझन में डाल देता है। लोभ की वजह से उसे झूठ का सहारा लेना पड़ता है। हालाँकि झूठ बोलने की कोई जरूरत नहीं होती लेकिन उसे ऐसा लगता है कि 'थोड़ा सा झूठ बोलना तो चलता है, इससे किसी को क्या फर्क पड़ेगा?'

हकीकत में इंसान के लिए हर चीज भरपूर बनायी गई है। हर चीज को पाने का तरीका कुदरत ने उसे बताया है। लेकिन अज्ञान में लालचवश वह यह सोच लेता है कि 'जब तक किसी से छीनूँगा नहीं तब तक मुझे मिलने वाला नहीं।' चोर चोरी करके छीनता है, नेता लोगों को लड़वाकर छीनता है और एक साधारण कमजोर इंसान झूठ बोलकर दूसरों से छीनने की कोशिश करता है। जब वह अपने झूठ से कुछ पा लेता है तब उसकी यह आदत जड़ पकड़ लेती है। वह अविश्वसनीय बनकर अपना चरित्र दाँव पर लगा देता है।

अपने चरित्र को मजबूत बनाने के लिए झूठ और लालच का सहारा लेना बंद करें। बिना लालच और झूठ के भी आपके पास सब कुछ आ सकता है। जरूरत है केवल अच्छे पुस्तकों के अभ्यास की, सत्य श्रवण और स्वस्थ मनन✴ की।

इंसान अपनी प्रशंसा सुनने के लिए सदा लालायित रहता है। यही वजह है कि वह अपनी काबिलीयत का दूसरों के सामने लोहा मनवाने के लिए झूठ बोलने की आदत डाल लेता है। जैसे कोई काम उसने दो दिनों में पूरा किया है तो लोगों को बताते वक्त वह इसे दो दिनों के बजाय दस दिन बताता है। वह यह भी कहते नहीं थकता कि 'अथक परिश्रम और कई दिनों तक इस काम को पूरा करने के लिए मैंने अपना खून-पसीना बहाया है तब कहीं जाकर यह कार्य पूर्ण हुआ है।' दूसरों के सामने ऐसा बताकर उसे लगता है कि उसकी छवि अच्छी बन गई है और अगर मैंने ऐसे ही बढ़ा-चढ़ाकर बताया तो किसी को क्या फर्क पड़ता है। उसके ऐसा बोलने से वास्तव में किसी को कोई तकलीफ नहीं पहुँची और न ही किसी का कुछ नुकसान हुआ लेकिन उसे झूठ बोलने की आदत जरूर हो जाती है।

सामनेवाले इंसान को यदि झूठ की जानकारी नहीं है तो झूठा इंसान उसका

✴ स्वस्थ मनन = परिपक्व, मैच्युअर्ड मनन - स्वयं को अपने कपट और झूठ बता पाना, स्वयं के साथ ईमानदारी से बात करना।

नींव नाइन्टी

नाजाए फायदा उठाता है। उससे वह न सिर्फ अपने झूठ बोलने के तरीके को बल देता है बल्कि स्वयं अपनी नींव को भी हिलाकर रख देता है। ऐसी कुछ आदतें यदि किसी इंसान के जीवन में पनप रही हैं तो समझ जाएँ कि उसकी नींव कमजोर हो रही है। जो इस बात का संकेत है कि उसके जीवन में आगे भूकंप आने वाला है। हलके भूकंप में वे इमारतें गिर जाती हैं, जिनकी नींव कमजोर होती है। ऐसा इंसान यदि कुदरत के संकेत को नहीं समझ पाया तो वह इसकी कीमत अपना चरित्र खोकर, चुकाता है।

अज्ञान इंसान को झूठ बोलने पर मजबूर करता है, फिर यह झूठ धीरे-धीरे आदत बनकर उसके व्यक्तित्व का हिस्सा बन जाता है जिसका उसे पता भी नहीं चलता। रोजमर्रा के जीवन में इंसान अनेक झूठ बोलता है। कभी-कभी अपने झूठ बोलने की सफलता पर खुश होकर वह अपने परिचितों से इसका जिक्र भी करता है कि 'मैंने फलाँ इंसान को इस तरह से झूठ बोला कि उसने झट से मुझ पर विश्वास कर लिया और मेरा काम हो गया। देखा, मैंने उसे कैसे मूर्ख बनाया!'

दूसरों के सामने अपनी चतुराई का बखान करते वक्त इंसान की दो अभिलाषाएँ रहती हैं- पहली यह कि सामने वाला उससे प्रभावित होकर उसकी प्रशंसा करे तथा दूसरों के सामने भी उसकी चतुराई की तारीफ की जाए। उसमें यह अभिमान आ जाता है कि वह किसी को भी अपने झूठ से बरगला सकता है, उल्लू बना सकता है। उसकी दूसरी अभिलाषा यह होती है कि वह अपने कार्य को बिना मेहनत के करना चाहता है। ये दोनों अभिलाषाएँ इंसान की नींव नाइन्टी कमजोर करती हैं।

कुछ लोग बात-बात पर झूठ बोलने की बीमारी से ग्रस्त होते हैं। कभी घर पर होते हुए भी बच्चों से कहते हैं, 'बेटा, अगर मेरे कार्यालय से फोन आये तो कह देना कि पापा बीमार हैं, डॉक्टर के पास गए हैं।' कहीं पर बेटा मित्रों के साथ दिन भर मटरगश्ती करके घर पहुँचकर माँ से कहता है, 'दिनभर मैं नौकरी के लिए भटकता रहा, कहीं भी नौकरी नहीं मिली। बहुत थक गया हूँ, थोड़ा आराम कर लेता हूँ।' इस तरह झूठ बोलकर इंसान अपनी अतेज इच्छाओं में डूबा रहना चाहता है या सुख-सुविधा की लालच में झूठ का सहारा लेकर अपने आपमें गलत आदतें डाल लेता है।

छोटी-छोटी बातों पर झूठ बोलना एक तरह का गलत संस्कार है और इस

नैतिक मूल्यों की संपत्ति

संस्कार को इंसान रोज बेधड़क गहरा बनाता जा रहा है। उसे इस बात का बोध नहीं होता कि यही संस्कार कर्म बंधन हैं, यही संस्कार भविष्य में दु:खद फल लाते हैं।

यदि कोई आपसे छल करता है, आपसे मिथ्या वचन बोलता है तो आपको कष्ट का अनुभव होता है। अतः आप भी जब झूठ बोलते हैं तो आपके मित्रों, पड़ोसियों, परिजनों को कष्ट होता है। इसलिए यदि आप अपने प्रियजनों से प्रेम करते हैं तो लालच और झूठ के जाल से बाहर आ जाएँ। जैसा बीज आप बोयेंगे, वैसा वृक्ष प्रकट होगा। यदि आप ऐसा वृक्ष चाहते हैं जिसकी नींव गहरी हो तो ऐसे झूठ बोलना बंद कर दें जो लालच, अज्ञान, अहंकार की वजह से बोले जाते हैं।

३. **सुविधा और विलासिता में अटकना**

जिनकी नींव नाइन्टी कमजोर होती है, वे हर समय सुविधा और बिना श्रम से अपने कार्यों को पूरा करने का स्वप्न देखते हैं। वे न सिर्फ कठोर परिश्रम से घबराते हैं बल्कि हमेशा की तरह सफलता पाने में शॉर्टकट तरीका अपनाना चाहते हैं। उनकी यही भावना उनकी नींव को खोखला बना देती है। ऐसे लोगों की मानसिकता यह होती है कि कैसे कठोर परिश्रम से कोसों दूर रहें। और तो और उनके दिमाग में यह फितूर सवार रहता है कि कैसे जल्द-से-जल्द अपने कामों से पीछा छुड़ायें तथा तुरंत सफलता पाएँ। ऐसी सफलता पाने के लिए वे भ्रष्टाचार, नफरत तथा गलत लोगों का सहारा लेने से भी नहीं चूकते। गलत लोगों के संघ में भला नींव नाइन्टी कैसे मजबूत रह सकती है?

जिन्हें अपनी व्यक्तिगत महत्वाकांक्षाओं की ऊँचाइयों को छूना है, वे शॉर्टकट तरीका अपनाकर अपनी नींव को कमजोर व ढीला कर लेते हैं। ऐसे लोगों को अपने चरित्र से कोई लेना-देना नहीं रहता। वे धोखे और छल-कपट से धन एकत्रित करने में लगे रहते हैं और अपनी महत्वाकांक्षा को जल्द से जल्द पूरा करने की सोचते हैं। वे अपनी सुविधानुसार जिंदगी को समेटने में किसी भी हद तक जा सकते हैं। ये लोग समाज के लिए खतरा भी बन सकते हैं। इन लोगों की धारणा धोखा और फरेब पर टिकी होती है।

कमजोर चरित्र के लोग पैसे को ही विकास की सीढ़ी तथा लक्ष्य मानते हैं। वे अपने सुख का आधार केवल धन बताते हैं। वे लोगों को ऐसा सिखाते हैं कि अपनी कला एवं कौशल से केवल अधिकाधिक धन का संचय करना चाहिए। ऐसे

लोगों को देखकर गरीबों में भी जल्दी धनी होने की लालसा जगती है। अतः वे खिन्न होकर अपना विवेक खो देते हैं और गलत मार्ग से धन प्राप्त करने की तरफ मुड़ जाते हैं। इस तरह अनीति से प्राप्त धन मिलने पर मनुष्य केवल सुख-सुविधा एकत्र करने लगता है। वह प्रत्येक क्षण विलासिता की तलाश में खो जाता है।

अपना असली स्वभाव और सत्कर्म छोड़ पाप और अनीति को अपने पास आश्रय देने वाले अज्ञानियों को यह पता नहीं होता कि सांसारिक भोग-विलास तो क्षणभंगुर तथा शिथिलता लाने वाले होते हैं। वास्तविक सुख तो इंसान के अंतःकरण में होता है, जो सदैव उसे सही-गलत का ज्ञान करवाता रहता है। जो मनुष्य अपने अंतःकरण की आवाज पर कार्य करता है, वह सदैव नेक राह पर चलता है।

प्रत्येक मनुष्य को यह ज्ञात होना चाहिए कि सच्ची सफलता के लिए शार्टकट की नहीं बल्कि तकनीक युक्त परिश्रम की आवश्यकता होती है। अतः अपनी नींव को सबल बनाने के लिए हमें सुविधा की कामना को घटाकर अपनी योग्यता तथा परिश्रम को प्राथमिकता प्रदान करनी चाहिए।

४. अज्ञान

आज के इस युग में लोगों में अपने असली अस्तित्व के बारे में पूरी तरह से अज्ञान व्याप्त है। खासकर नवयुवकों में, जो अपने व्यवहार से लोगों के कोप का शिकार बनते हैं। ये सब उनकी अज्ञानयुक्त चरित्रहीनता की वजह से होता है। किसी भी इंसान की सबसे बड़ी संपत्ति यदि कुछ होती है तो वह है उसका 'चरित्र।' आज के नौजवान चरित्र की दौलत को रास्ते पर लुटाते हुए दिखाई देते हैं। फैशनपरस्ती, गलत संग और दिशाहीनता की वजह से वे अपनी नींव नाइन्टी के प्रति लापरवाह रहते हैं।

सभी पवित्रताओं में अंतर्मन की पवित्रता ही मुख्य है। यदि आप अपने भीतर पनपते अवगुणों - जैसे काम, क्रोध, लोभ, मोह, वासना, ईर्ष्या और द्वेष को समझ से नहीं मिटायेंगे या ध्यान की तकनीक से इन्हें दिशा नहीं देंगे तो आपकी शारीरिक ऊर्जा का एक बड़ा भाग इन्हीं में व्यर्थ चला जाएगा। ये प्रवृत्तियाँ केवल शरीर को ही नहीं बल्कि भाव, मन, वचन और कर्म को भी दूषित करती हैं। इससे एक ओर आत्मविकास रुक जाता है तो दूसरी ओर सामाजिक और सांस्कृतिक उन्नति का मार्ग भी अवरुद्ध होता है।

नैतिक मूल्यों की संपत्ति

आज-कल अज्ञान की वजह से लोगों का मानसिक पतन हो गया है। वे समझने लगे हैं कि चाहे कितना भी पाप क्यों न किया जाए, लेकिन वे किसी तीर्थ स्थान पर चले जाएँगे तो उनके सारे पाप धुल जाएँगे। यह मानसिकता अज्ञान और पंडितों की व्यवसाय बुद्धि की वजह से पैदा हो चुकी है।

जब तक आपको इस बात का ज्ञान नहीं है कि आपके हाथ में हीरे हैं तब तक आप उन्हें मामूली पत्थर समझकर रास्ते पर यूँ ही फेंकते रहेंगे। आज के पढ़े-लिखे युवा कई बार गलत संगत में पड़कर अपने जीवन का बहुमूल्य समय व्यर्थ गँवा देते हैं, जिससे आगे चलकर पछताने के अलावा उनके पास कुछ नहीं रहता। अज्ञान में कोई नशीले पदार्थों का सेवन करने लगता है तो कोई मदिरा का अभ्यस्त हो जाता है। कभी-कभी तो नौजवानों में हिंसा की भावना इतनी प्रबल मात्रा में दिखाई देने लगती है कि वे कानून-व्यवस्था के लिए खतरा बन जाते हैं। अज्ञान में किसी गलत कार्य को करना या किन्हीं गलत चीजों का आदी हो जाना नींव दुर्बलता की निशानी है।

५. इंद्रिय सुख की लालसा में फँसना

इंसान मन के द्वारा पाँच इंद्रियों का मालिक है लेकिन वह इंद्रियों के सुख के लिए अनुशासन के अभाव में भटकता रहता है। आग में जितना घी डाला जाएगा आग उतनी ही भड़केगी। इंसान सोचता है कि इंद्रियों की इच्छा पूरी करके उसे संतुष्टि मिलेगी लेकिन अंत में वह यह पाता है कि इंद्रियों को हर सुख देने के बाद भी लालसा नहीं मिटी, उलटा इंद्रियों की सेवा करने के बाद मन की गलत वृत्तियाँ और भी बढ़ती रहीं। इसलिए सदा इंद्रियों के सुख के पीछे अति में न जाते हुए मध्यम मार्ग अपनाएँ। हर इंद्रिय के उपयोग में संतुलन बनाए रखें।

आपकी नींद न ज्यादा हो, न कम... आपका भोजन न ज्यादा हो, न कम... आप यदि काम और आराम को सही मात्रा में, सही अंतराल के बाद उपयोग में लाएँगे तो आप इंद्रियों के गुलाम नहीं, मालिक बनेंगे।

इंसान इंद्रिय सुख के लिए मानवता, नैतिकता, स्वाभाविकता एवं स्वयं के उद्देश्यों को भूलता जा रहा है। अब हमें क्या करना होगा? हमें अपने अंदर दैहिक सुखों के मोह के प्रति विवेक जगाना होगा। किसी भी सुख की अति में न जाकर आत्मनियंत्रण का प्रयोग करना होगा। बहुत जल्द ही यह हमारा स्वभाव बन जाएगा।

इस तरह हमारी इंद्रियाँ नींव नाइन्टी को गिराने की बजाए सहयोग करेंगी।

६. आलस्य का शिकार होना

आलस की ही वजह से इंसान के शरीर की तमाम शक्तियाँ निष्क्रिय हो जाती हैं। इंसान का शरीर ऊर्जावान होते हुए भी आलस्य की नाव पर सवार रहता है, जिससे उसकी नाव जीवन की नदी के किनारे पर ही पड़ी रहती है।

किसी भी काम को करने की शक्ति आपमें हो मगर आपका शरीर सुस्त हो तो आप कभी भी अपने काम को अंजाम नहीं दे सकेंगे। जिस कार्य की शुरुआत ही नहीं हुई है, उसका पूर्ण होना तो दूर की बात है। अपूर्ण काम बहानों को जन्म देते हैं, बहाने झूठ को जन्म देते हैं, बार-बार बोले गए झूठ गलत वृत्तियों को जन्म देते हैं और गलत वृत्तियाँ चरित्रहीनता को जन्म देती हैं। इस तरह आपने देखा कि आलस की वजह से इंसान अपनी नींव पर कैसे खुद कुल्हाड़ी मारता है।

आलस मनुष्य का सबसे बड़ा शत्रु बन सकता है क्योंकि आलसी इंसान कर्म करने की शुरुआत ही नहीं करता। बिना योग्य कर्म के चरित्र नहीं बनता। इसलिए इंसान को किसी भी काम में आलस नहीं दिखाना चाहिए। काम चाहे घर का हो, व्यक्तिगत जीवनयापन का हो या समाज का हो, उससे इंसान को जी नहीं चुराना चाहिए।

इंसान को विश्वसनीय बनने के लिए न सिर्फ अपने गलत व्यवहार को बल्कि अपने अंदर के आलस को भी निकाल फेंकना चाहिए। तभी वह अपने बाकी बचे नकारात्मक पहलुओं को सुधारने का कर्म कर पाएगा।तब जाकर वह अपनी नींव नाइन्टी के मजबूती की कामना कर पाएगा वरना लोग उसकी सुस्ती की वजह से यह कभी विश्वास ही नहीं कर पाएँगे कि वह उनका काम समय पर समाप्त कर पाएगा।

७. संस्कारों की कमी

गलत संस्कार इंसान की नींव मजबूत होने से पहले ही उखाड़ देते हैं। इसलिए पहले वृत्तियाँ और संस्कार क्या हैं, कैसे बनते हैं, इसे समझें।

आपके सामने एक के ऊपर एक दो पन्ने रखे गए हैं और आपके हाथ में पेन है। आप पहले पन्ने पर कुछ लिखते हैं तो पीछे के पन्ने पर उसके निशान दिखाई देते हैं। पीछे के पन्ने पर कुछ लकीरें खिंची हुई दिखाई देती हैं। गौर से देखने पर

ही यह पता चलता है। इसका अर्थ है कि कागज के ऊपर कर्म हुआ और पिछले कागज पर उसका सूक्ष्म संस्कार बना। सभी ने क़ागज पर कुछ न कुछ लिखा मगर सबके संस्कार एक जैसे नहीं बनते, किसी के कम तो किसी के गहरे संस्कार बनते हैं। पिछले पन्ने पर जो संस्कार आये हैं, उस पन्ने पर आप रंग में डूबा ब्रश घुमायेंगे तो संस्कारों की सफेद सूक्ष्म रेखाएँ आपको दिखाई देंगी।

मन इन संस्कार की रेखाओं में घूमता है, उसका खाना वहीं पर होता है। संस्कारों की कमी या कुसंस्कार नींव नाइन्टी के कमजोर होने का एक अहम कारण है। वास्तव में संस्कार बार-बार किया जानेवाला वह कार्य है, जो किसी व्यक्तिसमूह अथवा समुदाय की प्रवृत्ति बन जाता है। धीरे-धीरे वह विशेष कार्य या आदत संस्कार कहा जाने लगता है। संस्कार पीढ़ी-दर-पीढ़ी हस्तांतरित यानी ट्रान्सफर होते रहते हैं।

अच्छे संस्कारों के प्रति श्रद्धा विपरीत परिस्थितियों में भी कर्तव्यबोध करवाती है। विश्वास, अच्छे संग और साधना से ही इंसान में अच्छे संस्कार आते हैं, जिससे वह एक अच्छा नागरिक बनकर अच्छे समाज का निर्माण करता है। अविश्वास और संशय के संस्कार मन को मलिन करते हैं और चरित्र निर्माण में बाधा बनते हैं। इंसान की नींव नाइन्टी मजबूत करने के लिए अच्छे संस्कारों (अच्छी आदतों) की आवश्यकता होती है, जिसे संस्कृति, नैतिक मूल्यों की संपत्ति भी कहते हैं। संस्कार ही वह उपकरण है, जिससे हम सांसारिक एवं आत्मिक पवित्रता तथा अपवित्रता का निर्धारण करते हैं।

संस्कार इंसान को अच्छे-बुरे कार्यों की पहचान का मानक (मापदंड) तय करने में सहायता करते हैं। मानव जीवन अच्छे संस्कारों के बल पर ही संपूर्ण बनता है। जो इंसान संस्कारहीन और विवेकहीन होगा उसे सही और गलत में अंतर महसूस ही नहीं होगा। वह अच्छाई के नाम पर बुराई की दलदल में धँसता जाएगा।

८. मायावी साधन

आज की दुनिया में माया का बहुत प्रचार व प्रसार है। माया के विज्ञापनों की वजह से आपके विचारों पर असर पड़ता है। टी. वी के विज्ञापन, न्यूज पेपर की बातें, अश्लील फिल्में और पुस्तकों की वजह से इंसान का चरित्र कमजोर हो जाता है क्योंकि आज इन चीजों की इंसान के जीवन में भरपूर दखलअंदाजी हो चुकी है।

नींव नाइन्टी

माया से भरी इस दुनिया में इंसान को बहुत सारी चीजें आकर्षित कर रही हैं। वह जब घर पर रहता है तो विज्ञापन पढ़ता है, टी.वी. देखता है। इन माध्यमों द्वारा सतत् यही बात उसके सामने आती है कि उसे ऐसा ही जीवन जीना चाहिए। उसके मित्र भी उसे बिना पूछे यही सलाह देते रहते हैं।

विज्ञापनों के गहरे प्रभाव से धीरे-धीरे लोगों का अपना वजूद, जिससे उन्हें जाना जाता है, वस्तु बनकर रह गया है। फैन्सी मोबाइल फोन, इंटरनेट, खूबसूरत बंगला, बंगले में लॉन, बढ़िया सी आलीशान कार, गहनों से लदी हुई महिलाएँ, भारी भरकम कपड़े इत्यादि के आधार पर इंसान का चरित्र तौला जाता है। सामाजिक मान्यता के अनुसार इंसान के पास जो कीमती चीजें हैं, उससे यह तय होता है कि वह इंसान कितना वजनदार और शानदार है।

'व्यक्तित्व' वह नहीं है जो हमें बताये कि 'जब तक मेरे हाथ में मोबाइल फोन नहीं रहेगा तब तक मुझ में आत्मविश्वास नहीं होगा।' आत्मविश्वास तो इन चीजों के बिना भी हो सकता है। कुछ साल पहले जब मोबाइल फोन नहीं थे लेकिन फिर भी लोगों में आत्मविश्वास था। आत्मविश्वास आंतरिक गुण है, जो बाहरी वस्तुओं का मोहताज नहीं होता।

दो रुपये का अखबार हमें यह बताता है कि हमारी जिंदगी कैसी है, हमारा भविष्य कैसा है, आज का दिन हमारा कैसा बीतेगा। अखबार में जो लिखा है, उसे ही हम सच मानने लगते हैं और उसे पढ़कर हम सोचते हैं कि हम सच्चाई जान गए क्योंकि वह पेपर में छपा हुआ है। 'प्रिंटेड-अखबार यानी सच्चाई' ऐसी हमारी मान्यता हो जाती है। क्या यही सच है? नहीं, वही भविष्य यदि आप दूसरे अखबार में पढ़कर देखें तो उसमें आपको कुछ अलग छपा हुआ मिलेगा। साधारणत: हम तो एक ही अखबार पढ़ते हैं, दूसरे अखबार में क्या छपा हुआ है, यह हमें पता ही नहीं होता। इसलिए अखबार की बातों को पूर्ण सच न मानें।

हमारे जीवन पर फिल्मों का भी गहरा प्रभाव है। फिल्मों में दिखाया जाता है कि एक गर्लफ्रेंड या ब्वॉयफ्रेंड होना चाहिए, इतने सारे दोस्त होने चाहिए, कॉलेज का एक कॉमेडी प्रिन्सिपल होना चाहिए, कॉमेडी हवलदार होना चाहिए इत्यादि। फिल्मों की ये सभी बातें हमें एक काल्पनिक दुनिया दिखाती हैं और वही दुनिया हमें सच्चाई लगने लगती है। यह है माया का दरबार और कारोबार।

DAY
5

नींव नाइन्टी कमजोर होने के ८ परिणाम

असफल जीवन ऐसा होता है

नींव यानी जड़ या आधार। अगर किसी मकान की नींव कमजोर होगी तो उसे धराशायी होते देर नहीं लगेगी। भूकंप का एक छोटा सा झटका भी उसे गिरा देगा।

किसी भी मकान की मजबूती उसकी नींव से होती है और नींव के पत्थर कभी बाहर दिखाई नहीं देते। वे अंदर ही अंदर इमारत को मजबूती से थामे रहते हैं। यदि यह नींव कमजोर पड़ गई तो उसके दुष्परिणामों की कल्पना आप कर सकते हैं।

एक बार एक महिला ने बाजार से बीज लाकर दो पौधे लगाये। कुछ महीनों में पौधे बड़े होने लगे। उसने एक पौधा गमले में तो दूसरा जमीन में लगाया था। जब-जब बारिश, तेज हवा या तूफान आता, वह महिला गमले वाले पौधे को उससे बचाती ताकि पौधे को कोई नुकसान न पहुँचे परंतु दूसरा पौधा बारिश और तूफान सहता रहता। तूफान सहते-सहते उस पौधे की जड़ें बहुत मजबूत हो गयीं।

वहीं दूसरी ओर गमले वाला पौधा बहुत नाजुक हो गया। उसके अंदर तूफान बरदाश्त करने की ताकत ही नहीं आयी।

एक दिन वह महिला गमले वाले पौधे को अंदर रखे बिना ही अपने रिश्तेदार से मिलने चली गई। इसी बीच तेज हवा के साथ जोरों की बारिश आयी और गमले वाला पौधा उसे सह न सका, अतः वह उखड़ गया। दूसरा पौधा जिसे जमीन में लगाया गया था वह इन सबको सहकर अड़ा रहा क्योंकि आये दिन तूफान से संघर्ष करते-करते उसकी जड़ें अर्थात नींव मजबूत हो चुकी थी।

जमीन वाले पौधे की तरह ही हमें भी अपनी नींव नाइन्टी यानी चरित्र को मजबूत बनाना है ताकि जीवन में होनेवाली किसी भी प्रकार की घटना हमारी चेतना, हमारी बुद्धि, हमारी विवेक शक्ति को गिरा न पाए।

नींव नाइन्टी कमजोर होने के ऐसे परिणाम भी हो सकते हैं कि ये परिणाम कई बार मौत का कारण भी बन सकते हैं।

१. कंपनियाँ और बैंक डूब जाते हैं

कई कंपनियाँ उनके कर्मचारियों की नींव नाइन्टी कमजोर होने की वजह से ही डूबती हैं। कुछ लोग मिलकर निजी बैंक या पतपेढ़ी शुरू करते हैं, इसके लिए वे जनता से पैसे लेते हैं। मगर इस तरह की बैंक शुरू करनेवाले लोगों में से ही कुछ लोग ऐसे होते हैं, जिनका टॉप टेन तो अच्छा होता है मगर नींव नाइन्टी कमजोर होती है। वे लोगों से झूठे वादे करते हैं, उन्हें तरह-तरह के प्रलोभन देते हैं कि 'हम आपको इतना-इतना ब्याज देंगे, जरूरत पड़ने पर कर्जा देंगे।' फिर लालच के कारण वे अपने वादे से मुकर जाते हैं। परिणामतः वह बैंक डूब जाती है और उसके साथ ही लोगों का पैसा भी डूब जाता है। उस बैंक में कई साल तक काम करनेवाले कर्मचारियों का जीवन बरबाद हो जाता है। ये सब उन कर्मचारियों की वजह से होता है, जिनकी नींव नाइन्टी कमजोर होती है।

२. 'ठग' लोगों द्वारा ठगा जाता है

कमजोर नींव नाइन्टी वाले लोग अकसर लालच में फँसकर गलत कार्य करते हैं। ऐसे दुकानदार भी हैं, जो दुकान में आने वाले हर ग्राहक को एक ही वस्तु का अलग-अलग भाव बताते हैं। सामने वाला ग्राहक अगर भाव-तोल नहीं कर रहा है

— नैतिक मूल्यों की संपत्ति —

तो वे उसे ज्यादा भाव बताते हैं। अगर ग्राहक भाव-तोल कर रहा है तो वे उसे थोड़ा कम भाव बताते हैं। इसके अतिरिक्त कुछ ऐसे ठग होते हैं जो दुकानदार को ठगकर जाते हैं। ठग दुकानदार से कहते हैं, 'तुम जो भाव लगाओगे, वह हमें मंजूर है।' इस तरह वे कभी दुकानदार को कम पैसे देकर, कभी कटे-फटे नोट देकर तो कभी जाली नोट थमाकर रफू चक्कर हो जाते हैं। तब लालची और असजग दुकानदार सोचते हैं कि 'ठग हमें ठग कर चले गए और हमें पता भी न चला।' वे नहीं जानते कि वे खुद ही ऐसे लोगों को आकर्षित कर रहे हैं। उनकी लालची प्रवृत्ति और कमजोर नींव नाइन्टी ही ऐसे लोगों को उनकी ओर आकर्षित करती है।

३. इंसान लालच में फँस जाता है

कुछ लोग पैसों के बहुत लालची होते हैं। कोई भी उन्हें रिश्वत या लालच दे रहा है तो वे तुरंत उस इंसान की बातों में आकर गलत कार्य करने के लिए तैयार हो जाते हैं। निश्चित ही ऐसे लोगों की नींव नाइन्टी कमजोर होती है इसलिए वे बड़ी आसानी से गलत कार्य को अंजाम दे पाते हैं। जीवन की सच्चाई यह है कि जो हमारा है, वह हमारे पास आने ही वाला है, उसे कोई रोक नहीं सकता।

कई लोगों को नौकरी में ऐसी दिक्कतें भी आती हैं, जहाँ उन्हें न चाहते हुए भी कई बार अनौपचारिक कार्य करने पड़ते हैं। नौकरी में यदि कोई दिक्कत आ रही हो तो यह प्रार्थना करें, 'मैं चाहता हूँ कि हर चीज अबोव टेबल हो, अंडर टेबल कुछ न हो।' अर्थात हर चीज योग्य मार्ग से आए, अयोग्य मार्ग से न आए। जैसे पाँच सौ रुपये आपके पास आ रहे हैं। अब वे पैसे टेबल के नीचे से भी आ सकते हैं और ऊपर से भी आ सकते हैं। वे पैसे आपके पास किस तरीके से आएँ, यह आपकी नींव नाइन्टी पर निर्भर पर करता है। यदि आपकी नींव नाइन्टी कमजोर है तो टेबल के नीचे से आनेवाले पैसे आप सहज ही स्वीकार कर लेते हैं। अगर आपकी नींव नाइन्टी मजबूत है तो आप कहते हैं, 'यदि ये मेरे पैसे हैं तो मुझे टेबल के नीचे से नहीं चाहिए। मुझे ये पैसे सही तरीके से चाहिए।' जब आप टेबल के नीचे से पैसे लेना अस्वीकार करेंगे तब दूसरे चैनल से यानी सही तरीके से, टेबल के ऊपर से पैसे आपके पास आने ही वाले हैं।

अगर आप टेबल के नीचे से पैसे ले रहे हैं यानी आप अयोग्य कार्य कर रहे हैं। इसलिए जब भी काम के दौरान अयोग्य कार्य करने का विचार आए तो समझ

नींव नाइन्टी

लें कि सही प्रार्थना करने का समय आया है। जो भी लोग निरंतरता से प्रार्थना करते हैं, उनका जीवन बदल जाता है, यदि वे सही नौकरी में न हों तो उनकी नौकरी बदल जाती है, उनकी जिंदगी की हर चीज बदल जाती है। फिर उनका जीवन वैसा हो जाता है, जिसमें हर चीज अबोव टेबल (योग्य मार्ग से) आती है। जब तक वह नहीं हुआ है तब तक आपका काम है, साफ तरीके से कार्य करते रहना। जब भी मन कहे कि 'दूसरे लोग तो गैरकानूनी कार्य कर रहे हैं' तो स्वयं से कहें, 'मगर मुझे ऐसा नहीं करना है।'

कई बार ऐसा होता है कि कमजोर नींव नाइन्टी रखनेवाला कोई इंसान ऑफिस से रबर, पेन्सिल या अन्य कुछ चीजें उठाकर लाता है। दूसरा इंसान, जिसकी ऐसी वृत्ति नहीं होती, ऐसे इंसान को देखकर उसके मन में भी विचार आने लगते हैं कि 'अरे! सब तो यही करते हैं तो मैं भी ऐसा कर लेता हूँ, क्या फर्क पड़ता है।' ऐसे लालच के विचार आने पर आपको स्वयं से पूछना है कि 'मेरी जिंदगी में मैं क्या चाहता हूँ? मेरी जिंदगी में मैं जो चाहता हूँ, मुझे वह सोचना है। बाकी लोग कुछ भी कर रहे हों, मुझे जो करना है वैसी प्रार्थना करना तो मैं शुरू करूँ।'

अगर आप अपनी कोई आदत तुरंत बदल नहीं सकते तो कम से कम प्रार्थना करना तो जल्दी से शुरू कर ही सकते हैं। सही प्रार्थना की वजह से बहुत जल्द ही वह आदत बदल जाएगी या नौकरी, मुहल्ला, समाज, शहर, देश बदल जाएगा। प्रार्थना से सब संभव है। आपकी प्रार्थना में, आपके विचारों में बहुत ताकत है इसलिए अपनी चाहत कुदरत को अच्छी तरह, स्पष्ट रूप से बताएँ। कुदरत को यह न बताएँ कि 'आप क्या नहीं चाहते' बल्कि यह बताएँ कि 'आप क्या चाहते हैं।' प्रार्थना करें कि 'मेरे जीवन में यह-यह हो रहा हो, मेरी नौकरी इस-इस तरह चल रही हो।' हर वक्त सीन बदल रही है। आज आपके सामने जो सीन है कल वह बदल जाएगी। यदि आज नकारात्मक सीन चल रही है तो उसे देखकर कहें, 'आज की तारीख में ऐसा है। कल कुछ अलग भी हो सकता है। कल नई परिस्थितियाँ होंगी, उनके अनुसार फिर नया सोचेंगे।' आप सही ढंग से प्रार्थना करते रहेंगे तो परिस्थितियाँ बदलेंगी।

परिस्थितियाँ कभी भी बदल जाती हैं, सरकार के नियम बदल जाते हैं। कभी-कभी सिर्फ एक इंसान की वजह से भी नियम बदलते हैं। कई बार बहुत सारे लोग प्रार्थना कर रहे होते हैं तो नियम बदलते हैं। कुदरत में कोई सीमा नहीं है। इसलिए

नैतिक मूल्यों की संपत्ति

सक्षम नींव नाइन्टी के लिए प्रार्थना करें। सही प्रार्थना करेंगे तो किसी भी प्रकार की लालच आपको गुमराह नहीं कर पाएगी।

४. व्यसनों का शिकार

नींव नाइन्टी की कमजोरी का परिणाम इंसान के निजी जीवन पर भी पड़ता है। वह जल्द ही किसी बुरे दोस्त के चंगुल में पड़ जाता है और व्यसन का शिकार बन जाता है। ऐसा इंसान पहले दोस्त के कहने पर और बाद में आदत हो जाने के कारण बढ़-चढ़कर शराब-सिगरेट पीता है और शराब के नशे में कीचड़ में गिरता है। इंसान शराब का इतना आदी हो जाता है कि वह अपने साथ-साथ परिवार के लोगों का जीवन भी नरक समान बना देता है। शराब और जुआ खेलने के लिए वह अपनी जाएदाद भी दाँव पर लगा देता है। लेकिन इससे वह कोई सबक नहीं सीखता। आये दिन वह अपने लिए नरक का निर्माण करता है। इस तरह कमजोर नींव नाइन्टी की वजह से इंसान व्यसनों का शिकार होकर स्वयं का तथा उसके साथ रहने वाले रिश्तेदारों का जीवन भी बरबाद कर देता है।

५. मन वश में नहीं रहता

कमजोर नींव नाइन्टी वाले इंसान का मन उसके वश में नहीं रहता। जिसके कई सारे परिणाम उसे अपने जीवन में भुगतने पड़ते हैं। जैसे एक इंसान किसी प्रीति भोज में जाता है तो वहाँ वह जरूरत से ज्यादा खाना खाता है। दो गुलाब जामुन की जगह दस गुलाब जामुन खा लेता है और अगले दिन ही पेचिस का शिकार होकर अस्पताल में भरती होता है। वह इंसान अपनी इंद्रियों का गुलाम बनकर अपने स्वास्थ्य को गँवा देता है।

६. पैसों की समस्या का शिकार

जिन लोगों की नींव नाइन्टी कमजोर होती है उनका शरीर अनुशासित नहीं रहता। परिणाम स्वरूप वे अकसर पैसे की समस्या का सामना करते रहते हैं। ऐसे अनट्रेन्ड लोग पैसों को कब, कहाँ, कैसे खर्च करें, यह उन्हें पता ही नहीं होता। बहुत पैसा आने के बाद भी उनके पास पैसा नहीं टिकता। ऐसे लोग यह नहीं जानते कि बूँद-बूँद करके तालाब भरता है। एक गरीब इंसान यदि अनुशासित है तो वह कुछ पैसों की बचत कर ही सकता है। पैसे की बचत करने वाला इंसान ज्यादा समय तक गरीब नहीं रह सकता। उसका अनुशासित होना ही उसकी मजबूत नींव नाइन्टी

का सबूत है। जिन लोगों के पास कला, हुनर, कार्य करने की लगन, साहस और ईमानदारी है, उन्हें ज्यादा समय तक पैसों की समस्या नहीं रहती।

जिनकी नींव नाइन्टी कमजोर होती है वे कभी भी छोटे कार्य से शुरुआत नहीं करना चाहते। इसलिए उन्हें कभी बड़ा कार्य करने का मौका नहीं मिलता। ऐसे लोग हताश होकर नीच प्रवृत्तियों के शिकार बन जाते हैं और बिना मेहनत किए गलत तरीके से पैसे कमाना चाहते हैं। अकसर देखा गया है कि ऐसे लोगों में आत्मविश्वास की कमी होती है। वे निराशावादी बनकर भाग्य का रोना रोते रहते हैं। ज्योतिषियों के चक्कर में पड़कर वे श्रम से जी चुराते हैं। तुरत-फुरत तरीके से पैसा बनाने की इच्छा रखकर लॉटरी या अलग-अलग योजनाओं में पैसा बरबाद करके गरीबी के दुष्परिणाम भुगतते हैं।

७. नौकरी की समस्या

नींव नाइन्टी कमजोर होने की वजह से लोगों को नौकरी से संबंधित समस्याओं का सामना करना पड़ता है। उनके मन में अकसर ये नकारात्मक विचार चलते रहते हैं कि 'आज जो मैं नौकरी कर रहा हूँ वह स्थायी नहीं है... इस नौकरी में मेरा मन नहीं लगता... मुझसे यह काम नहीं होता है... वह काम नहीं होता है... मैं ऐसा काम नहीं करना चाहता हूँ... इस काम से मैं बोर हो रहा हूँ... मुझे इस काम से ऊपर की कमाई भी नहीं होती'... इत्यादि।

मन के नौकर बनकर वे बार-बार नौकरी बदलते रहते हैं। ऐसे लोग अपने जीवन को उच्च दृष्टिकोण से नहीं देख पाते। उनके मन में कभी ऐसा विचार नहीं आता कि 'जो नौकरी मैं कर रहा हूँ, उसमें मेरा ऐसा विकास हो रहा है, जो मेरी उच्च अभिव्यक्ति के लिए काम में आने वाला है। इसलिए यह नौकरी मुझे खुशी से तब तक करनी चाहिए, जब तक मेरे जीवन में विकास की अगली सीढ़ी नहीं आती।' केवल ऊपर की कमाई और कामचोरी के मौकों को देखकर नौकरियाँ न बदलें। अपने मन को गुरु बनाकर अपनी नींव नाइन्टी कमजोर न करें। ऐसा करने से आप अनेक दुष्परिणामों से बच जाएँगे।

८. परमात्मा से दूर

कमजोर नींव नाइन्टी रखने वाला इंसान खुदा से जुदा होकर खुद को भूल जाता है। इस पृथ्वी पर आने का क्या लक्ष्य है, उसे यह याद नहीं रहता। उसका पूरा जीवन

— नैतिक मूल्यों की संपत्ति —

नौकरी करने, बच्चे पैदा करने, उन्हें पढ़ाने-लिखाने और गलत रिश्ते बनाने में ही गुजर जाता है। ऐसे लोग जीते जी तो ईश्वर से दूर थे ही, ईश्वर को बिना जाने मृत्यु को भी प्राप्त हो जाते हैं।

इस पृथ्वी पर कई सारे लोग कर्मों का बोझ लेकर ईश्वर से दूर रहते हैं। वे आनंदित जीवन को छोड़कर दिखावटी जिम्मेदारी का बोझ लेकर, तनाव के साथ अपने शरीर को, देश को, घर को चलाते हैं। ऐसे लोग जीवन भर हाय-हाय ही करते रह जाते हैं और जीवन के कुल मूल लक्ष्य (क.म.ल.) को जाने बिना ही दुनिया से चले जाते हैं।

अपने कुल मूल लक्ष्य को जानने और पाने के लिए अपनी नींव नाइन्टी गहरी बनाएँ। नींव नाइन्टी को गहराई तक जड़ जमाने के लिए १३ उपाय अपनाएँ। आगे आने वाले १३ दिन एक-एक उपाय का उपयोग करें। ये १३ दिन तेरे जीवन की पुस्तक में सुनहरे अक्षरों में लिखे जाएँगे।

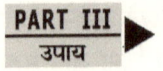

DAY
6

प्राथमिक दस गुण बढ़ाने का गुण हासिल करें

गुणगान-गुणज्ञान रहस्य

पहला उपाय

इस संसार में प्रत्येक वस्तु चाहे वह छोटी हो या बड़ी, निर्जीव हो या सजीव, सबका अपना महत्व है। इस समझ के आधार पर सभी में निहित गुणों को देखना शुरू करें। अवगुणों को देखकर इंसान में दुर्बलता बनी रहती है। दिनभर समाचार देखने, सुनने और फैलाने वाले लोग इस दुर्बलता का शिकार बनते हैं। समाचार देखने वाले लोग इस बात का सदैव खयाल रखें कि कहीं वे समाचार देखते-देखते सभी लोगों को शक की नजर से देखने तो नहीं लगे हैं? इसलिए जितना हो सके नकारात्मक बातों पर ध्यान देना बंद करें। देखें तो सकारात्मक समाचार देखें। अपने चारों तरफ फैली हुई सुंदरता को ढूँढ़कर सराहना सीखें।

एक शिष्य सदैव अपने गुरु की आज्ञा का पालन करता था। उनकी मन लगाकर सेवा करता था और अधिक से अधिक ज्ञान प्राप्त करने का प्रयास करता

नैतिक मूल्यों की संपत्ति

था। एक दिन उसने गुरुजी से पूछा, 'गुरुदेव, आज मैं २५ साल का हो गया हूँ, क्या अब तक मेरी शिक्षा पूर्ण नहीं हुई है?' गुरुदेव ने स्नेहपूर्वक उसे देखा और कहा, 'पुत्र, तुम्हारी शिक्षा तो पूर्ण हो चुकी है लेकिन उस शिक्षा की परीक्षा अभी तक पूर्ण नहीं हुई है।'

'कैसी परीक्षा गुरुदेव?' शिष्य ने गुरुदेव से आश्चर्यभाव में पूछा। तब गुरु ने कहा, 'तुम इस जंगल से ऐसी कोई वनस्पति खोजकर लाओ, जिसका कोई भी उपयोग न हो।'

शिष्य तत्काल जंगल गया और शाम को वापस आकर कहा, 'गुरुदेव, इस जंगल में तो क्या पूरे संसार में कोई भी ऐसा पदार्थ नहीं है, जो व्यर्थ हो। अतः मुझे जंगल में ऐसी कोई वनस्पति नहीं मिली, जो उपयोगी न हो।'

गुरु ने प्रसन्न होकर कहा, 'पुत्र, अब तुम्हारी शिक्षा पूर्ण हो गई क्योंकि तुम सृष्टि के प्रत्येक कण का महत्व और गुणगान-गुणज्ञान रहस्य समझ गए हो।'

यह कहानी सृष्टि के कण-कण की उपयोगिता को दर्शाती है। अर्थात इस पृथ्वी पर कोई भी मनुष्य निष्प्रयोजन जन्म नहीं लेता। सभी मानव गुणी होते हैं। यह अलग बात है कि किसी इंसान में बुराई की अधिकता के कारण हमें लगता है कि अमुक इंसान में कोई गुण नहीं है। हालाँकि उस इंसान में भी कुछ गुण अवश्य होते हैं। इसलिए हर एक को अपने तथा औरों के अंदर छिपे हुए गुणों को पहचानने की कला आनी चाहिए।

हीरे की परख एक जौहरी ही कर सकता है। अगर आप भी एक बेहतरीन जौहरी (सफल इंसान) बनने की ख्वाहिश रखते हैं तो अपने अंदर के हीरे जैसे चरित्र को पहचानने की कोशिश करें, न कि उस हीरे (चरित्र) को पत्थर समझकर रास्ते से गुजरने वालों पर लुटाते रहें।

चरित्र का महत्व समझते हुए अब सभी को एक संकल्प लेना चाहिए, विशेषकर उन शिक्षकों और शिक्षिकाओं को जो बच्चों के उज्ज्वल भविष्य के लिए चिंतित रहते हैं, 'हम अपने विद्यार्थियों को समय रहते ही नींव नाइन्टी की शिक्षा देंगे। यह शिक्षा हम केवल शब्दों में नहीं बल्कि अपना आदर्श प्रस्तुत करके देंगे।'

युवाओं का भविष्य और उनका चरित्र उनके माँ-बाप के अलावा उनके शिक्षकों

पर भी काफी हद तक निर्भर करता है इसलिए हर विद्यालय और महाविद्यालय में बच्चों और नौजवानों को यह बात सिखाई जानी चाहिए कि 'एक सफल इंसान अपनी नींव नाइन्टी यानी अच्छे चरित्र की बदौलत ही सफलता प्राप्त करता है और उस पर टिक पाता है।' इस एक पंक्ति की शिक्षा से नौजवानों की अनेक समस्याएँ अपने आप सुलझ सकती हैं। यदि विद्यार्थी इस शिक्षा को अपने अध्यापन काल में सीख नहीं पाए तो वे अपने जीवन में अनेक समस्याओं को आमंत्रित करते रहेंगे। इसका बुरा असर न केवल उनके जीवन पर होगा बल्कि उनके रिश्तेदारों, समाज और देश पर भी होगा।

हर इंसान को चरित्र निर्माण के लिए उच्च गुणों को चुनना चाहिए, जिन्हें वे अपने अनुकूल बना सकते हैं। इन गुणों को उन्हें अपने जीवन का अभिन्न अंग बनाने का प्रयास करते रहना चाहिए। एक न एक दिन वे अवश्य उसमें माहिर हो जाएँगे और उनका चरित्र इन गुणों की आभा में दमकने लगेगा। ये दस प्राथमिक गुण कुछ इस तरह के हो सकते हैं :

१. लोक कल्याण की भावना - अव्यक्तिगत, निःस्वार्थ भावना।

२. किसी विषय का अधिकतम ज्ञान प्राप्त करना- प्रवीण यानी कर्म कुशल बनना।

३. स्वाध्याय - आत्मनिरीक्षण द्वारा अपना तथा अपने विचारों का अध्ययन करना।

४. संयम - प्रवृत्तियों को अपने वश में रख पाना, संयम साधना में दक्ष होना।

५. वक्त के पाबंद रहना - दूरदर्शिता द्वारा समय रहते काम पूरा करना।

६. अपने उसूलों पर डटे रहना- अपने लक्ष्य को सदा अपनी आँखों के सामने रखना।

७. जिम्मेदारी निभाना - नई जिम्मेदारी उठाने का साहस जुटाना।

८. वचन का पालन करना - अपने वादों पर कायम रहना।

९. सदा ईमानदार और आनंदित रहना - अपने ईमान को नहीं बेचना।

१०. मन की पवित्रता बरकरार रखना- बुराई की भावना से दूर रहना।

बिना नींव की मजबूती के कोई भी इंसान जीवन में सफलता प्राप्त करने को तरसेगा और बार-बार नींव नाइन्टी और टॉप टेन के अज्ञान की दुहाई देगा कि 'काश! मुझे सही समय पर इसके बारे में किसी ने बताया होता तो मैंने उस पर अमल

नैतिक मूल्यों की संपत्ति

किया होता।' लेकिन आपके लिए अभी भी देर नहीं हुई है। यदि आप यह पुस्तक पूरी पढ़ लेने का निर्णय ले चुके हैं... और इसे आत्मसात करने का संकल्प ले चुके हैं तो...!

अच्छे गुणों को आत्मसात करें

नींव नाइन्टी को निखारने के लिए अपने अंदर अच्छे गुणों को आत्मसात करें। जैसे सिगरेट पीने वाला इंसान जब सिगरेट न पीने का संकल्प लेता है तब उस आदत को तोड़ने के बाद उसे इतना आनंद प्राप्त होता है, जितना आनंद वह सिगरेट पीकर भी नहीं पा सकता था।

आप अपने आप से पूछें कि 'मुझ में ऐसे कौन से अवगुण हैं जो हटाने हैं, कौन से गुण अपने अंदर लाने हैं और कौन से गुण मुझ में हैं जिन्हें बरकरार रखने हैं?' जैसे विश्वास, धीरज, सही संप्रेषण (कम्युनिकेशन), लोकव्यवहार, कार्यक्षमता इत्यादि। ये सारे गुण अपने अंदर आत्मसात करके विश्वसनीय बनें।

दूसरों के चरित्र-दोष में मदद न करें

जो अपना चरित्र उज्ज्वल बनाना चाहते हैं, अपने चरित्र की संपत्ति को सँभालना चाहते हैं, उन्हें दूसरों के चरित्र-दोष में मदद नहीं करनी चाहिए। आम तौर पर महाविद्यालयों में यह बात देखी जाती है।

जैसे एक लड़का अपनी मनमानी करना चाहता है। वह अपने मित्र से कहता है कि 'मैं जो कुछ करूँ, मेरे घर पर मत बताना।' कुछ लोग उसे मदद करते हैं। वे उसके घर जाकर झूठ बोलते हैं कि 'आपका बेटा यहाँ गया है, वहाँ पढ़ाई करने गया है।' उसके बाद यह देखा गया कि जो लोग उस लड़के को मदद कर रहे थे, उनका भी चरित्र खराब हो गया। वे भी कुछ समय के बाद उन बातों में लग गए। इस बात को लेकर एक कहावत भी प्रसिद्ध है कि 'बेईमान दोस्त से बेहतर ईमानदार दुश्मन है।'

किसी और के चरित्र-दोष में मदद करके आप अपनी नींव नाइन्टी कमजोर न करें। हमेशा ऐसे लोगों की मदद करें, जिनके साथ रहकर आपको अपनी कमजोरी और उसे दूर करने का उपाय पता चलता है। अगला उपाय अपनी कमजोरी न सुन पाने की कमजोरी दूर करने का उपाय है।

DAY 7

आत्ममंथन करें

अपनी कमजोरी न सुन पाने की कमजोरी दूर करें

दूसरा उपाय

हर इंसान का टॉप टेन यानी उसका बाहरी रूप शुरू में उसे मदद करता है मगर बाद में उसे अपनी नींव नाइन्टी ही काम में आती है।

नींव नाइन्टी विशाल करने के लिए आपको आत्मनिरीक्षण करने की कला सीखनी चाहिए। हम अपना आत्मनिरीक्षण करके यह जाँचें कि हमारे मन में कौन से विचार उठ रहे हैं। हमारे विचार ही हमें यह खबर देते हैं कि हमारी नींव नाइन्टी मजबूत है या कमजोर। इस बात को एक उदाहरण से समझें।

एक इंसान ने अपने जीवन में कभी चोरी नहीं की। एक दिन अचानक उसे अपने सामने बहुत सारे पैसे दिखाई दिए मगर उसने चोरी नहीं की। इसका कारण क्या हो सकता है? क्या वाकई में उसके मन में चोरी का विचार नहीं आया या कोई अन्य कारण था? चोरी न करने का कारण यह था कि उस वक्त उसके मन में विचार आया कि 'मुझे कोई देख तो नहीं रहा है? शायद मैं पकड़ा जा सकता हूँ।'

नैतिक मूल्यों की संपत्ति

यानी उसके मन में चोरी का विचार आया लेकिन पकड़े जाने के डर से उसने चोरी नहीं की। इससे समझें कि हर घटना में आपके मन में जो विचार उठते हैं, वे बताते हैं कि आपकी नींव नाइन्टी मजबूत है या कमजोर है।

एक अमीर इंसान के सामने पैसे पड़े हैं और वह कहे, 'देखो, मैं कितना ईमानदार हूँ, मेरे सामने पैसे पड़े हैं फिर भी मैंने नहीं लिए।' यह अच्छी बात है कि उसने पैसे नहीं लिए मगर यह कोई बड़ी बात नहीं है क्योंकि वह इंसान पहले से ही अमीर है, उसके पास पैसों की कोई कमी नहीं है। एक गरीब इंसान के सामने पैसे पड़े हैं और उसे जरूरत होते हुए भी वह वे पैसे नहीं लेता तो यह बड़ी बात है। उसका पैसे न लेना यह दर्शाता है कि उसकी नींव नाइन्टी मजबूत है।

किसी इंसान को कहीं सौ रुपये मिल गए तो वह क्या करेगा? वह पूछताछ करके जिसके वे सौ रुपये हैं, उसे लौटा देगा। यदि उसे १००० रुपये मिले तो वह क्या करेगा? १०,००० रुपये मिले तो भी क्या वह पैसे लौटा पाएगा? यदि वह १०,००० रुपये लौटाने से हिचकिचायेगा तो इसका अर्थ है उसके चरित्रबल की कीमत केवल १०,००० रुपये है। अपने आपसे हर इंसान यह सवाल पूछे कि 'मेरे चरित्रबल की कीमत कितनी?'

हर इंसान को समय-समय पर इस तरह के सवाल पूछकर आत्मचिंतन, तेज मनन और आत्मनिरीक्षण द्वारा अपने अंतःकरण को साफ करना चाहिए। महापुरुषों के जीवन चरित्र पढ़कर उनसे प्रेरणा लेनी चाहिए। ऐसा करने से हमारे अंदर के सारे विकार दूर हो जाएँगे। खुद से हुई भूलों का अपराध-बोध निकालकर, मन को निष्पक्ष और निर्मल बनाएँ। हर गलती को गुरु बनाएँ यानी हर गलती से कुछ सीखें। गुरु की हर आज्ञा को आकाशवाणी समझें। ऐसा करने से एक उच्च और आदर्श चरित्र का निर्माण होगा। हर इंसान इसी बुलंदी का सपना देखे।

लोगों से अपना फीडबैक लें

लोग आपको आपके द्वारा किए गए कार्य की नकारात्मक फीडबैक देते हैं, यह अच्छी बात है। जब भी आपको लोगों से फीडबैक (प्रतिपुष्टि) मिले तब उसका फायदा लेना सीखें। फीडबैक सुनकर उसे अनसुना न करें। यदि कोई चीज आपके पास आती है तो इसका अर्थ है कि आपको उसकी जरूरत है। लोग आपके बारे में जो फीडबैक दे रहे हैं, उसकी आपको जरूरत है। हो सकता है, जिस तरीके से

नींव नाइन्टी

लोग आपको फीडबैक दे रहे हैं, उस तरीके की आपको जरूरत न हो बल्कि किसी और तरीके की जरूरत हो मगर आप फीडबैक देने के तरीके पर ध्यान न देते हुए फीडबैक का फायदा लेना सीखें। ऐसा न सोचें कि सामनेवाले ने सेब दिया है तो मुझे सेब खाना ही है। हो सकता है आपकी मेज पर रखा कागज उड़ रहा हो और उसके ऊपर रखने के लिए आपको सेब पेपर वेट के रूप में दिया गया हो।

आप सोचते हैं कि 'मेरी सेहत तो अच्छी है, मैं तो स्वस्थ हूँ फिर मुझे यह स्वास्थ्य की पुस्तक क्यों दी जा रही है मगर स्वास्थ्य की पुस्तक देने का कोई दूसरा उद्देश्य भी हो सकता है। अतः उसे लेने में मत हिचकिचायें। लेने के बाद सोचें कि इसका उपयोग कैसे किया जा सकता है।

दुनिया में कोई भी ऐसी चीज नहीं है, जो निरुपयोगी है। अतः हर एक फिडबैक लेकर उसका सही ढंग से इस्तेमाल करना सीखे।

पुस्तक की उपमा (ऐनालॉजी) से आपकी समझ में आया होगा कि आप कैसी पुस्तक हैं, आपकी नींव नाइन्टी कैसी है। उसमें कोई अध्याय गलत हो तो संपादन (एडिटिंग) करके वह अध्याय आप ठीक कर सकते हैं। उसके लिए संघ (अच्छी संगत) में रहकर काम करें और सभी से योग्य फीडबैक लें।

योग्य संघ में आप सबको बता पाएँ कि 'यह मेरा जीवन (मेरी पुस्तक) है, इसे देखें, पढ़ें और मुझे मेरे बारे में सही फीडबैक जरूर दें।' यदि कोई आपकी पुस्तक (जीवन) के बारे में आपको सही फीडबैक देना चाहता है और आप उसे नहीं सुनते हैं तो यह आपकी बड़ी गलती है। चरित्रवान बनने के लिए अपनी गलतियों को जानना और उन्हें प्रकाश में लाना अति आवश्यक है। इंसान में कुछ ऐसी कमजोरियाँ होती हैं, जिन्हें वह खुद जान नहीं पाता। सच्चे मित्रों की फीडबैक से ही वह ऐसी सूक्ष्म कमजोरियों को जानकर निकाल सकता है।

आपको कोई आपकी कमजोरियों के बारे में बताये या न बताये आपको खुद अपनी निष्कपट फीडबैक सभी से लेनी चाहिए। कोई आपसे ज्यादा विकसित है तो आप उससे अपना फीडबैक लें कि 'मेरी नींव नाइन्टी कैसी है, मेरा टॉप टेन कैसा है और मुझे किन बातों से खतरा है?' जब कोई आपको आपके बारे में कपटमुक्त होकर बता पाएगा तब आप उस फीडबैक पर काम करके उत्कृष्ट पुस्तक (इंसान) बन सकते हैं।

नैतिक मूल्यों की संपत्ति

आपकी पुस्तक के अंदर क्या छपा है और क्या छिपा है, यह कैसे जाहिर हो सकता है? यह जाहिर हो सकता है आपकी छपाई से। आपकी छपाई कैसी है? लोग आपकी पुस्तक के अंदर देखें तो उन्हें क्या दिखाई देना चाहिए, यह आपको तय करना है। अर्थात आपका व्यवहार लोगों से ऐसा हो कि आपको देखकर उन्हें भी अपनी नींव नाइन्टी मजबूत करने की प्रेरणा मिले। इसके लिए आपको लोगों से फीडबैक लेने में हिचकिचाना नहीं चाहिए।

नींव नाइन्टी मजबूत करने का रहस्य

जिस प्रकार गुणों को आत्मसात करके नींव नाइन्टी मजबूत होती है, उसी प्रकार अपने अंदर की कमियों को प्रकाश में लाकर उनमें सुधार लाने से भी नींव नाइन्टी मजबूत होती है। अपनी कमियों को ढूँढ़कर उन्हें सुधारने में कोई कसर न छोड़ें, अपने नुक्स निकालने में आप प्रोफेशनल बन जाएँ। अपनी गलतियाँ अपने आपसे छिपाकर किसी भी इंसान की नींव मजबूत नहीं हो सकती। कमजोरियों से ऊपर उठना और अच्छे गुणों की उपासना करना, यही है नींव नाइन्टी मजबूत करने का रहस्य।

जो अपनी नींव मजबूत बनाना चाहते हैं वे सफल लोगों से अपने बारे में, अपनी गलतियों के बारे में जानना चाहते हैं। दूसरों से अपनी गलतियाँ और दोष सुनना किसी को भी अच्छा नहीं लगता लेकिन अपनी गलतियाँ जाने बिना उन्हें सुधारा नहीं जा सकता। कुछ गलतियाँ ऐसी होती हैं, जिनका आपको स्वयं पता नहीं चलता लेकिन आपके शुभचिंतक उन्हें देख सकते हैं। जब आप अपनी गलतियों से सीखना चाहेंगे तभी आप दूसरों से अपने बारे में जानकारी (फीडबैक) माँगेंगे। जब गुणों की तारीफ हो रही हो और अवगुणों की जानकारी दी जा रही हो तब पहले अवगुणों की जानकारी इकट्ठा करें। गुणों की तारीफ तो होती रहेगी, कभी भी तारीफ के चक्कर में अपने अवगुणों पर परदा न डालें।

DAY
8

लक्ष्य को अपने जीवन का सारथी बनाएँ

लक्ष्य और लाभ में सही चुनाव करें

तीसरा उपाय

मानव जीवन का लक्ष्य है कि 'वह जो कर सकता है, वह करे। जो बन सकता है, वह बने। जो उद्देश्य लेकर वह पृथ्वी पर आया है, उसे पूरा करे।'

आप यदि पृथ्वी पर राष्ट्रपति बनने नहीं आये हैं तो वह बनने का प्रयास भी न करें। यदि आप राष्ट्रपति बन भी गए तो आप विश्व के सबसे दुःखी राष्ट्रपति होंगे। हमें जो बनना है, वही बनकर हम सच्चा आनंद ले सकते हैं। कोई और क्या कर सकता है, यह आपको नहीं सोचना है। जैसे चमेली का फूल जूही के फूल के बारे में कभी नहीं सोचता कि 'मैं जूही अथवा गुलाब जैसा क्यों नहीं हूँ?' इसलिए आप जो हैं, वह बनें। आप क्या बनकर सदा आनंद में रह सकते हैं, वह बनें, पूर्ण बनें।

मानव जीवन का लक्ष्य और नींव नाइन्टी का संबंध

बगीचे का हर फूल खिल रहा है। यह दूसरी बात है कि पूरा खिलने से पहले

नैतिक मूल्यों की संपत्ति

कोई फूल टूट जाता है, कोई तेज हवाओं से गिर जाता है, कोई बच्चा उसे तोड़ देता है, उसे कुछ कीड़े लग जाते हैं, कुछ फूल रोग लग जाने से खराब हो जाते हैं मगर हर फूल का लक्ष्य है कि वह पूरा खिले। उसके अंदर की जो सुगंध है वह हवा के माध्यम से हर एक तक पहुँचे। फूल की तरह ही हर इंसान का लक्ष्य होता है कि वह पूरी तरह से खिलकर-खुलकर अपनी सुगंध चारों तरफ फैलाये।

अगर आप चाहते हैं कि आपकी नींव नाइन्टी मजबूत बने तो आप अपने लक्ष्य को अपने जीवन का सारथी बनाएँ। अपने सारथी को सबल बनाएँ यानी एक शक्तिशाली लक्ष्य बनाएँ क्योंकि बिना लक्ष्य के जीवन का रथ सही पटरी पर चल नहीं सकता।

अपनी पुस्तक का नाम तय करें

अपनी पुस्तक (जीवन) के लिए आप जैसा चाहते हैं, वैसा बढ़िया सा नाम दें और उस पर निरंतरता से काम करें। जैसा आपकी पुस्तक का नाम (लक्ष्य) है, वैसा कार्य भी होना चाहिए। पुस्तक का नाम तय करने के बाद आपका ध्यान इस बात पर होना चाहिए कि 'मेरी पुस्तक पढ़नेवाले को ये-ये लाभ मिलने चाहिए, मेरे साथ रहनेवालों का इस-इस तरह से विकास होना चाहिए, इसके लिए मुझे ये-ये गुण अपने अंदर लाने चाहिए और अवगुणों से मुक्त होना चाहिए।' उस वक्त आपमें यह समझ भी होनी चाहिए कि 'हम कौन सी अभिव्यक्ति कर रहे हैं... हर घटना में हम अपने आपको क्या मानकर (क्या शरीर मानकर) प्रतिसाद दे रहे हैं... हमारी नींव नाइन्टी कितनी मजबूत हुई है... ?'

जब आप अपनी पुस्तक के लक्ष्य पर काम करते रहेंगे तब उसका असरदार परिणाम भी आयेगा। बीच-बीच में पुराने बीज, पैटर्न सामने आयेंगे लेकिन अब उन्हें सही तरीके से नष्ट करने की पद्धति आपको मिली है। जब तक नया दृश्य और नई प्रभात शुरू नहीं होती तब तक आपको दिखावटी सत्य में न उलझते हुए निरंतरता से अपनी पुस्तक के लक्ष्य पर काम करना है।

मजबूत नींव नाइन्टी से आप अपनी सारी पुरानी वृत्तियाँ और आदतों को चाहे वे परवरिश या जीन्स से ही क्यों न आयी हुई हों, तोड़ सकते हैं। यदि आपने अपने जीवन का दमदार लक्ष्य बनाया है तो आपके लिए कुछ भी असंभव नहीं है। आपको इस तरह अपने चरित्र का निर्माण करना है कि आपकी पुस्तक (आपको) देखकर

लोगों को भक्ति, प्रेम, शक्ति, साहस, आनंद, संतुष्टि, रचनात्मकता जैसी बातें याद आयें।

जितना शक्तिशाली लक्ष्य होगा, उतनी ही ताकत और मदद आपको लोगों से मिलेगी। जब आपकी अव्यक्तिगत जीवन जीने की तैयारी होती है, जब आपका लक्ष्य सभी के भले के लिए होता है तब सभी आपको सहयोग करने के लिए तैयार होते हैं। जब इंसान सिर्फ व्यक्तिगत सुख के लिए काम करता है तब बहुत थोड़े लोग उसे सहयोग करते हैं। अतः अव्यक्तिगत लक्ष्य बनाएं और अपनी पुस्तक (जीवन) का लाभ सबको दें।

मानव जीवन का संपूर्ण लक्ष्य है खिलना, खुलना और खेलना यानी जो आपकी संभावना है, उसे खोलना। एक इंसान का संपूर्ण लक्ष्य तब पूरा होता है जब वह पूरी तरह से खिलेगा, खुलेगा और खिलकर जीवन का खेल खेलेगा।

अपने जीवन में बहुत कम लोग लक्ष्य बनाते हैं और उनमें से बहुत कम लोग वह लक्ष्य लिखकर रखते हैं। जिम्मेदार इंसान अपना लक्ष्य केवल मस्तिष्क में नहीं रखते बल्कि उसे कागज पर योजना के साथ उतारते हैं। आप भी अपने जीवन लक्ष्य को लिखें, जिसे पढ़ते ही आपको रोमांच लगे, आनंद महसूस हो। जिसे पढ़कर आपके अंदर काम करने की प्रेरणा और साहस जागे तथा डर आपसे कोसों दूर भाग जाए।

लक्ष्य निर्धारित करने से मन भटकना भूल जाता है, जिससे नींव नाइन्टी मजबूत होने लगती है। इतिहास गवाह है कि जो लोग अपने चरित्र बल से सफल हुए हैं, उनके पास एक दमदार लक्ष्य था। अगर आपके पास लक्ष्य नहीं है तो आप ज्यादा समय तक अपनी नींव नाइन्टी मजबूत नहीं रख पाएँगे।

शक्तिशाली लक्ष्य बनाएँ

जब आपको एक लक्ष्य मिल जाता है तब दुनिया की कोई भी तकलीफ आपको तकलीफ नहीं लगती वरना लक्ष्य हीन इंसान को हर छोटी तकलीफ बहुत बड़ी लगती है। उदाहरण- रात को दूध का गिलास नहीं मिला, विशेष तकिया नहीं मिला तो लक्ष्यहीन इंसान को नींद नहीं आती। हर छोटी असुविधा उसे चिड़चिड़ा बना देती है।

नैतिक मूल्यों की संपत्ति

अपने आपको लक्ष्य दें, इंतजार न करें कि जीवन हमें लक्ष्य बताएगा या अन्य कोई आकर बताएगा कि यह तुम्हारा लक्ष्य है। किसी और पर निर्भर न रहें बल्कि स्वयं ही अपने आपको लक्ष्य दें। जिस दिन आप अपना लक्ष्य निश्चित कर लेंगे, वह दिन आपकी जिंदगी का सुनहरा दिन होगा क्योंकि उस दिन आपने अपना लक्ष्य निर्धारित कर अपने जीवन को एक दिशा दी। बिना दिशा के इंसान की दुर्दशा बनी रहती है।

सही दिशा और लक्ष्य की प्रेरणा से चरित्रवान इंसान की काबिलीयत इतनी बढ़ जाती है कि पहले वे जिन कार्यों को नहीं कर पाते थे, जल्द ही उनमें माहिर हो जाते हैं। उदाहरण पहले कोई इंसान एक शब्द भी टाइप नहीं कर सकता था लेकिन जिम्मेदारी, ईमानदारी, वचनबद्धता और प्रेम के गुणों का महत्व समझने से आज पुस्तक बनाने का बड़ा कार्य कर रहा है। यह परिवर्तन कैसे हुआ? कोई भी इंसान यदि जीवन का उच्चतम लक्ष्य तय करे तो यह संभव है। चरित्रबल से आप अपनी पुस्तक (जीवन) द्वारा बहुत बड़े कार्य कर सकते हैं।

जितना बड़ा लक्ष्य हम बनाते हैं, उतनी ज्यादा शक्ति कुदरत हमें प्रदान करती है। कुदरत का यह नियम समझने वाले लोग कभी छोटा लक्ष्य नहीं बनाते। आप अगर कुदरत की शक्ति को अपने अंदर महसूस करना चाहते हैं तो उच्चतम लक्ष्य बनाएँ और वर्तमान में किए जा सकने वाले महत्वपूर्ण कार्यों को करना शुरू कर दें।

लक्ष्य बनाएँ, जीवन बदलें

बिना लक्ष्य के जीवन जीते हुए आप जिन कार्यों को प्राथमिकता दे रहे हैं, वे प्राथमिकताएँ लक्ष्य मिलते ही बदल जाएँगी। यदि आप स्वास्थ्य के लिए कम समय दे रहे हैं या आपके लिए बचत करना कठिन है, लोगों की जरूरतों पर आप कभी नहीं सोचते, टीम वर्क करना व समय नियोजित करना आपके लिए कठिन है तो हो सकता है लक्ष्य निर्धारित होते ही आप अपना समय इन सभी बातों पर देना शुरू कर दें। ऐसा भी हो सकता है कि लक्ष्य मिलते ही आपकी दिनचर्या सौ प्रतिशत बदल जाए। इसलिए सबसे पहले आप अपने जीवन को एक शक्तिशाली लक्ष्य दें।

किसी के जीवन का लक्ष्य हो सकता है डॉक्टर बनना, इंजीनियर बनना, कारपेंटर बनना, संगीतकार बनना, काबिलीयत हासिल करना इत्यादि। अगर आप कारपेंटर बनना चाहते हैं तो अच्छे कारपेंटर बनें, कामयाब कारपेंटर बनें। अगर

आपने डॉक्टर बनने का लक्ष्य निर्धारित किया है तो अच्छे डॉक्टर बनें, अधिक से अधिक डॉक्टरी ज्ञान प्राप्त करें।

चरित्र बनाना अपनी जिम्मेदारी और लक्ष्य समझें

चरित्रवान बनना आपकी जिम्मेदारी है। इसका अर्थ यह नहीं कि आपको २४ घंटे सतत् योग्य चरित्र बनाने की बातों के बारे में ही सोचना है। चरित्रवान बनना यानी सबसे पहले चरित्र हमारी संपत्ति है, यह जानना और उसी के आधार पर जीवन जीना। अपनी दैनंदिन गतिविधियाँ जारी रखते हुए आपको ऐसा व्यवहार करना है जिससे आपकी नींव मजबूत हो, जिसे कोई हिला नहीं पाए।

चरित्र बनाना हमारी जिम्मेदारी है, सभी इस जिम्मेदारी को समझें। आज के युवक-युवतियों का ध्यान अपने शरीर को सजाने में ज्यादा और चरित्र बनाने में कम होता है। इसी कारण आज की पीढ़ी में चरित्र ज्ञान लुप्त होता जा रहा है।

डिस्कवरी चैनेल पर दिखाते हैं कि ये-ये जानवर पृथ्वी से लुप्त होते जा रहे हैं तो कुछ लोग उन जानवरों को बचाने के लिए कदम उठाते हैं और सरकार भी उन जानवरों के लिए मदद करती है। उन जानवरों के लिए घर और जंगल बनाती है ताकि वे जानवर धरती से लुप्त न हो जाएँ। किसी जानवर के लिए इतना कुछ किया जा सकता है तो चरित्र ज्ञान के लिए क्यों नहीं? पृथ्वी लक्ष्य को लुप्त होने से बचाने के लिए क्यों नहीं?

ज्ञान असीमित है। यह समुद्र के उस मोती के समान है जो सिर्फ उसमें गोता लगाने से नहीं मिलता बल्कि दिशा निर्धारण करने पर ही मिलता है। जब तक हम अपने अंदर छिपी हुई शक्ति को पहचानकर अपना व्यवहार तथा अपनी दिशा और कार्य पद्धति निर्धारित न कर लें तब तक हमें सफलता नहीं मिलती।

लाभ और लक्ष्य दोनों अलग हैं

जो शरीर हमें मिला है, उसका महत्व है लेकिन यदि कोई असली लक्ष्य भूलकर पूरा जीवन शरीर को सुंदर बनाने में ही लगा दे तो इससे बड़ी मूर्खता और कोई नहीं हो सकती। इतिहास के पन्नों पर उन्हीं लोगों के नाम आते हैं, जिन्होंने अपने जीवन में कुछ ऐसा करके दिखाया है जिससे उनका पाक चरित्र झलकता है। ऐसे लोगों को उनके शरीर की सुंदरता से नहीं बल्कि चरित्र और कार्य से पहचाना

नैतिक मूल्यों की संपत्ति

जाता है। शरीर के अपने लाभ हैं लेकिन शरीर को ही सब कुछ मानना अज्ञान है। लाभ और लक्ष्य दोनों अलग-अलग बातें हैं। लाभ मिला यानी वही लक्ष्य है, ऐसा नहीं है। शरीर से मिलने वाले लाभों से चरित्र की दौलत में बढ़ोतरी नहीं होती बल्कि यह दौलत घटती है। ब्यूटी पार्लर में जाकर भी लाभ मिलता है, आनंद आता है लेकिन उससे चरित्र नहीं बनता। चरित्र से ध्यान हटने की वजह से शरीर को ही सब कुछ मान लिया जाता है।

लोग शरीर की सुंदरता को माध्यम बनाकर जीवन में सफलता के उच्च शिखर पर जाना चाहते हैं। कुछ लोग ऐसा कर भी लेते हैं मगर उनके मन की निर्मलता (Purity of Mind) खो जाती है। शक्ति की वजह से और समझ के अभाव में इंसान का मन शुद्ध नहीं रहता, वह भ्रष्ट हो जाता है। ऐसे लोग जीवन में सफलता तो हासिल करते हैं लेकिन चरित्र की दौलत गँवा बैठते हैं। जिसका मन निर्मल नहीं होता, उसका चरित्र भी पाक नहीं रहता। इसके विपरीत कुछ लोग अपने जीवन में सफलता के उच्च शिखर पर नहीं पहुँच पाते लेकिन उनके पास मन की शुद्धता होती है। ऐसे लोगों के पास चरित्र की दौलत होती है इसलिए वे सत्य की राह पर चल पड़ते हैं। सत्य की राह पर चलने के लिए साहस चाहिए और साहस उन्हीं लोगों में होता है, जिनके पास चरित्र की दौलत होती है। चरित्र की दौलत को सँभालना बहुत बड़ी जिम्मेदारी है। आज समय आया है कि स्कूल-कॉलेजों से ही इंसान को इस विषय पर जानकारी दी जाए ताकि वे जीवन में सही लक्ष्य निर्धारित कर, नैतिक जीवन की संपत्ति कमा पाएँ।

DAY
9

झूठ प्रभात और कपट रात

हर गलती से सीखें

चौथा उपाय

शुभ प्रभात में कपट रात की बेहोशी दूर करें। इंसान जब किसी कारण वश कपट करता है या झूठ बोलता है तब झूठ बोलने और कपट करने की वह क्रिया बेहोशी में होती है। झूठ का इस्तेमाल बेहोशी में नहीं बल्कि रोशनी (प्रभात) में होना चाहिए।

जब झूठ का इस्तेमाल अंधेरे (रात) में होता है तब नींव नाइन्टी पर आघात पहुँचता है। जीवन में कुछ ऐसी परिस्थितियाँ आती हैं, जहाँ पर इंसान को झूठ बोलना पड़ता है। ऐसे समय में इस बात का ध्यान रखें कि जो झूठ बोला जा रहा है, वह झूठ प्रभात है या कपट रात है।

झूठ प्रभात

प्रभात का प्र – प्रज्ञा और प्रेम के लिए है। कई बार ऐसी परिस्थिति आ जाती है जहाँ पर इंसान को प्रेम या प्रज्ञा के कारण झूठ बोलना पड़ता है। जैसे मृत्यु-शैया पर पड़ा कोई इंसान आपसे सवाल पूछता है और आप उसे गलत जवाब देते हैं।

ऐसे वक्त पर झूठ बोलने की क्रिया अनुचित नहीं है। चूँकि कुछ दिनों में वह मरने ही वाला है अतः आपके एक झूठ से वह अपनी जिंदगी के बचे हुए दो-चार दिन खुशी से जी पाएगा। ऐसे समय में आपके सच बोलने से कहीं वह मरने से पहले ही न मर जाए। उसका भावुक स्वभाव जानकर यदि आप झूठ बोलते हैं तो इसमें कोई हर्ज नहीं है। डॉक्टर जब मरीज से झूठ बोलते हैं तब इसके पीछे उन्हें समझ होती है। डॉक्टर को मरीज के प्रति किसी भी प्रकार का द्वेष-भाव नहीं होता बल्कि प्रज्ञा और प्रेम वश वे मरीज से झूठ बोलते हैं।

प्रभात में भा का अर्थ है भावना, इंटेन्शन, इरादा। इंसान किस भावना से झूठ बोल रहा है, यह जानना महत्वपूर्ण है। यदि इंसान व्यक्तिगत स्वार्थ वश झूठ बोलता है तो वह स्वार्थ उसका नुकसान करेगा। बिना किसी स्वार्थ के, सामनेवाले के हित में बोला गया झूठ गलत नहीं होता क्योंकि इस झूठ में इंसान की भावना गलत नहीं होती।

प्रभात में त का अर्थ है तेज। लाभ और हानि को ध्यान में न रखते हुए लोक-कल्याण के लिए बोला गया झूठ गलत नहीं है।

इस तरह हमने प्रभात के तीनों वर्ण प्र, भा, त का अर्थ समझा। प्रभात शब्द 'प्रकाश' की ओर इशारा करता है। प्रभात का अर्थ ही है रोशनी।

कपट रात

कपट रात में रा का अर्थ है राग और त का अर्थ है तमोगुण। राग यानी आसक्ति। कुछ लोग आसक्ति की वजह से झूठ बोलते हैं और कुछ लोगों में तमोगुण ज्यादा होता है इसलिए काम से बचने के लिए वे अकसर झूठ बोलते रहते हैं कि 'यह काम मैंने कर दिया है।' हालाँकि उन्होंने कोई काम नहीं किया होता है। झूठ बोलने की इस आदत के कारण इंसान की नींव दिन-ब-दिन खोखली होती जाती है। इसलिए जब भी आप किसी से झूठ बोल रहे हैं तो पहले अपने आपसे यह सवाल पूछें कि यह झूठ प्रभात है या कपट रात है?

हर इंसान को अपनी नींव नाइन्टी मजबूत करने के लिए झूठ प्रभात और कपट रात की समझ होनी चाहिए। कई बार झूठ बोलने वालों को लगता है कि हम अच्छा कर रहे हैं मगर सचमुच हम अच्छा कर रहे हैं या नहीं, इस पर अपने साथ ईमानदारी से बातचीत करें।

नींव नाइन्टी

इंसान अपने झूठ को तर्कसंगत बनाने में माहिर होता है। वह पहले झूठ बोलता है और फिर अपने ही झूठ को सच साबित करता है। कोई भी झूठ बोलने से पहले यदि इंसान मनन करता है तो उसके द्वारा लिया गया हर निर्णय सही सिद्ध होता है।

एक लड़का अपने मित्र को बचाने के लिए जो पाठशाला नहीं गया है, उसके माता-पिता से कहता है, 'यह मेरे साथ कक्षा में ही बैठा था।' यह कैसा झूठ है? उस लड़के को लगता है कि ऐसा करके वह अपने मित्र की मदद कर रहा है, उसके साथ दोस्ती निभा रहा है। मगर वास्तव में वह अपने मित्र का नुकसान कर रहा है क्योंकि वहाँ पर उसे कोई समझ नहीं है।

इंसान को यह पहले से ही पता हो कि झूठ किस समझ से बोला जा रहा है। झूठ बोलने से पहले इंसान यदि यह जानता है कि यह झूठ प्रभात है, कपट रात नहीं है तो ऐसा झूठ बोला जा सकता है वरना यही झूठ नींव नाइन्टी को धीरे-धीरे कमजोर कर देता है।

हर इंसान को अपनी नींव नाइन्टी फौलादी बनानी है। नींव नाइन्टी मजबूत होगी तो जो अंदर छपा है, वह बाहर आयेगा। जो छिपा (अनुभव) है, वह बड़ा होगा, उसका विस्तार होगा, संचार होगा।

हर कर्म जो इंसान के द्वारा होता है, वह उसके जीवन में खुशी या दुःख का फल लाता है। झूठ का फल तुरंत दिखाई देता है इसलिए झूठ बढ़ता जाता है। मगर तुरंत मिलने वाला लाभ कुछ समय के बाद हानिकारक सिद्ध होता है इसलिए ऐसे लाभों में न उलझें। लोग अपनी गलती छिपाने के लिए झूठ बोलना इसलिए नहीं छोड़ते क्योंकि सच बोलने का फल उन्हें तुरंत दिखाई नहीं देता है। अतः वे झूठ पर झूठ बोलते रहते हैं। इंसान कहता है, 'देखो, मैंने सच बोलना शुरू किया मगर अब तक कोई अच्छा फल नहीं आया।' तब उसे कहा जाता है कि 'सत्य की निरंतरता जारी रखो, अपनी गलतियों को न छिपाकर, उनसे सीखो। हर गलती हमारा विकास करे। पुरानी गलतियों को बार-बार दोहराना बंद करो।'

एक इंसान को अपने व्यवसाय के लिए एक सेल्स मैन चाहिए था। उसने इंटरव्यू लेकर दो व्यक्तियों का चुनाव किया। दोनों को अपने पास बिठाया और सवाल पूछे । जैसे 'फलाँ-फलाँ शहर में हमें अपनी कंपनी का उत्पादन (प्रॉडक्ट) बेचना है। ऐसी परिस्थिति में हम क्या करें?'

पहले इंसान से यह सवाल पूछा गया कि 'क्या आप उस शहर में गए हैं?' उसने कहा, 'हाँ, मैं उस शहर में गया हूँ। वह बहुत बेकार शहर है और वहाँ पर बहुत सारे जेबकतरे हैं। मैं वहाँ तीन बार गया और तीनों बार किसी ने मेरी जेब काट ली।' मालिक ने कहा, 'अच्छा! ऐसा है? वहाँ पर आप जाते थे तो कहाँ रहते थे?' उसने कहा, 'मैं होटल में रहता था। वहाँ का खाना भी अच्छा नहीं था। आप वहाँ पर अपना प्रॉडक्ट लाँच न करें।'

मालिक ने दूसरे इंसान से वही सवाल पूछा कि 'क्या आप उस शहर में गए हैं?' उसने कहा, 'हाँ, मैं भी उस शहर में गया हूँ। यह जो कह रहे हैं वह बिलकुल सही है। वहाँ वाकई में जेबकतरे घूमते रहते हैं। पहली बार मेरा भी बटुआ किसी ने चुरा लिया। दूसरी बार मुझे बहुत सजग रहना पड़ा तब मेरा बटुआ बच पाया। वहाँ पर होटल का खाना भी अच्छा नहीं है। वहाँ पर बहुत गंदगी है। मुझे भी पहली बार इन बातों के लिए बहुत तकलीफ हुई। उसके बाद जब भी मैं उस शहर में जाता हूँ तब अपना टिफिन साथ में लेकर जाता हूँ।'

मालिक ने दूसरे इंसान को नौकरी के लिए चुना क्योंकि उसने देखा कि दूसरा इंसान अपनी गलतियों से सीखता है। पहले इंसान की जेब तीन बार कट गई, यह हद दर्जे की मूर्खता है। इस शहर में जेब कटती है यह पता होने के बावजूद भी उस इंसान का ध्यान अपनी जेब पर नहीं था।

नींव नाइन्टी कमजोर इंसान के साथ ऐसा ही होता है क्योंकि वह अविचारी होता है। उसे जहाँ ध्यान लगाना चाहिए वहाँ पर वह ध्यान नहीं लगाता। गलतियाँ करना इंसान के लिए सामान्य बात है मगर एक ही गलती बार-बार हो रही है तो उसका अर्थ है वह गलतियों से कुछ नहीं सीख रहा है।

आप उन दो उम्मीदवारों में से किसे चुनते? निश्चित ही आप उसे ही चुनते जो अपनी गलतियों से सीख रहा है। चरित्रवान बनने के लिए हर इंसान के अंदर यह गुण होना चाहिए।

एक इंसान बार-बार बीमार होता है मगर वह खान-पान की वही गलती बार-बार दोहराता है। इस तरह की गलतियाँ आपसे होने की संभावना है। गलतियों से न घबरायें, अपनी गलतियों को झूठ के परदे में न छिपाएँ। अपने आपसे पूछें, 'इस परिस्थिति में अब क्या होना चाहिए? यह गलती हो रही है तो इसे कैसे सुधारना चाहिए?'

नींव नाइन्टी

आप अपने झूठ तथा अपनी गलतियों को समझें, सीखें और उनसे बाहर आ जाएँ। आपसे नई गलती हो तो यह ठीक है ताकि आप उन गलतियों से नई बातें सीखकर गलतियों से मुक्त हो जाएँ। पुरानी गलतियों और झूठ से मुक्त होना हर उस इंसान के लिए आवश्यक है, जो अपनी नींव नाइन्टी फौलाद जैसी मजबूत बनाना चाहता है।

DAY
10

अस्वस्थ मनोरंजन में सावधान रहें

स्वस्थ मनोरंजन के १० कदम अपनाएँ

पाँचवाँ उपाय

लोगों की नींव निर्बल होने का एक प्रबल कारण अस्वस्थ मनोरंजन भी है। हर इंसान को प्रेम व आनंद की तलाश है और इसे पाने के लिए वह बिना सोचे-समझे मनोरंजन की दुनिया की ओर दौड़ पड़ता है।

इस वैज्ञानिक युग में आविष्कारों की झड़ी सी लगी है। नित नये आविष्कारों ने लोगों के रहन-सहन, खान-पान, पहचान यानी पूरी जीवनशैली को बदल दिया है। विज्ञान ने लोगों के समक्ष सुविधाओं का अंबार लगा दिया है। लोगों को स्वस्थ मनोरंजन और आराम देने के लिए जो आविष्कार हुए हैं, वे मानवहित के लिए ही हैं। लेकिन मानव के अविवेक के कारण ये आविष्कार नकारात्मक रूप में लिए जाने लगे हैं। जैसे टी.वी, कंप्यूटर-इंटरनेट, मोबाइल... ने संचार को नया आयाम तो दे दिया लेकिन इंसान के अमर्यादित आचरण ने इसे वरदान से अभिशाप बना दिया।

नींव नाइन्टी

आज टी.वी के कार्यक्रमों और विज्ञापनों में फूहड़ता बढ़ती जा रही है। लोग अपने परिवार के साथ बैठकर टी.वी देखने से कई बार झिझक महसूस करते हैं। उन्हें पता है कि जो भी परोसा जा रहा है, वह न तो अच्छे संस्कार में बैठता है और न ही पारंपरिक मूल्यों में समाता है।

टी.वी पर देह दिखाऊ कपड़े और द्विअर्थी संवाद लोगों का नैतिक पतन करते ही हैं, साथ ही-साथ इसे देख लोग अपना मूल्यवान समय भी गँवाते हैं। इसलिए आप निरुद्देश्य होकर टी.वी के सारे कार्यक्रम न देखें बल्कि कुछ निर्धारित कार्यक्रम ही देखें, जो आपके लक्ष्य में सहायक बनेंगे। केवल मनोरंजन में अपने विकास को न भूल जाएँ।

वर्तमान में युवा पीढ़ी आलसी होती जा रही है। वह मनोरंजन भी घर पर ही प्राप्त कर लेना चाहती है। युवा पीढ़ी पर टी.वी देखने का जुनून छाया हुआ है। टी.वी पर दिखाई जाने वाली सास-बहू की कहानी दादी भी देखती है और साथ में बहू भी। बूढ़ी दादी द्वारा कार्यक्रम देखा जाना तो कुछ हद तक ठीक है क्योंकि उनकी उम्र लगभग बीत चुकी है लेकिन दादी की गोद में बैठी हुई पोती भी दादी को देख सारे कार्यक्रम देखती है। पोती का विकास यदि इस तरह हुआ तो वह बड़ी होकर कैसा जीवन निर्माण करेगी?

टी.वी में दिखाया जाता है कि एक परिवार बड़ा उदास है। अचानक उन्हें संगीत सुनायी देता है। परिवार के सदस्य खिड़की से बाहर देखते हैं तो उन्हें सामने के घर में लोग कोका-कोला पीते हुए और नृत्य करते हुए दिखाई देते हैं यानी उनकी खुशी का मंत्र है – 'कोका-कोला'। यह देखकर इंसान के मन पर यह भ्रम छा जाता है कि जो लोग कोका-कोला पीते हैं, उनका परिवार सुखी होता है, कोका-कोला नहीं पीया तो जिंदगी नीरस है।

फिर कोई फिल्म स्टार टी.वी पर आकर बताएगा कि 'यह-यह कार तुम्हारे पास होनी चाहिए, यह कम्प्लीट फैमिली कार है।' उसे लगता है कि जिस सोसायटी में, समाज में हम रह रहे हैं, वहाँ ये सारी चीजें होनी जरूरी हैं वरना जीवन बेकार है।

टी.वी और अखबार के सारे सीरियल और विज्ञापन हमें बता रहे हैं कि 'अमुक शैम्पू लगाओ तो आपकी छवि सुंदर हो जाएगी। इस-इस तरह के यदि कपड़े पहनो

नैतिक मूल्यों की संपत्ति

तो लोग आपकी छवि से प्रभावित होने लग जाएँगे। अमुक-अमुक टूथपेस्ट का इस्तेमाल करो तो आपके दाँत मोतियों जैसे चमकेंगे और लोग आपका साथ पाने के लिए उत्सुक रहेंगे' इत्यादि। वस्तुओं तथा गाड़ियों के विज्ञापन हमें यह बताते हैं कि इन्हें इस्तेमाल करके हम शानदार जीवन जी सकते हैं। इस प्रकार हमारे मन की नई लेकिन गलत प्रोग्रामिंग होती है। टी.वी, फिल्में तथा अखबार हमारी प्रोग्रामिंग के लिए जिम्मेदार हैं, जिनसे हम पहले से ही सम्मोहित यानी हिप्नोटाइज हो चुके हैं। यह केवल हमारी मान्यता है कि जीने के लिए बहुत सी चीजों की आवश्यकता होती है। दरअसल सरल जीवन कम चीजों के साथ भी संभव है।

टी.वी, विडियो और इंटरनेट के अलावा और भी कोई चीज लोगों पर हावी है तो वह है मोबाइल। लोगों का अधिकतर समय मोबाइल पर संदेश प्राप्त करने और भेजने में ही निकल जाता है। उन्हें पता ही नहीं कि समय के साथ वे अपने जीवन में कौन सी उलझनें निर्माण कर रहे हैं। जिससे उनकी नींव पर खतरों के बादल मंडरा रहे हैं। कुछ लोग सिर्फ दिखावे में नकली शान के कारण जरूरत न होते हुए भी नित नये मोबाइल खरीदते हैं। मोबाइल देखने और दिखाने से उन्हें उत्तेजना महसूस होती है। मोबाइल के अतिरिक्त जब भी लोगों के पास कोई काम नहीं होता है तब वे घंटों इंटरनेट के जाल में उलझे रहते हैं।

अस्वस्थ मनोरंजनों को बल देने के लिए तथा नकली शान दिखाने के लिए कुछ लोग भारी मात्रा में, खर्च करने लायक पैसे न होने पर भी, कर्ज लेकर पानी की तरह पैसा खर्च करते हैं और घर में शादियाँ, पार्टियाँ बड़ी धूमधाम से करते हैं। उन्हें नकली शान दिखाने के लिए कर्ज लेने में तनिक भी संकोच नहीं होता। फिर कर्ज से मुक्ति पाने के लिए गलत रास्ते इस्तेमाल होने लगते हैं। इस तरह इंसान दिन-ब-दिन अपनी नींव कमजोर बनाता जा रहा है।

ऐसे लोग कहा-सुनी और देखा-देखी में अपनी झूठी शान दिखाने के चक्कर में कंगाल हो जाते हैं। वे यह नहीं सोचते कि 'हमारे पास पैसे नहीं थे तो हमें यह सब नहीं करना था।' यदि वे ऐसा सोच पाते तो उनका जीवन सीधा, सहज, सरल और नैतिक होता, वे सरल निर्णय ले पाते थे।

वास्तव में इंसान एक पल भी 'बोर' नहीं होना चाहता इसलिए उसे हर कार्य में जोश चाहिए, उत्तेजना चाहिए। जिससे वह नकली आनंद प्राप्त कर सके। लेकिन उस

नादान को इस बात की फिक्र ही नहीं है कि वह जिस प्रेम और आनंद की तलाश में व्यस्त है, वह उसे खुद से दूर किए जा रहा है। जिस खुशी की तलाश में इंसान व्याकुल है, वह खुशी, प्रेम, आनंद तो उसके भीतर ही है।

स्वस्थ मनोरंजन के १० कदम अपनाएँ

किसी भी अस्वस्थ मनोरंजन में फँसने के बजाए इंसान को अपनी नींव की मजबूती के लिए किसी स्वस्थ मनोरंजन की तलाश करनी चाहिए। जैसे :

१. योग प्राणायाम का अभ्यास करके स्वस्थ शरीर का सुंदर एहसास करें। दिन भर बादलों पर चलने का एहसास करें।

२. मेडिटेशन यानी मौन-ध्यान का अभ्यास करके असली आनंद में गोता लगायें।

३. संगीत सीखकर संगीत द्वारा अपने सारे तनाव और मनाव दूर करें। संगीत से प्रेरणा पाकर अपने जीवन में लय और ताल का समावेश करें।

४. अच्छी पुस्तकें पढ़कर अपनी बुद्धि को योग्य आहार दें। पुस्तकों द्वारा आप घर बैठे विश्व के महान लोगों से मिल सकते हैं। एक छोटी सी पुस्तक के रूप में वे आपके सामने उपस्थित रहते हैं। आप महापुरुषों के विचार जानकर अपना जीवन उत्साहित कर सकते हैं। फिर आपको किसी अस्वस्थ मनोरंजन की आवश्यकता नहीं होगी।

५. हॉबी क्लास लगायें, नित-नये जीवन के आयाम उजागर करें। अपनी रुचि अनुसार दिल पसंद खेल या शौक को रचनात्मक तरीके से इस्तेमाल करें। लोगों से मिलकर उनके शौक पूछें। लोग आपसे मिलकर खुश होंगे।

६. हास्य क्लब जाएँ। खिलकर-खुलकर हँसने से स्वास्थ्य और समय अच्छा बनता है। लोगों के साथ मिलकर हँसने से नव ऊर्जा का एहसास होता है। लोगों पर नहीं, लोगों को हँसाकर हँसें।

७. आत्मविकास करने के लिए कोई हुनर, कोई कला सीखने की क्लास लगायें। हरदम सीखते रहें, आप कभी बूढ़े नहीं होंगे।

८. प्रातः काल सुंदर और खूबसूरत वातावरण में अथवा बगीचे में सैर के लिए जाएँ। हर दृश्य को ऐसे देखें जैसे वह दृश्य आप पहली बार देख रहे हैं।

नैतिक मूल्यों की संपत्ति

९. अपनी भावनाओं को चित्रों में रंगने का प्रयास करें। इस तरह चित्रकारी सीखने के साथ-साथ आप मानसिक स्वास्थ्य भी प्राप्त करेंगे।

१०. अपनी भावनाओं को शब्दों, कहानियों, कविताओं अथवा भजनों में डालने का प्रयास करें। इस प्रयास से न केवल आपका लाभ होगा बल्कि पढ़नेवाले पाठक का भी लाभ होगा।

ऊपर दिए गए दस कदम न केवल आपका विकास करेंगे बल्कि वे आपको स्वस्थ मनोरंजन भी प्रदान करेंगे।

अगर हम चाहते हैं कि हमारी नींव इतनी सक्षम हो कि हर समस्या का मुकाबला हम आसानी से और आत्मविश्वास के साथ कर पाएँ तो आज ही मन के अस्वस्थ मनोरंजन और उत्तेजना से मुक्त हो जाएँ या इसे कम करना शुरू कर दें। धीरे-धीरे धीरज और संयम के साथ नींव नाइन्टी की मंजिल आपको जरूर मिलेगी।

DAY
11

सही मित्रों का चुनाव करें

ताड़ के पेड़ के नीचे न बैठें

छठवाँ उपाय

आपके जीवन की पुस्तक किन-किन पुस्तकों के बीच में रखी जाती है, यह जरूर देखें क्योंकि आपके आस-पास रखी गई पुस्तकें आपके बारे में बहुत कुछ बयान करती हैं।

आप जब किसी बड़ी पुस्तक की दुकान में जाते हैं तो वहाँ पर अलग-अलग विषयों के अनुसार कई विभाग होते हैं। जैसे साहित्यिक पुस्तकें, सस्ती पुस्तकें, कहानियों की पुस्तकें, उपन्यास (नॉवेल्स), मनोविज्ञान शास्त्र (सायकोलॉजी), दर्शनशास्त्र (फ़िलॉसफ़ि), आत्मविकास, आध्यात्मिक पुस्तकें इत्यादि। आपकी पुस्तक कौन सी पुस्तकों के बीच में रखी हुई है, इसका भी महत्व होता है। आपके आस-पास की पुस्तकें देखकर खरीदने वाला समझ जाता है कि यह पुस्तक कैसी होगी। आपके आस-पास की पुस्तकें मजबूत हैं तो आपका महत्व बढ़ जाता है, आप पर लोगों का विश्वास बढ़ जाता है। लोगों को पता चलता है कि यह इंसान

नैतिक मूल्यों की संपत्ति

इन-इन लोगों के बीच रहता है तो अच्छा होगा और अगर वह मवालियों के साथ रहता है तो उसमें भी मवालियों के गुण आये ही होंगे।

जैसे शुरू में इंसान शराबखाने में किसी को साथ देने के लिए जाता है, खुद शराब नहीं पीता मगर लंबे समय तक साथ देने से वह ज्यादा दिनों तक अपने आपको पीने से रोक नहीं पाता। इस प्रकार अच्छी संगति आपकी नींव नाइन्टी मजबूत करती है तो कुसंग आपकी नींव नाइन्टी कमजोर करता है।

आपके मित्रों के चुनाव से आपके चरित्र (कैरेक्टर) की जानकारी मिलती है। इमर्सन नामक दार्शनिक ने कहा है- 'तुम अपने मित्रों के नाम बताओ, उससे यह समझ में आयेगा कि तुम्हारा चरित्र कैसा है। तुम्हारी खबर तुम्हारे मित्रों से मिलती है।' ऐसा इसलिए कहा गया क्योंकि आप जैसे हैं, वैसे ही मित्र बनाएँगे। आप अज्ञान में रहना पसंद करते हैं तो आप वैसे ही मित्र बनाएँगे जो अज्ञान की बातें करते हैं।

'जैसा संग, वैसा रंग', ऐसी कहावतें लोगों को सोचने के लिए मजबूर करती हैं। आप सोचें आपके मित्र आपके बारे में क्या खबर देंगे। अगर आपके मित्रों से कोई जाकर मिलेगा तो वह आपके बारे में क्या राय बनाएगा? अगर गलत राय बनाने वाला है तो समझ जाएँ कि आपके मित्र बदलने का समय आ गया है।

अज्ञानी और अहंकारी इंसान को अपने मित्रों का चुनाव करने दिया गया तो वह ऐसे ही मित्र चुनेगा जो उससे कम ज्ञानी हैं क्योंकि उनके साथ अहंकारी इंसान को अच्छा लगता है, उसे अपनी श्रेष्ठता का एहसास होता है क्योंकि जो हमसे कम जानकार है, उसके साथ हमें अपनी श्रेष्ठता महसूस होती है और जो हमसे अधिक जानकार है, उसके सामने हमें अपने अंदर कमी महसूस होती है।

आप स्कूल में भी देखते हैं कि बुद्धिमान बच्चे बुद्धिमान बच्चों के साथ बैठते हैं और पढ़ाई में कमजोर बच्चे कमजोर बच्चों के साथ बैठना पसंद करते हैं क्योंकि वहाँ उन्हें अच्छा, सुखद महसूस होता है। कमजोर बच्चे अगर होशियार बच्चे के साथ बैठें तो वे उनके सभी कार्य देखकर परेशान होते रहते हैं। जैसे-उनकी सिस्टम देखकर, उनकी बैग देखकर, उनकी लिखावट, उनकी पेन-पेन्सिल, उनका हर चीज में सलीका और अनुशासन इत्यादि देखकर वे सोचते हैं कि अपनी जगह बदल दें या तो खुद बदल जाएँ।

चरित्र बलवान करने के लिए जगह बदलने से अच्छा है कि इंसान खुद ही

बदल जाए। क्योंकि ऐसा करके ही वह अपने चरित्र पर काम करना शुरू कर सकता है। होशियार बच्चे की कार्यप्रणाली और उसके गुण देखकर कमजोर बच्चे को इस बात का एहसास होता है कि 'मुझे अपने अंदर के अवगुणों को निकालकर गुणों पर काम करना चाहिए।'

दोस्त का सही अर्थ

दोस्त शब्द में 'दो' का अर्थ है 'दो लोगों का संघ' और 'स्त' का अर्थ है 'सत्य।' दो लोग मिलकर जब सत्य पर चलते हैं तो उन्हें दोस्त कहते हैं। सत्य पर चलकर चरित्र में निखार आता है।

सच्चा दोस्त वह होता है, जो अपने मित्र को गलत कार्य करने से रोकता है, उसे उसके अवगुण दिखाता है, जो सत्य के मार्ग पर चलने के लिए निमित्त बनता है। ऐसे मित्रों के संघ में रहकर ही आप अपने चरित्र का सही निर्माण कर पाएँगे वरना नकली दोस्तों में उलझकर आप मूल्यवान चरित्र की संपत्ति गँवा बैठेंगे।

आपके मित्रों में यदि एक इंसान भी असीम और नई सोच रखता है तो उसके विचारों का लाभ आपको भी मिलता है। ऐसा इंसान यदि संघ में चरित्र या नवनिर्माण के विषय पर बात करे तो अन्य लोगों में तुरंत विचार मंथन शुरू हो जाता है।

आइए जानते हैं कि दोस्तों के कौन से पाँच प्रकार हैं और हम किन दोस्तों के संघ में रहते हैं :

१. दिखावटी दोस्त (बेन्टेक्स फ्रेंड) : दिखावटी दोस्त का अर्थ है नकली दोस्त। ऐसे मित्र बाहर से तो सोने जैसे सच्चे लगते हैं मगर वे आपका फायदा नहीं करते बल्कि नुकसान ही करते हैं। अपने आस-पास आपने ऐसे कई सारे उदाहरण देखे होंगे। जिन्हें लोग दोस्त कह रहे थे, वे ही उन्हें गड्ढे में डालने के कारण बने।

२. महँगे दोस्त : महँगे दोस्त यानी वे मित्र जिन्हें बहुत खिलाना-पिलाना पड़ता है। उनके साथ सदा यही चर्चा होती रहती है कि 'चलो आज इस होटल में जाएँ, कल पिकनिक पर जाएँ, पार्टी में जाएँ' इत्यादि। इनके बगैर वे आपके साथ आते ही नहीं। जब तक आप उन्हें पार्टी देते हैं, जो वे चाहते हैं, वैसा करते हैं तब तक वे आपके साथ आने के लिए झट से राजी होते हैं।

अगर आपके मित्र ऐसे हैं जो आपकी गलती होने के बावजूद भी आपको

सही कहते हैं तो क्या होगा? ऐसे महँगे दोस्त आपको गड्ढे में ही ले जाएँगे। आपको अपनी गलती कभी पता नहीं चलेगी और न ही आपको कभी अपनी नींव की मजबूती पर काम करने की जरूरत महसूस होगी। महँगे मित्र सिर्फ कहेंगे कि 'यू आर राईट, तुम सही हो' क्योंकि उन्हें मुफ्त में खाने की चीजें मिलती हैं, उन्हें खिलाने-पिलाने का खर्च आप उठाते हैं। यदि आप ऐसे दोस्तों के संघ में हों तो उनसे अभी सावधान हो जाएँ।

३. **सस्ते दोस्त** : सस्ते दोस्त आपके अहंकार को बढ़ावा देने में मदद करते हैं और आपको गलत कार्य करने में सहायता देते हैं। ऐसे मित्र आम-जाम बन जाते हैं, बनाने नहीं पड़ते। वे गलत कार्यों को बढ़ावा देने में आपका हाथ बटाते हैं। ऐसे मित्रों के साथ मिलकर आप गलत कार्य करते हैं तथा उनसे यह कहते हैं कि 'मेरे कामों के बारे में किसी से न कहें।' कोई मित्र अगर कहता है, 'हम ऐसे-ऐसे कर रहे हैं, तुम किसी को मत बताना, घर वाले आयेंगे तो उन्हें मत बताना, पढ़ाई नहीं कर रहे हैं तो किसी को मत बताना, पार्टी में उलझ रहे हैं, गलत रिश्ते बना रहे हैं तो मत बताना।' ऐसा करके आपको लगता है कि आप मित्रता निभा रहे हैं मगर आप मित्रता कहाँ निभा रहे हैं? आप तो उसका चरित्र और भी नीचे गिराने का कारण बन रहे हैं। आप खुद भी नहीं जानते कि गलत कार्यों को छिपाने से क्या होगा? उस इंसान का माया के आकर्षण में उलझकर पतन हो जाएगा। उस वक्त तो उसे वही सही लग रहा है, जो वह कर रहा है। यह बिलकुल वैसे ही हुआ जैसे किसी को अँगूठा चूसने की आदत हो और ऊपर से उसके अँगूठे पर गुड़ लगाया जाए। ऐसे मित्र सस्ते मित्र हैं, इनसे बचना चाहिए।

४. **सच्चे दोस्त** : सच्चे दोस्त वे हैं जो आपको पूर्ण बनाएँ, आपको आज़ाद करें, आपको अखण्ड बनाएं। ऐसे मित्रों के साथ रहकर आपके भाव, विचार, वाणी और क्रिया सभी एक होने लगते हैं। इन्हें सच्चा मित्र, अच्छा मित्र, कहा गया है जो पूर्णता देते हैं। सच्चा मित्र वही होता है, जो अपने मित्रों के गलत कार्य में उनकी सहायता नहीं करता बल्कि उन्हें सही रास्ते पर ले आता है। सच्चा मित्र ही अपने मित्र के चरित्र का निर्माण कर सकता है। इसलिए हमेशा सच्चे मित्रों के संघ में रहना चाहिए।

५. **तेज मित्र** : तेज मित्र ऐसे मित्र हैं जो आपके लिए आइने का काम करते हैं। हर घटना किस तरह से एक मौका है, इसका आपको दर्शन करवाते हैं। आप स्वयं कौन हैं, यह आपको दर्शाते हैं। तेज मित्र के सामने जाकर आपको अपना दर्शन

होता है। स्वयं दर्शन और मौका दर्शन जहाँ पर हो, वहाँ है आपका तेज मित्र।

तेज मित्र से मिलकर आपके जीवन में जो अज्ञान, भ्रम, इंद्रजाल, मायाजाल था, वह सब हट जाता है। अब आपको अपना दर्शन साफ-साफ होने लगता है। बाहर का आइना तो आपको अपने शरीर का दर्शन करवाता है मगर तेज मित्र आपको आप जो असल में हैं, उसका दर्शन करवाता है।

मित्रता किससे करें, किससे न करें

अपने लक्ष्य को पूर्ण करने के लिए उन्हीं लोगों की सहायता लें जिनका लक्ष्य भी वही है, जो आपका लक्ष्य है। पहाड़ पर चढ़ते वक्त पहाड़ चढ़ने वालों से हाथ मिलाएँ, न कि पहाड़ उतरने वाले से क्योंकि पहाड़ चढ़ने वाला आपको भी अपने साथ ऊपर की ओर ले जाएगा। जब कि नीचे उतरने वाला आपको नीचे खींच लायेगा। यदि आप डॉक्टर बनना चाहते हैं तो डॉक्टरों के संघ में रहने से आपको अपना लक्ष्य पूर्ण करने में सहायता मिलेगी, न कि इंजीनियर या टीचर के संघ में जाने से आपका लक्ष्य पूर्ण होगा। उसी प्रकार यदि आपको अपने चरित्र का निर्माण करना है, अपनी नींव नाइन्टी पर काम करना है तो आपको ऐसे मित्रों के संघ में रहना होगा, जिनकी नींव नाइन्टी मजबूत है और जिन्होंने अपने चरित्र पर पहले काम किया है।

दोस्ती हमेशा उनसे की जाए जो हम से कम से कम दो कदम आगे हों या गुणों में (न कि पैसे में) हमारी बराबरी के हों। ऐसे दोस्तों के साथ दोस्ती रखने से आपकी चरित्रवान बनने की संभावना खुलती है क्योंकि आपके साथ जो है, वह भी चरित्रवान बनने का महत्व जानता है इसलिए दोनों चरित्रवान बनकर सुखी जीवन जी सकते हैं। यदि आपका मित्र पहले से ही चरित्रवान है तो आपके लिए यह बहुत अच्छी बात है ताकि उसके साथ रहकर आप भी जल्द ही अपने चरित्र का निर्माण कर पाएँगे।

गलत मित्रों के संघ में रहकर आपके अंदर भी उनके अवगुण आने लगते हैं। गलत संगत की वजह से इंसान अपना नियंत्रण खो बैठता है और ऐसी बातें करने लगता है, जिससे उसका चरित्र दिन-ब-दिन गिरता जाता है। इसलिए कहावत बनी है कि 'ताड़ के पेड़ के नीचे दूध नहीं पीना चाहिए।' ताड़ के पेड़ से ताड़ी बनती है। वहाँ आप दूध भी पीयेंगे तो देखने वाले को लगेगा कि आप ताड़ी पी रहे हैं। उससे

नैतिक मूल्यों की संपत्ति

भी महत्वपूर्ण यह है कि ताड़ के पेड़ के नीचे आपका ध्यान कहाँ पर होगा? आपको तो वह ताड़ का पेड़ ही दिखाई देगा। जो चीज आप देखते हैं, उसी के बारे में विचार आने लगते हैं। जिस चीज के हमें विचार आते हैं उस चीज का जिक्र हमारी वाणी में आने लगता है। हमारी वाणी में जो बात आ जाती है, वह देर-सवेर क्रियाओं में उतर आती है और क्रियाओं में प्रकट हुआ गलत कर्म असफलता और दुःख लाता है। इसलिए ताड़ के पेड़ के नीचे न बैठें, मैच्युरिटी बढ़ाएँ। अगला उपाय मैच्युरिटी बढ़ाने का रहस्य उजागर करता है।

DAY 12

मैच्युरिटी बढ़ाएँ

पूर्ण इंसान बनें

सातवाँ उपाय

मैच्युरिटी यानी परिपक्वता, प्रौढ़ता। जब हमारे जीवन में परिपक्वता आती है तब हमारा व्यवहार भी परिपक्व हो जाता है। परिपक्व होने के बाद हमें पता चलता है कि किस वक्त, किस जगह पर इंसान से कैसा व्यवहार करना चाहिए।

हम सुबह से लेकर रात तक, बचपन से लेकर बुढ़ापे तक अपने घर में, पड़ोस में, समाज में, राज्य या देश में एक विशेष तरह का व्यवहार करते हैं, जो हमारी परिपक्वता का सूचक है। यदि हमारा व्यवहार परिपक्व नहीं है तो इसका अर्थ है हम सिर्फ शरीर से बड़े हुए हैं, मन और बुद्धि से अभी बड़े नहीं हुए हैं।

बच्चे प्यार के भूखे होते हैं इसलिए वे सबका ध्यान अपनी ओर बँटाना चाहते हैं। वे हमेशा आकर्षण का केंद्र बने रहना चाहते हैं। बच्चों को यदि ध्यान नहीं मिला तो वे रोते हैं, झगड़ते हैं और किसी तरह सबका ध्यान अपनी तरफ खींचते हैं। आप जानते हैं कि बच्चे छोटे हैं, अभी परिपक्व नहीं

हुए हैं इसलिए वे ऐसा व्यवहार करते हैं। अतः उनके व्यवहार से आपको कोई तकलीफ नहीं होती। मगर अकसर देखा जाता है कि बड़े होने के बाद भी कुछ लोग बच्चों की तरह ही व्यवहार करते हैं। सिर्फ बच्चों की तुलना में वे थोड़ा सभ्य व्यवहार करते हैं। इसलिए उन्हें पता ही नहीं चलता कि वे अभी तक बचकानी हरकतें करते हैं या उनका व्यवहार उस बच्चे की तरह है, जो ध्यान पाने के लिए हर संभव प्रयत्न किया करता है।

वास्तव में बड़ा उन्हें ही कहा जा सकता है, जिन्होंने चरित्र निर्माण का महत्व समझ लिया है। वे जानते हैं कि अब उन्हें किसी प्रकार के आदर की आवश्यकता नहीं है। अगर बच्चे हमें आदर देते हैं तो यह अच्छी बात है क्योंकि उनमें बड़ों को आदर देने की आदत पड़नी चाहिए। आपको आदर मिले इसलिए बच्चों में आदर का गुण विकसित नहीं करना है बल्कि इसलिए विकसित करना है ताकि उनमें अच्छे गुणों का समावेश हो।

आदर नहीं मिला और आप दुःखी हो गए यानी आप अभी तक अपरिपक्व हैं, बड़े नहीं हुए हैं। आदर न मिलने के बावजूद आप लोगों की मदद करने के लिए तैयार हैं यानी आप परिपक्व हुए हैं।

जिन बच्चों को बचपन में ध्यान नहीं मिलता, वे बड़े होकर लोगों का ध्यान आकर्षित करने के लिए कुछ न कुछ करते रहते हैं। जैसे-आइस्क्रीम या चॉकलेट मुँह में ठूँस लेंगे, कुछ न कुछ खाते रहेंगे। उनकी मूल चाहत यही रहती है कि 'मुझे कुछ मिले, कुछ अंदर आये', कोई हम पर ध्यान नहीं दे रहा है तो खाना ही सही इसलिए वे खाते ही रहते हैं और उनका वजन बढ़ जाता है।

बच्चों के वजन बढ़ने के और भी कई कारण हो सकते हैं मगर एक कारण यह भी है कि इंसान ध्यान पाने की चाहत में खाता ही जाता है क्योंकि वह परिपक्व नहीं हुआ है। खाने से उसे थोड़ी देर के लिए समाधान मिलता है मगर आप जानते हैं कि खाना कितनी देर टिकेगा। वह पच जाता है, फिर इच्छा होती है कि और चाहिए... और चाहिए। इस तरह वह बच्चा शरीर से तो बड़ा हो जाता है मगर उसमें परिपक्वता नहीं आती, वह बालिग नहीं बनता।

अपने आपसे यह सवाल पूछें कि 'मैं कितना परिपक्व हुआ हूँ?' कुछ लोगों को लगेगा कि 'मैं परिपक्व हो चुका हूँ' मगर निर्णय लेने में जल्दबाजी न करें। पुस्तक

— नींव नाइन्टी —

में बतायी हुई सभी बातें पढ़कर फिर निश्चित करें कि 'मैं कितने प्रतिशत परिपक्व हुआ हूँ या प्रौढ़ हुआ हूँ?' फिर जो कमियाँ आपको अपने आपमें महसूस होंगी, उन पर अपनी नींव मजबूत करने के लिए तुरंत काम शुरू करें।

महँगा सौदा न करें

अपरिपक्व इंसान हमेशा महँगा सौदा करता है। जब आप बच्चों को अपने साथ खरीददारी के लिए ले जाते हैं तो बच्चा किसी न किसी चीज के लिए जिद करता है कि मुझे यह चीज चाहिए... वह चीज चाहिए। दुकानदार देखता है कि बच्चे की जिद के कारण माता-पिता वह चीज जरूर खरीदेंगे इसलिए वह उस चीज का दुगना दाम बताता है। इस तरह अपरिपक्व इंसान सदा महँगा सौदा करके घर आ जाता है।

बुद्धि का इस्तेमाल बुद्धि को समझने में करें

बुद्धि से इंसान पहले जो हिसाब-किताब करता है, वह हिसाब-किताब बाद में बदल जाता है। पहले जो भी योजनाएँ बनायी जाती थीं, बाद में वे दरकिनार कर दी जाती हैं। इंसान आज़ादी के पहले जो सोचता है, आज़ादी के बाद सब बदल जाता है।

एक दिन पत्नी ने मायके से अपने पति को फोन किया और कहा कि 'एक महीने से मैं मायके में पड़ी हूँ और एक महीने में मैं वजन में आधी हो गई हूँ, तुम कब मुझे लेने आ रहे हो।'

तब पति ने मन में हिसाब करके कहा, 'एक महीने के बाद।'

एक महीने के बाद क्या होगा यह सोचने में वह अपनी बुद्धि लगा रहा है मगर किधर लगा रहा है? इंसान किस तरह की आज़ादी चाहता है? क्या लोगों से आज़ादी चाहता है कि 'फलाँ-फलाँ इंसान मेरे जीवन में न रहे तभी मैं आनंदित रह सकता हूँ।' यदि ऐसा है तो बौद्धिक प्रौढ़ता अभी उसमें नहीं आयी है।

बुद्धि जब विकसित नहीं हुई है तब लोग कैसे बातचीत करते हैं, इसे निम्नलिखित उदाहरणों से समझें।

उदाहरण १ : आपकी कलाई में घड़ी बँधी है मगर वह बंद हो गई है इसलिए आप सामनेवाले से समय पूछते हैं तो सामने वाला इंसान आपको जवाब देता है कि 'तुम्हारे कलाई में घड़ी बँधी है तो मुझसे क्यों पूछ रहे हो?' तब समझें कि उस इंसान

नैतिक मूल्यों की संपत्ति

के अंदर बौद्धिक प्रौढ़ता नहीं है। उसे समझ यह होनी चाहिए कि उसकी कलाई में घड़ी है मगर वह पूछ रहा है तो जरूर कुछ कारण होगा। पूछने के कई और कारण भी हो सकते हैं। उसे समय बताना चाहिए था मगर वह समय न बताकर अपनी अपरिपक्वता दर्शा रहा है।

उदाहरण २ : आप किसी से पूछते हैं कि 'क्या बजाज स्कूल यही है?' सामने वाला कहता है, 'क्या तुम्हें पढ़ना नहीं आता है? बोर्ड लगा है उधर।' हालाँकि पूछने वाला सिर्फ एक कारण से नहीं पूछ रहा है, पूछने के कई कारण हो सकते हैं। यदि वह पूछ रहा है तो हमें बताना चाहिए। यह नहीं कहना चाहिए कि 'आँखें नहीं हैं क्या?'

बौद्धिक विकास नहीं हुआ है तो इंसान अपरिपक्व व्यवहार करता है। ऐसे जवाब देता है कि सामनेवाले को पता चल जाता है कि अभी यह बच्चा है, अंदर से कच्चा है। हाँ, कभी आप आपस में मस्ती-मजाक कर रहे हैं तो वह अलग चीज है मगर एक नया और अनजान इंसान आपसे कुछ पूछ रहा है तो उसे सही जवाब दें।

बुद्धि के स्तर पर परिपक्वता बढ़ाएँ

परिपक्व बनकर यानी इंसान की विकसित अवस्था प्राप्त करके जब आप काम करेंगे तब वह काम आपको काम नहीं लगेगा। परिपक्व होने के बाद आप जो भी काम या सेवा करेंगे, फिर चाहे वह घर पर हो, बाहर हो, सोसायटी या समाज में हो तो वह आपको बोझ नहीं लगेगी। वह काम आपको अपनी अभिव्यक्ति लगेगा और आप उस जिम्मेदारी से आज़ादी महसूस करेंगे।

आज़ाद होने के बाद आपको यह चुनाव करना होता है कि बचे हुए जीवन में मुझे क्या करना है? किस तरह जीवन जीना है? जो इंसान आज़ाद हो गया है, वह अपने साथियों को आसान काम करने के लिए देता है और खुद सबसे कठिन कार्य पूर्ण करता है। अपने लिए वह सबसे कठिन कार्य इसलिए चुनता है क्योंकि अब वह तन-मन से पूरी तरह आज़ाद हो चुका है। इंसान जितनी ज्यादा जिम्मेदारी लेता है, वह उतनी ही आज़ादी महसूस करता है और जितनी ज्यादा आज़ादी वह महसूस करता है, उतना कठिन काम वह करता है।

यदि कोई इंसान किसी लालच या डर की वजह से जिम्मेदारी लेता है तो वह जिम्मेदारी उसे बोझ लगती है। उससे वह आज़ादी का आनंद नहीं ले पाएगा।

नींव नाइन्टी

जिम्मेदारी लेनी हो तो आज़ाद होकर प्रेम की वजह से लें ताकि वह बोझ नहीं, आनंद लगे।

एक माँ अपने बच्चे को किस तरह पालती है? बाहर से देखा जाए तो यह बहुत बड़ी जिम्मेदारी लगती है। बच्चा माँ को कितना परेशान करता है मगर माँ को यह जिम्मेदारी बोझ नहीं लगती बल्कि वह प्रेम से अपनी जिम्मेदारी निभाती है। उसी प्रकार हमें भी हर जिम्मेदारी प्रेम से, आज़ाद होकर निभानी है।

होशपूर्वक जिम्मेदारी से परिपक्वता बढ़ाएँ

'समझ' और 'होश' हर इंसान की नींव मजबूत करते हैं। अपने जीवन के किसी एक भाग के प्रति आप अगर गैर जिम्मेदार रवैया रखते हैं तो उसका असर आपके जीवन के हर भाग पर होता है इसलिए अपने जीवन के हर भाग के विकास की जिम्मेदारी लेकर अपनी नींव नाइन्टी समर्थ बनाएँ। अपने आपसे हमेशा ये सवाल पूछें कि 'मैं कितना जिम्मेदार हूँ और कितना लापरवाह हूँ? मेरे अपने परिवार के सदस्यों, मित्रों और रिश्तेदारों के साथ मेरे संबंध कैसे हैं? क्या मैं अपने कामों को होश के साथ पूर्ण करता हूँ या बेहोशी में पूर्ण करता हूँ?'

चरित्रवान इंसान बनने के बाद आप जो भी जिम्मेदारी लेंगे उसे होश पूर्वक पूर्ण करेंगे। समझ और होश से मानसिक और बौद्धिक परिपक्वता प्राप्त होती है, जो चरित्रवान बनने में सहायक बनती है। मानसिक परिपक्वता बढ़ाने का रहस्य अगले उपाय द्वारा प्राप्त करें।

DAY
13

मानसिक परिपक्वता बढ़ाएँ

मन को प्रेमन, निर्मल और अकंप बनाएँ

आठवाँ उपाय

मानसिक परिपक्वता कैसे प्राप्त करें? मानसिक परिपक्वता यानी मन से बड़ा होना, परिपक्व होना। जब इंसान में मानसिक परिपक्वता आती है तब उसका मन अकंप हो जाता है। फिर किसी भी घटना में उसका मन नहीं हिलता। यदि मन अकंप नहीं है तो दरवाजे की घंटी बजने पर भी वह हिल जाता है। उसके अंदर तुरंत नकारात्मक संवाद शुरू हो जाते हैं कि 'अब फिर एक नई मुसीबत आ गई ... अब ये अनचाहे मेहमान आ गए...।' कंपित मन किसी भी घटना में तुरंत हिल जाता है।

नकारात्मक शब्द मन में बड़बड़ाने से पहले यदि आप कुछ देर रुके होते तो आपको जरूरत से ज्यादा परेशान होने की आवश्यकता नहीं थी। इंसान के अंदर मानसिक परिपक्वता न होने की वजह से वह जरूरत से ज्यादा परेशान और शान से परे होता रहता है।

नींव नाइन्टी
मन को प्रेमन, निर्मल और अकंप बनाएँ

अपने अंदर की मानसिक परिपक्वता को जाँचने के लिए हम देखें कि हमारा मन प्रेमन और निर्मल बना है या नहीं। मन निर्मल होना यानी मन से मैल निकल जाना। जब आप लोगों को निर्मल मन से देखते हैं तब उनके प्रति आप करूणा और दयाभाव से भर जाते हैं। धन, नाम, पद की शक्ति बढ़ने के बावजूद भी आप अपनी नींव को मजबूत रख पा रहे हैं तो यह बहुत बड़ी बात है वरना लोगों के पास शक्ति आ जाती है तो वे बदलने लगते हैं। वे पहले जैसे बात करते थे वैसे अब बात नहीं करते। वे थोड़ा क्रोध भरे स्वर में और घमंड से बात करने लगते हैं।

जिसकी नींव नाइन्टी मजबूत होती है, वह इंसान क्रोध, ईर्ष्या, द्वेष, घमंड, लालच, नफरत जैसी बातों से मुक्त होता है, उसका मन शुद्ध होता है। जितना अव्यक्तिगत जीवन होगा, उतनी ही मन की शुद्धता ज्यादा होगी। हमें अपने आपसे पूछना है कि हम जो भी काम कर रहे हैं वह व्यक्तिगत है या अव्यक्तिगत? जैसे हम खाना भी खा रहे हैं तो यह क्रिया भी अव्यक्तिगत हो सकती है। आप खाना इसलिए खा रहे हैं ताकि आपका शरीर चल पाए। शरीर साथ देगा तो आप लोक कल्याण खुशी से कर पाएँगे।

जिस तरह हम कपड़ों से मैल निकालकर उन्हें साफ करते हैं, उसी प्रकार हमें अपने मन से मैल को निकालकर उसे साफ, पवित्र बनाना है। हमें देखना है कि हमारे मन के साथ क्या-क्या हो रहा है। क्या हमारा मन अकंप हो रहा है? यदि किसी घटना में हम ज्यादा परेशान हो रहे हैं तो हमारा परेशान होना ही यह दर्शाता है कि हमारे अंदर मानसिक परिपक्वता नहीं आयी है।

हर घटना की कीमत तय करें

आप बाजार में माचिस खरीदने गए हैं और दुकानदार ने एक माचिस की कीमत आपको दस रुपये बतायी है तो क्या आप दुकानदार को दस रुपये देकर माचिस खरीदते हैं? आप ऐसा नहीं करते क्योंकि आप जानते हैं कि दुकानदार माचिस के ज्यादा पैसे माँग रहा है। वैसे ही आपके जीवन में होनेवाली एक घटना की कीमत कितनी हो सकती है? यदि कोई घटना ज्यादा परेशानी वाली है तो वहाँ जरूर आपको परेशान होना चाहिए लेकिन एक छोटी सी घटना में भी आप ज्यादा परेशान हो रहे हैं तो इसका अर्थ है कि आप उस घटना की ज्यादा कीमत अदा कर रहे हैं।

नैतिक मूल्यों की संपत्ति

किसी दिन आपने अपनी पड़ोसन से टमाटर माँगे और उसने आपको टमाटर नहीं दिए। इस छोटी सी बात के कारण यदि आप पूरा दिन परेशान हो गए तो यही समझा जाएगा कि आपके अंदर मानसिक परिपक्वता नहीं है। गृहिणियों में अकसर ये बातें होती हुई देखी जाती हैं। इन छोटी-छोटी बातों के कारण गृहिणियाँ परेशान हो जाती हैं। वे दिनभर यही सोचती रहती हैं कि 'कल वह मुझसे शक्कर लेकर गई थी... उसके पहले मैंने उसे ये-ये मदद की थी (उसे नई साड़ी दी थी इत्यादि)... आज मुझे जरूरत पड़ी तो उसने मेरे साथ ऐसा किया... अब वह मेरे पास आयेगी तो मैं उसे खूब मजा चखाऊँगी...।' इस तरह के विचारों से वह मानसिक परेशानी का शिकार होती है।

आपको यह नहीं मालूम कि सामने वाला इंसान परिपक्व नहीं है और आप उसी से उम्मीद रखकर अपने आपको तकलीफ दे रहे हैं। उसका लक्ष्य और जीवन दोनों अलग हैं। यदि आपको अपने जीवन का उच्चतम लक्ष्य पता है और आपको ज्ञान भी मिला है तो आपको परिपक्व बने रहना है। सामने वाला चाहे परिपक्व हो या न हो, आपको मानसिक परिपक्वता बढ़ानी है।

मन से परिपक्व बनने के लिए हमें हर घटना की कीमत तय करनी है। जिस घटना को जितनी कीमत देनी चाहिए, उतनी ही कीमत दें, उससे ज्यादा न दें। जैसे पड़ोसन ने टमाटर नहीं दिए तो इस घटना की भी कीमत तय करनी है। अपने आपसे पूछना है कि इस घटना की कीमत कितनी? यदि जवाब आया, 'इस घटना की कीमत दस मिनट है।' फिर आप दस मिनट ही परेशान हों, उससे ज्यादा नहीं। घड़ी देखने के बाद आपको लगेगा कि 'दस मिनट के पहले ही परेशानी चली गई।' इसका अर्थ ही उस घटना के लिए दस मिनट परेशान होना भी ज्यादा है। ऐसा करते-करते आप देखेंगे, एक दिन ऐसा आयेगा कि नकारात्मक घटना होने के बाद मात्र घड़ी देखते ही आपकी परेशानी चली जाएगी। कई लोग खरीददारी करके आते हैं और कहते हैं कि 'आज हम बहुत सस्ते में सामान लेकर आये।' जब कि खरीदने के बाद उन्हें मालूम पड़ता है कि वह सामान इससे भी सस्ते में मिलता है।

इंसान को घटना की कीमत मालूम न होने की वजह से वह हर घटना को कीमत पर कीमत देता ही जाता है। वह कभी रुककर सोचता ही नहीं है कि मैं महँगा सौदा कर रहा हूँ। मानसिक रूप से प्रौढ़ इंसान हर घटना में अपने आपसे पूछता है कि 'फलाँ-फलाँ घटना हुई है तो अब इसकी कीमत कितनी है? क्या इस घटना

नींव नाइन्टी

से परेशान होकर मेरा तापमान बढ़ना चाहिए, रक्तचाप बढ़ना चाहिए और क्या होना चाहिए? इस घटना में जितना परेशान होने की आवश्यकता है, उतना ही मैं परेशान होने वाला हूँ।' किसी भी घटना में परेशान होकर आपको अपना तापमान या रक्तचाप बढ़ाने की आवश्यकता नहीं है। थोड़ा पसीना आ गया, थोड़ी देर के लिए चेहरे की मुसकान चली गई, इतना ही काफी है। इससे ज्यादा कीमत आपको नहीं देनी है। लोगों में जब मानसिक परिपक्वता नहीं होती तो वे एक घटना को सात जन्म तक याद रखने की बात कहते हैं, सात जन्म की कहावत प्रचलित है।

आनंदित इंसान ही हर घटना की सही कीमत जानता है। खरीददारी उसे ही करनी चाहिए, जो आनंदित हो वरना लोग मन को आनंदित करने के लिए खरीददारी करने जाते हैं। जैसे मूड खराब हुआ हो तो लोग शॉपिंग पर जाना पसंद करते हैं। ऐसे समय में वे दुकानदारों को ज्यादा कीमत देकर सामान ले आते हैं। जो लोग दुःखी होकर या मूड खराब होने पर शॉपिंग करके आते हैं, वे बताते हैं कि 'हमने इतनी सारी शॉपिंग की मगर जो चीजें लेकर आये, उनका इस्तेमाल हमने कभी किया ही नहीं। वे सब चीजें यूँ ही अलमारी में पड़ी हुई हैं।'

मानसिक परिपक्वता प्राप्त करने के बाद आप हर तूफान में अपने निर्णय सही ले पाएँगे क्योंकि आपका मनोबल नींव नाइन्टी को सदा पानी देता रहेगा। नींव मजबूत हुई तो हर तूफान मात्र एक हवा का झोंका होगा, जो आता-जाता रहेगा।

DAY
14

विश्वसनीय बनें

चार बल प्रबल बनाएँ

नौवाँ उपाय

विश्वास योग्य बनें, अपनी नींव पक्की करें। अपनी नींव पक्की करने के लिए आप लोगों तथा अपनी नजर में विश्वसनीय बनें। आप जो वचन दें, उसे निभायें।

अपने कामों के प्रति वचनबद्धता हमारी मजबूत नींव नाइन्टी दर्शाती है। वचनबद्धता एक ऐसी भावना है जिसमें साहस के साथ-साथ दिल और दिमाग दोनों का इस्तेमाल करना भी जुड़ा हुआ है। साहस इसलिए क्योंकि इससे काम करने की प्रेरणा मिलती है। जब आप किसी को कहते हैं कि 'मैं आपका काम करने के लिए वचनबद्ध हूँ' तो इसका अर्थ है, आप वह काम करने ही वाले हैं। वचनबद्ध होते ही आपका दृष्टिकोण आपके काम के प्रति सकारात्मक हो जाता है क्योंकि किसी काम को न करने के पीछे उस काम के प्रति नकारात्मक दृष्टिकोण एक सबसे बड़ा कारण होता है।

नींव नाइन्टी

वचनबद्धता का अर्थ है कि काम के प्रति आपने जो वचन दिए हैं, उन पर कायम रहना। आपने यह कहावत तो सुनी होगी कि 'प्राण जाए पर वचन न जाए।' अर्थात अपने काम को अंजाम तक ले जाने के लिए आपको हर सीमा को पार करना चाहिए, जिससे आपकी साख विश्वसनीय लोगों में होने लगेगी। विश्वसनीय बनने के लिए नीचे दिए गए पाँच संकेतों का पालन करें।

१. समय को समय पर पकड़ें

झूठ बोल-बोलकर इंसान लोगों की नजरों में अविश्वसनीय बनता है। विश्वसनीय बनने के लिए इंसान को दिए हुए वचन का पालन करना चाहिए। नींव नाइन्टी तब मजबूत होती है, जब आप जो कहते हैं, वह पूरा करते हैं। वचनबद्धता नींव नाइन्टी को मजबूत करती है। आपने जो वचन दिया, वह पूरा किया और समय को समय पर पकड़ा तो आप विश्वसनीय बने हैं।

जो काम जिस समय पर तय किया है, वह काम उस समय पर पूर्ण हो जाए, इसके लिए वचनबद्ध रहें। हर कार्य को समय पर पूर्ण करने की एक तारीख निश्चित करें, जिसे व्हाईट लाईन कहा जाता है। व्हाईट लाईन यानी जिस समय पर कार्य पूर्ण होकर प्रकाश में आयेगा, वह समय। किसी कार्य को व्हाईट लाईन दी यानी वह कार्य इस-इस तारीख पर पूरा होना चाहिए, यह आपने तय किया। यदि वह कार्य उस दिन तक पूरा नहीं हुआ तो आपको मनन करना चाहिए कि यह कार्य समय पर पूरा क्यों नहीं हो पाया? ऐसी कौन सी बातें थीं, जो हमने नहीं सोची थीं? हर बार मनन करने से एक समय ऐसा आयेगा कि आप जो व्हाईट लाईन तय करेंगे, उस समय पर ही सारे कार्य पूरे होते हुए देखेंगे।

जब आप जो कहते हैं, वही करते हैं; जो करते हैं, वही सोचते हैं और जो सोचते हैं, वही आपकी वाणी में आता है तब कुदरत की तमाम शक्तियाँ आपको मदद करने के लिए आ जाती हैं, आप अखण्ड बनकर विश्वसनीय बनते हैं।

खण्डित इंसान का जीवन देखकर लोगों को यकीन नहीं आता कि इस इंसान को जो काम दिया है, वह उससे पूरा होगा या नहीं? ऐसा इंसान कार से कहीं जा रहा है और अपना हाथ बाहर दिखा रहा है तो उसका इशारा भी संदेहजनक होता है। उसके हाथ का इशारा देखकर आप यह नहीं तय कर पाते हैं कि 'वह दायें जाएगा, बायें जाएगा, कहीं मुड़ जाएगा या गाड़ी पार्क करेगा।' उसके मन में क्या है, इसका

नैतिक मूल्यों की संपत्ति

आप अनुमान भी नहीं लगा सकते हैं। उससे जब आप पूछेंगे तो वह कहेगा, 'मैं वही तो बता रहा था, जो मैंने किया।' पूछने पर वह ऐसे खूबसूरत बहाने देगा, जिससे आपको समझ में आयेगा कि इस इंसान की नींव नाइन्टी कितनी कमजोर है। हमें ऐसा कमजोर नींव वाला इंसान नहीं बनना है।

अविश्वसनीय इंसान हमेशा समय नहीं है का बहाना देता रहता है। समय का बहाना देते-देते इंसान यह भूल ही जाता है कि इस तरह के बहाने देकर वह लोगों की नजरों में, समय के साथ, अविश्वसनीय बनता जा रहा है। अविश्वसनीय बनने की वजह से टाल-मटोल करने में उसे कोई हिचक नहीं होती। इस तरह टाल-मटोल और अविश्वास का दुष्चक्र बड़ा होता जाता है।

अगर आपको विश्वसनीय बनना है तो 'समय नहीं है' का बहाना कभी न दें क्योंकि आपके पास भी रोज उतना ही समय होता है, जितना हर सफल इंसान के पास होता है। आप यदि बड़ी सफलता प्राप्त नहीं करना चाहते तो कम से कम अपने जीवन के सारे कार्य समय पर तो कर ही सकते हैं।

समय का मूल्य परखें। बीता हुआ समय फिर वापस लौटकर नहीं आता। समय बरबाद करना यानी जीवन नष्ट करना है। जितना बड़ा आपका लक्ष्य होगा, उतनी ज्यादा समय नियोजन की कला आपको आनी चाहिए। समय नियोजन के बाद ही हमारे समय का सचमुच सदुपयोग होने लगता है।

समय के सदुपयोग का अर्थ है, 'सही समय पर निर्धारित काम पूरा करना।' जो लोग आज का काम कल पर और कल का काम परसों पर छोड़ देते हैं, वे अपने वचन पर कायम भी नहीं रह पाते हैं और अविश्वनीय बनकर अपनी नींव नाइन्टी कमजोर बना देते हैं।

समय पर उठनेवाले लोग सुबह की भाग-दौड़, हड़बड़ाहट, चिड़चिड़ाहट से तो बचते ही हैं, साथ ही साथ कार्यालय में समय पर पहुँचकर वे बिना वजह की दौड़-धूप, चिल्ला-चिल्ली, तनाव-परेशानी से भी बच जाते हैं। उसी तरह समय पर वचन के अनुसार काम खतम करनेवाले लोग नये काम का बोझ पहले से ही महसूस नहीं करते। वे हर कार्य के लिए पहले से ही तैयार रहते हैं।

वक्त की आवश्यकता को न टालें या 'बाद में-बाद में' करके उस काम से न भागें। यदि किसी को फोन करके कुछ सूचित करना हो तो उसी वक्त करें, चाहे उस

वक्त आपको कितनी भी असुविधा महसूस हो, असुरक्षित लगे या मन को पसंद न आने वाला काम लगे, फिर भी करके देखें। वरना टालते रहने की यही छोटी-छोटी बातें मिलकर आगे बड़ी समस्या का रूप ले लेती हैं।

जब एक कार्य खतम नहीं हुआ है और दूसरा कार्य सामने खड़ा है तब इंसान विचलित होने लगता है। समय पर काम शुरू और खतम करने की भावना उसे हमेशा समय से आगे और समय से मुक्त रखती है।

समय नियोजन की तकनीकों का अभ्यास करें। रात सोते वक्त आने वाले दिन के कार्य मन में होते हुए देखें। उन कामों में आनेवाली अड़चनों का हल सोच लें। ऐसा करने से आप सचमुच अगले दिन हर कार्य समय पर होते हुए देखेंगे और अपने वचन पर कायम रह पाएँगे वरना आप लोगों का विश्वास समय के साथ खो देंगे।

२. **अपनी डायरी के लेखक बनें**

एक कामयाब इंसान में अपने लक्ष्य, अपने काम, अपने विचार लिखने का गुण होता है। यह गुण भी नींव की मजबूती को बढ़ाता है। जो इंसान विश्वसनीय बनने का महत्व नहीं जानता वह अपने कार्यों को अपनी डायरी में लिखकर नहीं रखता और बहुत से कार्य करना भूल जाता है। किसी भी कार्य को लिखकर रखने की तकनीक बहुत ही प्रभावशाली है, जो काम को टालने या भूलने की आदत को तोड़ने में पूरी तरह से उपयोगी है।

जिन लोगों ने यह ठान लिया है कि उन्हें विश्वसनीय बनना ही है, वे अपने कार्यों को लिखकर रखते हैं। उन्हें पता है कि हमने जो कार्य निश्चित किया है, उसे समय पर क्यों पूरा करना चाहिए।

आपको जो काम करने हैं, उन्हें अपनी डायरी, कैलेंडर या कंप्यूटर में लिखकर रखें। आप अपने कामों और संकल्पों की सूची बनाकर रखें। उस काम तथा संकल्प की प्राथमिकता और समय सीमा निर्धारित करें तथा उसे दृढ़ता से पूरा करें। किसी भी कार्य को समय पर पूर्ण करने से आपकी विश्वसनीयता सिद्ध होती है। हर कामयाबी की प्रेरणा से आप छोटे से छोटा काम भी करना नहीं भूलते। इस आदत की वजह से लोग आपको विश्वसनीय समझकर पूर्ण सहयोग करने लगते हैं।

कलमबद्धता की आदत अपने अंदर विकसित करें। कई सारे लोग डायरी

लिखते हैं लेकिन डायरी लिखने का भी एक सही तरीका होता है। उस तरीके से यदि हम डायरी लिखते हैं तो भविष्य में हमें उस डायरी का भरपूर उपयोग होगा। जिन लोगों ने सफलता पूर्वक डायरी का उपयोग किया है, उन लोगों से डायरी का इस्तेमाल कैसे किया जाए, यह सीखें।

एक इंसान ने अपने मित्र से कहा, 'मैं अब सारे काम अपनी डायरी में लिखकर रखता हूँ, मुझे अब सोचने की जरूरत ही नहीं पड़ती कि कब कौन सा काम करना है।' यह सुनकर मित्र ने कहा, 'यह तो बड़ी अच्छी बात है मगर तुम यहाँ-वहाँ क्या ढूँढ़ रहे हो?' इस पर वह इंसान कहता है, 'मैं अपनी डायरी ही ढूँढ़ रहा हूँ।' इस उदाहरण से समझें कि डायरी का इस्तेमाल कर रहे हैं तो उसे कहाँ रखना है और कब खोलकर पढ़ना है, ये सब आपको मालूम होना चाहिए। सारे काम डायरी में लिखे हैं और डायरी ही नहीं मिल रही है तो जो सुविधाएँ आपको डायरी से मिलने वाली थीं, वे नहीं मिलेंगी। यदि आप विश्वसनीय बनना चाहते हैं तो कलमबद्धता की आदत आपके लिए बड़े काम की सिद्ध हो सकती है।

आप पर जो भी जिम्मेदारी है, उसे बेहतरीन ढंग से कैसे निभायें, इस बात का सदा ध्यान रखें। वर्तमान की जिम्मेदारियों से न घबराते हुए उसका पूरा-पूरा लाभ उठायें। रो-धोकर भी सारे काम हो जाते हैं मगर हमें अपने कार्यों को इस तरह अंजाम नहीं देना है। रो-धोकर काम करने की पुरानी आदत तोड़ें और हँसते-हँसते काम करने की नई आदत डालें। काम करने के साथ जो नये विचार, गुण तथा अवगुण अपने बारे में पता चलते हैं, उन्हें अपने पास लिखित में रखें ताकि आगे उन विचारों का उपयोग किया जा सके तथा अवगुणों को नष्ट किया जा सके।

३. निर्णय लेने का निर्णय लेकर, निर्णय लेने की कला सीखें

अगर आपको विश्वसनीय बनकर बड़ी सफलता प्राप्त करनी है तो आपको बहुत पहले ही निर्णय लेने की कला सीख लेनी चाहिए वरना बाद में ऐसे हालात पैदा होते हैं कि प्यास लगी है और कुआँ खोदने की नौबत आ गई है।

अविश्वसनीय बनने के पीछे एक कारण है निर्णय न ले पाना। ऐसे लोगों के मन में हमेशा दुविधा रहती है यह काम करें कि न करें? यह खरीददारी करें या न करें? उन्हें यह समस्या रहती ही है कि 'मुझे निर्णय लेना क्यों नहीं आता? अगर कभी कोई निर्णय लेना पड़े तो मैं किसी और से सलाह लूँ या नहीं? मुझे निर्णय लेने

में डर क्यों लगता है?' इस तरह वे लोग शंकाओं में उलझकर निर्णय लेना टाल देते हैं।

अगर निर्णय लेने में डर लगता है तो इसका मतलब है कि आपने अभी तक निर्णय लेने की कला नहीं सीखी है। ऐसा इंसान लोगों का विश्वास जीतने में असफल रहता है। यदि आपको अपने निर्णय पर भरोसा नहीं है तो पहले यह देख लें कि आपके पास काम करने के विकल्प कितने हैं, फिर छोटे-छोटे निर्णयों से शुरुआत करें। आपने चाहे गलत निर्णय भी लिया हो लेकिन वह लेना महत्वपूर्ण है। धीरे-धीरे आप सही निर्णय लेना सीख जाएँगे। दूसरों से सलाह ले सकते हैं लेकिन सबकी सुनकर आप वही करें, जो आपके हृदय से सही लगता है।

सुनें सबकी लेकिन निर्णय खुद लेना सीखें✶। असल में होता यही है कि हम दूसरों के लिए सोचते हैं और दूसरे हमारे लिए सोचते हैं। औरों के बारे में निर्णय हम बड़ी आसानी से ले पाते हैं मगर अपने बारे में निर्णय जल्दी नहीं ले पाते। अपने रिश्तों, महत्वाकांक्षाओं और जीवन से आसक्ति होने की वजह से निर्णय लेना कठिन हो जाता है। मोह या आसक्ति को तोड़ने का निर्णय लेकर आप निर्णय लेने की कला सीख सकते हैं।

दूसरों के लिए निर्णय लेना बड़ा ही आसान लगता है लेकिन अपने निर्णयों में नपी-तुली जोखिम लेने से भी कई लोग घबरा जाते हैं। असल में हमें अपने अंदर छिपे हुए डरों के बारे में पता ही नहीं है। निर्णय लेने से पहले हमें अपने डरों पर भी जीत प्राप्त करनी है या छोटे-छोटे निर्णय लेकर अपने डर समाप्त करने हैं।

आपके सामने निर्णय लेने के हर दिन ढेरों मौके आ ही रहे हैं। अगर हर मौके को आप पहचान पाएँ और उसका फायदा लेना सीख लें तो आप सही निर्णय लेने की कला सीखकर विश्वसनीय बन पाएँगे।

४. काम से बचने के विकल्प तोड़ें

दुनिया में ऐसे कई सारे लोग हैं, जो बहुत कुछ करना चाहते हैं लेकिन कर नहीं पाते। उस वक्त सुस्ती, अधूरी जानकारी और बेहोशी, जो नींव नाइन्टी को कमजोर

✶निर्णय लेने की कला को विस्तार से सीखें तेजज्ञान ग्लोबल फाउण्डेशन द्वारा प्रकाशित पुस्तक 'वचनबद्ध निर्णय और जिम्मेदारी कैसे लें'।

नैतिक मूल्यों की संपत्ति

बनाती है, उन्हें वह कार्य करने से रोकती है।

यदि हमने अपने जीवन का कोई लक्ष्य तय किया है और हम उसे पाना चाहते हैं तो जरूरी है कि हम चुस्ती, संपूर्ण समझ और होश प्राप्त करें। लक्ष्य प्राप्ति में जो भी बातें रुकावट पैदा करती हैं या जो भी काम से बचने के विकल्प मौजूद हैं, उन्हें तोड़ें।

जब बहादुर सिपाही लड़ाई के लिए जाते हैं तब वे ऐसा संदेश सुनना पसंद करते हैं कि 'करो या मरो।' उनके लिए लड़ाई के मैदान से भागने की कोई गुंजाइश ही नहीं होती। वे किसी पुल को पार करके आगे जाते हैं तो उनके सामने दो ही लक्ष्य होते हैं 'जीतना है या मरना है।' पीछे वापस जाने का कोई रास्ता न रहे इसलिए वे पुल पार करके उस पुल को तोड़ देते हैं ताकि भागने का कोई भी विकल्प न बचे।

विश्वसनीय बनने के लिए और काम से बचने के विकल्प तोड़ने की इस तकनीक का अपने जीवन में इस्तेमाल करें। अगर आप अपनी सेहत पर काम करना चाहते हैं तो सुबह जल्दी उठकर किसी व्यायामशाला में जाएँ। शायद देर से उठने की आदत की वजह से आप अपनी सेहत खो रहे हैं, ऐसे में आप अपने आपसे काम करवाने के लिए व्यायामशाला में एक साल की फीस भरकर आयें। वह फीस आपसे खुद ही काम करवायेगी। आप जरूर सुबह जल्दी उठेंगे और व्यायाम करेंगे। अधिकांश लोगों के लिए यह तकनीक कारगर साबित होती है। यदि आप अपवाद हैं तो आप काम से बचने के विकल्प को तोड़ने के लिए नये तरीके आसानी से ढूँढ़ सकते हैं। नींव नाइन्टी मजबूत करने की शुभ इच्छा आपसे यह काम करवा लेगी।

'अगर दुनिया में एक इंसान कोई कार्य कर सकता है तो वह कार्य हम भी कर सकते हैं', इस समझ के आधार पर हमें सदा आशावादी दृष्टिकोण अपनाना चाहिए।

५. **बहानों से बचकर हर बल प्रबल बनाएँ**

अकसर देखा गया है कि जिन लोगों की नींव नाइन्टी कमजोर होती है, वे अलग-अलग बहाने बनाकर काम को टालते रहते हैं। जिसकी वजह से उनके काम अधूरे रह जाते हैं। इससे उनका तो नुकसान होता ही है, साथ में दूसरों को भी तकलीफ होती है।

पिता अपने बेटे से रात में कहते हैं, 'बेटा, जरा बत्ती तो बुझा दो' तो बेटा

पिताजी से कहता है, 'पिताजी, अपनी आँखें बंद कर लीजिये और समझ जाइये कि बत्ती बुझ गई है।' फिर पिताजी बेटे से कहते हैं, 'अच्छा बेटा, जरा बाहर जाकर देखो, कहीं बारिश तो नहीं हो रही है?' तब बेटा जबाव देता है, 'पिताजी, आपके पलंग के नीचे बाहर से आयी हुई बिल्ली आकर बैठी है, उसे छूकर देखिये। यदि वह गीली है तो बाहर बारिश हो रही है।' अब पिताजी बेटे से कहते हैं, 'अच्छा कम से कम दरवाजा तो बंद कर दो।' इस पर बेटा कहता है, 'सब काम क्या मैं ही करूँ, कुछ काम आप भी कीजिये न!'

ऊपर दिए गए उदाहरण से आपकी समझ में आया होगा कि जिन लोगों के शरीर में सुस्ती भरी हुई होती है, वे किस तरह काम से बचने के लिए अलग-अलग बहाने देते हैं। उन्हें लगता है कि 'उनके बहाने बहुत सही हैं' लेकिन कोई भी बहाना देने से पहले हर एक को अपने आपसे यह पूछना बहुत जरूरी है कि 'मैं काम न करने के जो कारण दे रहा हूँ क्या वाकई में वे सही हैं, क्या वे तर्क संगत हैं? या मैं काम से बचना चाहता हूँ?' यह पूछताछ करने के बाद आपको पता चलेगा कि हमें अपने आपको किस तरह का प्रशिक्षण देने की आवश्यकता है। अगर हम किसी काम में इस तरह के बहाने या प्रतिसाद देते हैं तो फिर अपने चरित्र को सँभालना बहुत कठिन है।

चरित्रवान इंसान अनेक दिक्कतों के बावजूद भी बिना बहाना दिए कठिन कार्य पूर्ण करता है। सोने को अगर आग में तपाया जाए तो वह कुंदन बनता है। जितना आप सोने को तपाएँगे उतनी उसमें चमक आयेगी। ऐसा क्यों होता है? क्योंकि सोने को बार-बार तपाया गया है, उसने उतना कष्ट सहा है। इसी तरह आप भी यदि बिना बहानों के कोई कार्य पूरा करने की ठान लेते हैं तो कुछ समय बाद आप भी सोने की तरह खरे बन जाते हैं।

बहानों और कारणों से बाहर आने के लिए और अपने शरीर से काम करवाने के लिए अपने शरीर की शक्ति पहचानें, व्यायाम और प्राणायाम द्वारा उसे सबल बनाएं। सबल शरीर का बाहुबल शारीरिक कामों को बिना कठिनाई के कर गुजरता है।

बहानों और कारणों से बाहर आने के लिए और अपने शरीर से काम करवाने के लिए अपने मन को प्रशिक्षित करें ताकि आपका मनोबल बढ़े। तीव्र मनोबल से

नैतिक मूल्यों की संपत्ति

आप कठिन से कठिन परिस्थितियों में अपने मन को अकंप बना सकते हैं। बढ़े हुए मनोबल से आप कठिन से कठिन मानसिक कार्य आसानी से कर सकते हैं।

बहानों और कारणों से बाहर आने के लिए और अपने शरीर से काम करवाने के लिए अपनी बुद्धि को शुद्ध करें ताकि बीरबल की तरह आपका बुद्धिबल बढ़े। विवेक और बुद्धिबल से आप कठिन से कठिन निर्णय चुटकियों में ले सकते हैं। शुद्ध बुद्धि से विहीन इंसान बहानों को प्राथमिकता देता है। बुद्धिबल पाने से इंसान खुद को जानने का कार्य, अपनी पूछताछ ईमानदारी के साथ करके पूरा करता है।

बहानों और कारणों से बाहर आने के लिए और अपने शरीर से काम करवाने के लिए आत्मिक ज्ञान प्राप्त करें ताकि आपका आत्मिक बल प्रबल बने। आत्मिक बल से इंसान पृथ्वी लक्ष्य प्राप्त करता है। बिना आत्मिक बल के दया, करुणा, अहिंसा और प्रेम धोखा है। आत्मिक बल से काम, क्रोध, लोभ, मोह, अहंकार रूपी राक्षस पराजित किए जा सकते हैं।

ऊपर बताये गए सारे बल प्राप्त करें। हर दिन छोटे-छोटे प्रयोग करके सबल बनें। पढ़ाई करनी है या प्रोजेक्ट पूरा करना है और अगर मन बहाने बना रहा है तो स्टडी टेबल के सामने, कार्यालय में, अपने ब्रश पर, जहाँ दिखाई दे और जहाँ-जहाँ संभव है वहाँ 'बहानों में बहना मना है' का बोर्ड लगाकर रखें। अपनी गाड़ी पर, घड़ी पर जहाँ-जहाँ नजर जाती है, वहाँ-वहाँ पर अनुस्मारक (रिमाइंडर) लगाकर रखें।

इस तरह अपनी प्रबल इच्छा शक्ति से विश्वसनीय बनने के लिए बाहुबल, मनोबल, बुद्धिबल और आत्मिक बल प्रबल बनाएँ।

DAY 15

अपने आपमें सुधार लाएँ

लिखावट और आत्मचरित्र पठन

दसवाँ उपाय

इंसान की लिखावट उसका चरित्र दर्शाती है। अपनी लिखावट सुधारने का उत्तम तरीका यह है कि हम खुद को सुधारें। यह अजीब लेकिन हकीकत है। हर इंसान की लिखावट उसके बारे में बहुत कुछ बताती है। अगर आप लोगों की लिखावट पर ध्यान देंगे तो आपको उनके बारे में बहुत कुछ पता चलेगा। आपने स्वयं को परीक्षा के समय देखा होगा कि जब आपको अपने किसी जवाब पर यकीन नहीं होता कि यह सही जवाब है या नहीं है तो आप वह शब्द कैसे लिखते हैं? आप उस शब्द से दो अर्थों के भ्रम का निर्माण करते हैं। जिस जवाब के गलत होने का अनुमान आपको होता है, उस जवाब में आपकी लिखावट सिकुड़ जाती है ताकि जाँच करनेवाले को जवाब समझ में न आये। कपटी इंसान की लिखावट कैसी होगी, यह आपको उसकी लिखावट से पता चलेगा। किसी भी इंसान की लिखावट देखकर बताया जा सकता है कि वह इंसान किस अवस्था में है।

किसी की लिखायी बायीं ओर झुकी हुई होती है या दायीं ओर झुकी हुई होती है, इससे समझ में आता है कि वह इंसान भविष्य की कल्पनाओं में जीनेवाला इंसान है या भूतकाल में रहनेवाला इंसान है। किसी की लिखायी रेखा के ऊपर ज्यादा होती है और किसी की रेखा के नीचे ज्यादा होती है। ऐसी छोटी-छोटी कई बातें हैं, जो इंसान की मानसिक स्थिति बताती हैं।

जो इंसान बदल रहा है वह खुद अपनी लिखावट में परिवर्तन पाएगा। वह खुद देखेगा कि उसकी लिखावट सुधरती जा रही है। वह अपनी जिंदगी में सीधा होता जा रहा है। डरा हुआ इंसान सिकुड़कर लिखता है और खुला हुआ इंसान खुलकर लिखता है। चाहे लोग जो भी अनुमान लगायें, उसे उसकी कोई चिंता नहीं होती, वह खुलकर लिखता है। उसे कोई डर नहीं होता है। इस प्रकार हर तरह की लिखावट से पता लगाया जा सकता है कि वह इंसान कैसा है। वह हमेशा वैसा ही रहेगा, यह पक्का न समझें। आत्मपरिवर्तन के साथ लिखावट में और लिखावट से स्वयं में सुधार होता है।

लिखावट बदलने का सामान्य तरीका यह है कि एक पन्ना रोज लिखकर देखें। इस तरह रोज लिखावट सुधारने का प्रयास करें। जैसे छपे हुए शब्द होते हैं, उन्हें वैसे लिखने का प्रयास करें। 'करसिव्ह राईटिंग' पुस्तक बाजार में उपलब्ध है, उस पर लिखने का अभ्यास करें। इससे भी उत्तम तरीका यही है कि आप अपने आपमें सुधार लाएँ। आपने अपने अंदर के डर निकाल दिए तो आप खुलकर लिखेंगे। आपकी लिखावट में भी एक सलीका आयेगा। आपकी लिखावट में आपको एक चमक महसूस होगी। यही लिखावट आपके चरित्र को दर्शाती है तथा आपकी लिखावट का सुंदर होना आपके चरित्र के सुंदर होने का आइना बनती है।

आत्मचरित्र पठन से प्रेरणा लें

जब आप संतों के आत्मचरित्र, आत्मकथाएँ पढ़ेंगे तब आपको उनके फौलादी चरित्र का एहसास होगा और पता चलेगा कि नींव नाइन्टी मजबूत कैसे की जाती है। जब आप बुद्ध की पुस्तक (चरित्र) पढ़ेंगे तो देखें कि उसका कवर यानी बाहरी रूप कैसा है, उसकी छपाई कैसी है। उसी तरह महावीर की पुस्तक पढ़ें तो देखें कि उसमें क्या छपा है, क्या छिपा है और उसका शीर्षक क्या है। उनके जीवन में भी वे सब बातें हुईं, जो आपके जीवन में हो रही हैं। मगर उन दुःखद घटनाओं में

नींव नाइन्टी

उन्होंने हमेशा सकारात्मक कदम ही उठाया।

जो लोग अपनी नींव नाइन्टी मजबूत करना चाहते हैं यानी अपनी पुस्तक के अंदर जो छपा है, उसे सुंदर और पढ़ने योग्य बनाना चाहते हैं, वे महान विभूतियों के जीवन चरित्र अवश्य पढ़ें। ऐसे उच्च कोटि के जीवन चरित्र पढ़कर, हमें भी अपने चरित्र को आकार देने की प्रेरणा मिलती है। आज तक आपने कितने जीवन चरित्र पढ़े हैं? अपने महान लक्ष्य अनुसार कुछ जीवन चरित्र छाँटकर तो जरूर पढ़ें। इसका महत्व आप उच्च जीवन चरित्र पढ़कर ही जान सकते हैं। इस पुस्तक के परिशिष्ट में कुछ महान हस्तियों के जीवन चरित्र दिए गए हैं।

दुनिया का हर सफल इंसान, जिसने अपनी नींव नाइन्टी मजबूत की है, जिसने निरंतरता से काम किया है, उनका आत्मचरित्र पढ़कर आपको ये बातें समझ में आयेंगी। जैसे स्वामी विवेकानंद, संत सुकरात, लाला लाजपत राय, रवींद्रनाथ टैगोर, महात्मा गांधी, डॉ. बाबासाहेब आंबेडकर, भगत सिंह, मदर तेरेसा, अकबर बादशाह, राबिया, संत तुकाराम जैसे सारे संत, शबरी, कल्पना चावला इत्यादि। ये सभी लोग अपने जीवन में उनके लक्ष्य अनुसार सफलता के उच्च शिखर तक पहुँचे। उनका जीवन देखकर आपको समझ में आयेगा कि उनके साथ क्या-क्या हुआ था, उनके जीवन में भी कई अड़चनें आयीं मगर उनके अंदर एक विश्वास उठा और उस विश्वास ने बड़ा काम किया। उन्होंने मुसीबतों के बावजूद भी एक सही और नया रास्ता ढूँढ़ निकाला। उन्हें यह विश्वास था कि इस रास्ते पर चलकर ही हमारी नींव और लोगों का जीवन अखण्ड बनेगा। उसी तरह आपके अंदर भी दृढ़ विश्वास जगे और आपकी आत्मकथा लोग पढ़ना चाहें।

DAY 16

नींव नाइन्टी मजबूत करने के चार कदम

वासना की शक्ति का रूपांतरण कैसे करें

ग्यारहवाँ उपाय

हम सब पृथ्वी पर अपने-अपने विशेष उद्देश्य लेकर आये हैं। कुदरत हमें अपना लक्ष्य पाने के लिए सदा मार्गदर्शन दे रही है। यदि हमारा चरित्र बलवान होगा तो हम बिना हिले कुदरत के बताये रास्ते पर सीधे चल पाएँगे वरना हम हर छोटी घटना में लालच, सुस्ती और अज्ञान की वजह से डगमगाकर गिर जाएँगे।

जब भी कोई सकारात्मक चीज लक्ष्य अनुसार हमारे पास आये तो हम उसे सही तरीके से और खुले मन से ले पाएँ। अगर आपने कुदरत से यह प्रार्थना की है कि 'जो मेरा है, वह मुझे सही दिशा और सही तरीके से मिले' तो कुदरत की तरफ से आपको वैसा ही प्रतिसाद मिलेगा। आपकी यह प्रार्थना ही आपकी नींव की मजबूती को दर्शाती है। अब हम जानेंगे कि ऐसे कौन से तरीके हैं, जिन्हें अपनाने से नींव नाइन्टी और ज्यादा सबल बनती है।

नींव नाइन्टी

१. न गुलाम बनें, न गुलाम बनाएँ

चरित्रवान इंसान न दबता है, न किसी को अपने अधीन करता है। अविश्वसनीय होने के कारण लोग दूसरों से दबते हैं या दूसरों का शोषण करते हैं। जो लोग दबते हैं, वे तो अप्रशिक्षित हैं ही मगर जो दूसरों को गुलाम बनाना चाहते हैं, वे भी अप्रशिक्षित हैं क्योंकि जो गुलाम बनाना चाहते हैं, वे नहीं जानते कि किसी को बिना गुलाम बनाए भी उनके काम हो सकते हैं।

दूसरों को गुलाम बनाने की चाहत का एक मुख्य कारण यह है कि कुल मिलाकर हर एक अपने काम का नतीजा चाहता है। इस नतीजे (आउटपुट) पर ही उनकी योग्यता का स्तर आँका जाता है। अपने कार्य का परिणाम दिखाने के बाद ही लोगों को पदोन्नति (प्रमोशन) मिलती है।

लोगों को अपना लक्ष्य प्राप्त करने का यही एक रास्ता दिखाई देता है कि यदि वे सामनेवाले पर दबाव डालेंगे तभी उनके काम समय पर संपन्न होंगे वरना नहीं। जो लोग दबते हैं, वे भी अप्रशिक्षित हैं। वे खुलकर किसी को बता नहीं पाते कि किन कार्यों को करने में वे सक्षम हैं। वे सामनेवाले को स्पष्ट रूप से ऐसा बोल नहीं पाते कि 'आप सिर्फ हमें जिम्मेदारी सौंपें, हम काम करके दिखाते हैं।' जब वे अपने दिल की बात कह पाएँगे तब वे लोगों के विश्वसनीय तथा आत्मनिर्भर बन पाएँगे। जो इंसान आज़ाद होना चाहता है उसे यह सोचना चाहिए कि 'मुझे आत्मनिर्भर बनना है, मैं जो कार्य कर रहा हूँ, अपने बलबूते पर कर पाऊँ, मुझे अपने काम में इतनी कुशलता हासिल करनी है कि मेरा काम देखकर लोगों को लगे कि अब इन पर दबाव डालने की जरूरत नहीं है।'

लोग कई बार बिना प्रशिक्षण के ही ऊँचे ओहदे पर पहुँच जाते हैं। ऊँचे ओहदे की वजह से वे लोगों पर दबाव डालकर अपना काम करवाना चाहते हैं क्योंकि वे दिखाना चाहते हैं कि 'मैं कितना कार्यक्षम हूँ।' अपनी कार्यक्षमता को प्रदर्शित करने का यही एक मार्ग उनके पास होता है मगर वे नहीं जानते कि इस तरह लोगों पर दबाव डालकर काम करवाने से एक समय ऐसा आयेगा कि उनका पद चला जाएगा या वे वहीं रह जाएँगे जहाँ थे। उनकी कंपनी जहाँ की तहाँ रुकी रहेगी या डूब जाएगी।

अपने आपसे पूछें, 'मुझ में क्या कमी है, जो लोग मुझे दबा रहे हैं या मैं दूसरों

पर दबाव डाल रहा हूँ?' अपने अंदर की कमियों को पहचानकर उन्हें दूर करने में लग जाएँ। शिकायत करते न बैठें। कमजोरियों पर काम करना शुरू करें। शायद इसमें साल भर लग जाए तो भी कोई हर्ज नहीं। यदि आप आज से काम जारी करेंगे तो एक साल में आपका उद्देश्य पूरा हो जाएगा।

डर या लालच की वजह से लोग गुलाम बनते हैं या बनाते हैं। डर लगने के बावजूद भी आपको काम तो करना ही है। डर को अपना काम करने दें। डर आपके शरीर द्वारा आपको दिया गया फीडबैक है, जो यह बताता है कि 'तुम कोई नया काम करने जा रहे हो, जो पहले कभी तुमने किया नहीं है।' यह कितनी अच्छी बात है कि शरीर अपने अंदर सारे रेकॉर्ड रखता है कि वह कौन सा काम पहली बार कर रहा है, कौन सा काम नया कर रहा है तथा कौन सा काम पुराना है? शरीर द्वारा दिए गए फीडबैक को धन्यवाद दें और खुद से कहें, 'इसके बावजूद भी मुझे अपना कार्य करना ही है।'

नये प्रयोग के साथ अब आपको अपने मस्तिष्क में नई फाइल (जानकारी) डालनी है। फिर अगली बार शरीर कहेगा, 'यह काम तुम पहले भी कर चुके हो, यह कोई नई बात नहीं है, यह तो तुम कर सकते हो, इस स्थिति को तुम सँभाल सकते हो।' इस तरह आपका आत्मविश्वास बढ़ता जाएगा।

किसी भी मुकाम पर, कितने भी बड़े शिखर पर आप पहुँच जाएँ, फिर भी सीखना बंद न करें क्योंकि यही नई संभावनाएँ खोलेगा। जो निर्माण हो चुका है, पहले उसे समझने पर काम करना है, फिर जिसका निर्माण अभी तक नहीं हुआ है, उसके लिए शरीर को तैयार करना है। नींव नाइन्टी मजबूत करने का यह लाभकारी उपाय है।

२. संतुलित रहें

तबीयत और परिस्थिति के हिसाब से आपको हमेशा संतुलित रहना है। शरीर को जो आदत आप डालेंगे, उसे वह आदत पड़ जाती है। उसे सुस्ती की आदत डालेंगे तो शरीर सोचेगा कि 'कैसे मैं काम से बचूँ, कौन सा बहाना बनाऊँ।' शरीर को सुस्ती की आदत डालने से आप अभिव्यक्ति में कम पड़ जाएँगे। इसलिए यह सोचें कि कौन सी आदत आगे मेरे काम आयेगी, काम न करने की या काम करने की? अपनी तबीयत का खयाल अवश्य रखें। यह एक सूक्ष्म बात (फाइन लाईन) है

कि कब तक काम किया जाए और कब आराम किया जाए। दोनों अतियों में जाने से बचें। थकने से पहले आराम करें, सुस्ती आने से पहले काम शुरू करें।

बहुत आराम की आदत पड़ने लगी तो धीरे-धीरे चींटी की रफ्तार से यह आदत बढ़ती ही जाती है। एक साल के बाद आप पाएँगे कि आपके शरीर में तमोगुण पहले से बहुत ज्यादा बढ़ गया है। पहले आप जितना काम कर पाते थे, अब उससे आधा काम भी नहीं कर पा रहे हैं। यह आदत आगे जाकर आपको तकलीफ देगी। फिलहाल आप अपने शरीर को इस तरह से प्रशिक्षित करें कि उसे ज्यादा से ज्यादा काम करना अच्छा लगे। अगर आप काम को बोझ समझेंगे तो वह काम आपको थकावट देगा। फिर काम से बचने के लिए कपट शुरू होगा। कपट नींव नाइन्टी को हिला देगा। इसलिए काम को बोझ नहीं अभिव्यक्ति समझकर करें।

३. स्वप्रशिक्षण लें, ना कहना सीखें

स्वप्रशिक्षण पाने के लिए सदा तैयार रहें। अपने आपको प्रशिक्षण देने का कोई भी मौका न गँवायें। कान को यह प्रशिक्षण दें कि वह कौन सी बात सुने और कौन सी बात अनसुनी करे। आँख को प्रशिक्षण दें कि वह कौन सी पुस्तकें पढ़े, कौन सा साहित्य न पढ़े। जो पुस्तकें हमारी नींव को हिलाती हैं, उनकी तरफ रुख न करें। कंप्यूटर या टी.वी. पर ऐसे कार्यक्रम न देखें, जो हमारी नींव हिलाते हैं।

यदि आप गलत लोगों को 'ना' नहीं बोल सकते हैं, उन्हें यह बता नहीं सकते हैं कि 'मैं आपके साथ नहीं आ सकता, मैं यह नहीं कर सकता, मुझे क्षमा करें' तो आइने के सामने खड़े होकर 'ना' कहने का अभ्यास करें। आइने के सामने खड़े होकर वे पंक्तियाँ बार-बार दोहरायें, जो आप लोगों को कहना चाहते हैं लेकिन हिचकिचाहट की वजह से कह नहीं पाते। आप कपटमुक्त रहने और अपनी बात पर अटल रहने का अभ्यास कर अपनी नींव नाइन्टी मजबूत करें।

४. शक्ति का रूपांतरण करें और वासना से मुक्ति पाएँ

शक्ति अविनाशी है, न तो वह उत्पन्न की जा सकती है और न ही उसका नाश होता है, उसका सिर्फ रूपांतरण होता है। आपके अंदर स्थित वासना, क्रोध, लोभ, ईर्ष्या आदि का रूपांतरण हो सकता है। आपको अगर गुस्सा आता है तब रेत का थैला लेकर उस पर यदि मुक्केबाजी (बॉक्सिंग) की जाए या उस दिन ज्यादा या रचनात्मक कार्य किया जाए तो वह शक्ति रचनात्मकता के रूप में रूपांतरित हो जाती

नैतिक मूल्यों की संपत्ति

है और आपका गुस्सा विलीन हो जाता है।

इंसान के अंदर जब अलग-अलग वासनाएँ जागती हैं और वह उन वासनाओं से ध्यान हटाकर साधना करता है, तब वह वासना में लगी हुई ऊर्जा को मौन साधना में लगाता है, उसे दिशा देता है। कोई वही ऊर्जा रचनात्मक कार्य में लगाकर नव-निर्माण करता है। इस तरह वह शक्ति रूपांतरित हो जाती है। यही शक्ति आपको अपनी नींव नाइन्टी मजबूत कराने में मदद करती है। यदि हमने अपने अंदर की शक्तियों का सही रूपांतरण नहीं किया तो ये शक्तियाँ हमारी नींव नाइन्टी के कमजोरी का कारण बनेंगी और हमारे चरित्र की इमारत गिर जाएगी।

पृथ्वी लक्ष्य, ज्ञान और भक्ति का आनंद, इन तीनों बातों को जोड़कर इंसान वासना मुक्त हो सकता है। लोगों का यह सवाल रहता है कि हम कैसे वासना मुक्त हों? हम जो निर्णय लें उसे कैसे पूरा करें? विश्वसनीय कैसे बनें? इन सारे सवालों का एक ही जवाब है, 'पृथ्वी लक्ष्य, ज्ञान और भक्ति का आनंद।' इन तीन बातों को अपने जीवन में बढ़ाएँ।

इंसान को जितना पृथ्वी लक्ष्य याद रहेगा, उतनी ही उसकी नींव नाइन्टी मजबूत होगी। आधे-अधूरे ज्ञान की वजह से लोग अपनी कमजोरियों में उलझ जाते हैं। जब जीवन और मृत्यु उपरांत जीवन का संपूर्ण ज्ञान होता है तब इंसान से जो भी क्रियाएँ होती हैं, वे उसकी नींव नाइन्टी को प्रबल करती हैं। यदि आपके ज्ञान में कमी है तो उस पर मनन करके ज्ञान को पूर्ण करें। संपूर्ण ज्ञान के साथ इंसान को जब भक्ति का आनंद मिलता है तब मायावी, वासनामयी आनंद से वह छूट सकता है।

DAY
17

धार्मिक पुस्तकों पर मनन करें

ग्रंथ अनेक, संदेश एक

बारहवाँ उपाय - मनन मंथन

ईश्वर की अद्‌भुत प्रेरणा से ज्ञान के संदेश आकाशवाणी बनकर पृथ्वी पर उतरे हैं। ये संदेशाकाश कुछ ग्रंथों के रूप में सभी के लिए उपलब्ध हैं। इन्हीं ग्रंथों से कुछ पंक्तियाँ नींव नाइन्टी दृढ़ बनाने के लिए नीचे दी गई हैं। इन संदेशों तथा आदेशों पर मनन करें।

■ **कुरान मजीद में नैतिकता के लिए उपयोगी निर्देश :**

सात वर्जनाएँ, वर्जित कर्म :

- १) शिशु हत्या २) व्यभिचार ३) अनुचित हत्या ४) अनाथों की लूट ५) व्यापार में धोखा-धड़ी (पूरा तौलो, डंडी सीधी रखो) ६) मिथ्या सूचनाओं पर विश्वास ७) अहंकार प्रदर्शन
- मुसलमानो ! मदिरा, जुआ और झूठे पूजितों के स्थान और पासे ये सब शैतानी

काम हैं, इनसे बचो ताकि कल्याण को प्राप्त हो।

- भलाई और बुराई एक समान नहीं हैं। तुम बुराई का बदला भलाई से दो तो यह अधिक उत्तम है।
- रहम करने वालों पर रहमान रहम फर्माता है। तुम जमीन पर रहनेवालों पर रहम करो, तुम पर आसमान वाला रहम फर्मायेगा।
- पहले तौलो, फिर बोलो। शैतान के गुदगुदाने से तुम्हारे दिल में भी गुदगुदी हो तो तुम ईश्वर की शरण में जाओ।
- जानबूझकर सत्य को मत छिपाओ। सत्य को झूठ के साथ मत मिलाओ। अपने वचन को सदा पूरा करो।
- अपना पाप निर्दोष पर थोपना महापाप है, सदा सच्ची गवाही दो।

■ **बाइबिल द्वारा मुसा और जीज़स की चरित्रवान बनने के लिए हिदायतें :**

- धन्य हैं वे लोग जो दुश्चरित्र व्यक्तियों की सलाह पर नहीं चलते। वे सदा प्रभु की करनी से प्रसन्न रहकर उनकी लीलाओं के दर्शन करते हैं।
- जिनका चरित्र गिरा हुआ है, उनका मन, उनकी बुद्धि और उनका ध्यान उलट-फेर की बातों में लगा रहता है। सीधापन ही जीवन का वरदान है। छल-कपट और बुरा व्यवहार चरित्र हीनता की निशानियाँ हैं।
- न मन से बुरा सोच, न मुँह से बुरा बोल। कुटिल बातें कहने से दूर रह। तेरी आँखें सामने की ओर लगी रहें। तेरी पलकें आगे की ओर खुली रहें। तेरे पाँव सत्य मार्ग पर चलें और तू टस से मस न हो।

■ **प्रभु सात वस्तुओं को नापसंद करता है :**

१) घमंड से चढ़ी हुई आँखें

२) झूठ बोलने वाली जीभ (झूठ बोलने वाले बातूनी से गूँगा अच्छा है)

३) निर्दोष का लहू बहाने वाले हाथ

४) बुरी बातें साजानेवाला मन

५) बुराई की ओर वेग से दौड़ने वाले पाँव

६) झूठ बोलने वाला गवाह

७) भाइयों में झगड़ा उत्पन्न करने वाला मनुष्य

- बुरी स्त्री से बचो। उसकी चिकनी-चुपड़ी बातों में मत फँसो। उसकी सुंदरता को देखकर अपने मन में उसे प्राप्त करने की इच्छा मत करो।

- मदिरा पीना न राजाओं को शोभा देता है, न रईसों को। ऐसा न हो कि वे शराब पीकर नियम भूल जाएँ और किसी दुःखी का हक मारें।

■ मोजेस (हजरत मुसा) की दस आज्ञाएँ

१) तू मुझे छोड़ दूसरों को ईश्वर करके न मानना...

२) तू अपने लिए कोई मूर्ति खोदकर न बनाना...

३) तू अपने परमेश्वर का नाम व्यर्थ न लेना...

४) तू विश्रामदिन को पवित्र मानने के लिए स्मरण रखना...

५) तू अपने पिता और अपनी माता का आदर करना...

६) तू हत्या न करना...

७) तू व्यभिचार न करना...

८) तू चोरी न करना...

९) तू किसी के विरूद्ध झूठी साक्षी न देना...

१०) तू किसी के घर का लालच न करना...

■ गुरु नानक, गुरुग्रंथ साहिब की नसीहतें

१) ऐसे जनेऊ पहनो जिसमें करूणा की कपास हो। जिसके अंदर संतोष का सूत हो, जिसमें संयम की गाँठ बँधी हो, जिसे हम भक्ति भाव से पहन पाएँ। उसे पहनने से ही भक्ति बढ़े और जिसे पहनकर ईमानदारी की कमाई हो जाए। जिसे पहनकर हम कपट मुक्त जीवन जीयें...। ऐसे गुण हम अपने अंदर लाएँ तो हमने सच्चा जनेऊ पहना।

२) पाँच बार नमाज़ पढ़ना चाहते हैं तो पहली नमाज़ सच्चाई की हो, दूसरी नमाज़

नैतिक मूल्यों की संपत्ति

बंदगी की हो, तीसरी नमाज़ ईमानदारी के कमाई की हो, चौथी नमाज़ भलाई की हो और पाँचवीं नमाज़ पवित्रता की हो।

३) पानी जब बरसता है तो ऊँचाइयों पर भी उतना ही बरसता है, जितना नीचाइयों पर बरसता है मगर टिकता नीचे ज्यादा है। वैसे ही अहंकार ऊपर है इसलिए बारिश (कृपा) बरसने के बावजूद भी वहाँ नहीं टिकती।

४) अगर तुम्हारे अंदर इंसानियत है, भरपूर गुण हैं तो ही ईश्वर के दरबार में स्वीकार किए जाओगे।

५) मन शुद्ध करना ही हज करना है।

संतों की शिक्षाओं पर मनन करें

संत अनेक, संदेश एक

तेरहवाँ उपाय- मनन वाक्य

आज तक अलग-अलग धर्मों के संतों ने चरित्र की मजबूती को बल प्रदान करने हेतु अपनी शिक्षाओं, सूचनाओं, आज्ञाओं, पंचशीलों अथवा नियमों द्वारा लोगों को जो मार्गदर्शन दिया, वह यहाँ पर प्रस्तुत किया गया है। इन शिक्षाओं में चाहे शब्द अनेक हों लेकिन उनमें छिपा संदेश एक है। इसके पठन व मनन से हम भी अपने जीवन में निश्चित ही लाभ उठा सकते हैं।

■ भगवान बुद्ध द्वारा बताये गए पंचशील

१) झूठ न बोलना अथवा सदा सत्य की राह पर चलना।

२) हिंसा न करना अथवा किसी की हत्या न करना, किसी भी प्राणी को वाणी, विचार, भाव, क्रिया से दुःख न पहुँचाना।

३) चोरी न करना अथवा किसी और की वस्तु को अपना न समझना।

४) नशा न करना अथवा गलत व्यसनों, जुआ इत्यादि में न पड़ना।

५) व्यभिचार न करना यानी परस्त्री को अपनी स्त्री न समझना, भोग विलास में न पड़ना।

भगवान महावीर के आठ नियम

१) शराब न पीना- कोई भी वस्तु जो इंसान का होश कम करती है, वह चीज ग्रहण न करना। चरस, गांजा इत्यादि अनेक ऐसे द्रव्य हैं जो इंसान अज्ञान में ग्रहण करता है। बाद में उसे आदत लग जाती है। समाधि का अनुभव आसानी से पाने की लालच में वह ध्यान को कम महत्व देकर, नशे में उलझ सकता है इसलिए महावीर स्वामी ने स्व का स्वामी बनने के लिए लोगों को नशे से दूर रहने की आज्ञा दी है।

२) मांस-मच्छी न खाना - हम जो खाते हैं उससे हमारा चित्त बन जाता है। तामसिक आहार शरीर का तमोगुण बढ़ाता है। मांस-मच्छी, जानवरों का मांस खाना, इंसान में हिंसा प्रवृत्ति बढ़ाता है। भगवान महावीर की सारी शिक्षा अहिंसा पर टिकी हुई है। हर जीव से प्रेम करने वाला ही अहिंसा का पुजारी बन सकता है।

३) हिंसा न करना - संवेदनशील और सहनशील बनना। हर जीव को क्षमा करके उन्हें दुःख से मुक्त होने की राह दिखाना। इस नियम अनुसार समाज में भाई-चारा बढ़ाना।

४) जुबान के स्वाद की गुलामी न करना - अच्छे स्वास्थ्य के लिए सबसे पहले आपको अपनी जुबान पर लगाम लगानी चाहिए। जुबान स्वाद की गुलाम न बने। जुबान कठोर शब्द इस्तेमाल न करे। स्वादिष्ट भोजन के लोभ में जुबान का गलत उपयोग न करें।

शब्दों का गलत इस्तेमाल करने पर हमारी शब्दों की शक्ति कम हो जाती है। आप शब्दों का जिस तरह से इस्तेमाल करते हैं, उसी तरह के विचार आपके अंदर चलने लगते हैं। शब्दों से गाली, चुगली, बुराई, व्यंग, झूठ निकाल दें। जुबान का सही इस्तेमाल स्वाद और वाणी पर नियंत्रण करके होता है।

५) झूठ न बोलना - छल, कपट, झूठ कहने वाला इंसान कभी सत्य की राह पर

चलने का साहस नहीं कर सकता। झूठ बोलकर इंसान सुविधा चाहता है। कपट करके वह अनुशासन और कर्म से बचना चाहता है। दूसरे को ठगकर केवल लेना चाहता है, देने से बचना चाहता है। अहिंसा और प्रेम से जीनेवाला इंसान देना जानता है, उसे कभी भी कपट करने की आवश्यकता नहीं पड़ती।

६) चोरी न करना - अचौर्य का नियम इंसान को लालच से मुक्त करता है। दूसरों की संपत्ति पर नजर रखकर इंसान स्वयं का अमंगल करता है। अपने ध्यान को सदा दूसरों के ज्ञान पर रखें, न कि दूसरों के शरीर या दौलत पर। चोरी करने वाला दूसरों की तपस्या भी भंग करता है। चोरी करने वाला सदा अपने लक्ष्य को भूल बैठता है। वह सदा डर का शिकार रहता है। उसे सदा यह डर रहता है कि कहीं मेरी चोरी पकड़ी तो नहीं जाएगी।

७) सांसारिक और शारीरिक भोग न करना - इंसान अपने आपको शरीर मान लेता है, जब कि वह अपने शरीर के लिए यही कहता है कि 'यह मेरा शरीर है।' मगर यह सोचें कि अगर यह मेरा शरीर है तो मैं यह शरीर कैसे हुआ? जैसे मेरा तकिया 'मैं' नहीं हो सकता, उसी तरह मेरा शरीर 'मैं' नहीं हो सकता।

जब हम शरीर के साथ अपने होने की आसक्ति पैदा कर लेते हैं तब हम शरीर को भोग-विलास में लगाकर उलझा देते हैं। जब इंसान को सत्य की प्राप्ति होती है तब वह शरीर से केवल अभिव्यक्ति करना चाहता है, न कि सांसारिक भोग-विलास में उलझना चाहता है। यह नियम इंसान को सत्य की अभिव्यक्ति के लिए तैयार करता है।

८) किसी भी चीज का संचय न करना - इंसान डर और लालच में जमाखोरी की आदत भी अपने अंदर डाल देता है। इस आदत की वजह से वह आवश्यकता से अधिक चीजों का संचय करता है। वे चीजें ही उसे सत्य की यात्रा में रोकती हैं। पहाड़ पर चढ़ने वाला इंसान जैसे अपना बोझ कम करता जाता है, वैसे ही सत्य पर चलनेवाला यात्री चीजों का संचय कम करता जाता है। कम से कम वस्तुओं से अपना काम चला लेने का नियम संघ के लिए लागू है।

■ **संत तुकाराम के द्वारा सचेत किए गए पाँच 'पर'**

१) **परधन :** 'परधन' यानी किसी और का धन। किसी और के पास धन पड़ा है या किसी और का धन हमें अच्छा लगता है तो ऐसे धन पर हमारी नजर न

हो। संत तुकाराम ने कहा ये 'पर' खाइयाँ हैं, इन खाइयों में इंसान गिर जाता है और सत्य शिखर तक नहीं पहुँच पाता है।

२) **परस्त्री** : परस्त्री पर ध्यान न हो। उनके साथ एक घटना हुई थी जब वे पर्वत पर बैठे थे तब एक स्त्री वहाँ पर आयी। उसे तुकारामजी ने जो कहा वह भी उनके अभंग में आया है। उन्होंने उस स्त्री को कहा, 'मेरे लिए हर स्त्री रखुमाबाई माता है, जैसे कृष्ण के साथ राधा मेरी माता है।'

जो सत्य के मार्ग पर चल रहा है, वह कुछ बातें पहले से ही निश्चित कर लेता है कि 'मैं इन परों में नहीं उलझूँगा।'

संत तुकाराम ने कहा कि हर स्त्री माता है क्योंकि उनके लिए यह पहले से ही निश्चित था। इसलिए वे पहले से ही निश्चिंत थे। उन्होंने उस स्त्री को आगे कहा कि 'तुम्हारा पतन मैं देख नहीं पा रहा हूँ इसलिए तुम यहाँ से जाओ, गाँव में जाओ, शहर में जाओ तुम्हें पति चाहिए तो हजारों मिल जाएँगे, उसके लिए संसार भरा पड़ा है।' संत तुकाराम की यह दृढ़ता काम कर गई और वह स्त्री वहाँ से चली गई।

३) **परनिंदा** : परनिंदा से बचें। एक निंदा वह जो इंसान किसी और की करता है और एक निंदा वह जो उसकी होती है। उन्होंने कहा कि 'निंदकाचे घर असावे शेजारी' यानी जो आपकी निंदा करते हैं, आप पर व्यंग करते हैं उनका घर आपके पड़ोस में होना चाहिए। जैसे मुंबाजी उनके पड़ोस में रहते थे। गाँव के लुच्चे-लफंगे जो उन्हें ताने देते थे, घर में एक बीवी थी जो उनकी बहुत निंदा करती थी। उन पर आये दिन बहुत व्यंग होते थे मगर उन व्यंगों को उन्होंने आत्मविकास के लिए निमित्त बनाया।

परनिंदा यानी लोगों को दूसरों की निंदा करने की आदत होती है कि फलाँ ऐसा मूर्ख है, वैसा कामचोर है। चार लोग बैठे नहीं कि किसी और को लेकर उसके बारे में निंदा करते रहते हैं कि 'वह वैसा है, वह वैसी है, उसे ऐसा करना चाहिए, वैसा करना चाहिए।' ऐसी परनिंदा से बचें क्योंकि यह भी एक खाई है। परनिंदा से इंसान को थोड़ी देर अच्छा लगता है लेकिन फिर वह इस आदत को छोड़ नहीं पाता। इसलिए परनिंदा के पर को काटना चाहिए।

४) **परहिंसा** : परहिंसा यानी हम किसी को दु:खाते हैं, हिंसा करते हैं तो यह पर

भी कट जाए, जो एक खाई है। हमारे भाव, विचार, वाणी अथवा क्रिया से ऐसा कोई काम न हो, जिससे किसी जीव, प्राणी, इंसान, समाज, देश, विश्व की हानि हो। अगर हमारे द्वारा निकले हुए भाव, विचार, वाणी, क्रिया से किसी को दुःखद अनुभव मिलता हो तो वह परहिंसा है। कम से कम होश में तो हम इस बात का खयाल रखें। अनजाने में कुछ लोग हमारी क्रियाओं से हानि उठाते हैं लेकिन हमारी जानकारी में ऐसे कार्य कभी भी न हों।

५) **परमान :** परमान यानी औरों से मिलने वाला मान। यह भी एक अतेज पर है। इंसान दूसरों से मिला मान-सम्मान चाहता है। फिर वह लोगों का ध्यान खींचना चाहता है, वह परमान का आदी हो जाता है, व्यसनी हो जाता है और तारीफ पाने के लिए गलत कार्य भी कर गुजरता है। हमें उसमें नहीं अटकना चाहिए।

संतों के अनेक शब्द पढ़कर एक संदेश को जानें। स्वस्थ मनन द्वारा अपने चरित्र को सदा अटूट रखें। नींव नाइन्टी को कमजोर बनाने वाले आठ कारण मिटाने का संकल्प लें तथा नींव नाइन्टी को फौलादी बनाने वाले तेरह उपाय प्रयोग में लाएँ। इस तरह आप चरित्र बल के धनी बन जाएँगे। अपने टॉप टेन का दुरुपयोग न कर, उसकी परिपक्वता बढ़ाएँ। पुस्तक का दूसरा खण्ड 'टॉप टेन' इसी संदेश को सूचित करता है।

खण्ड -२
टॉप टेन

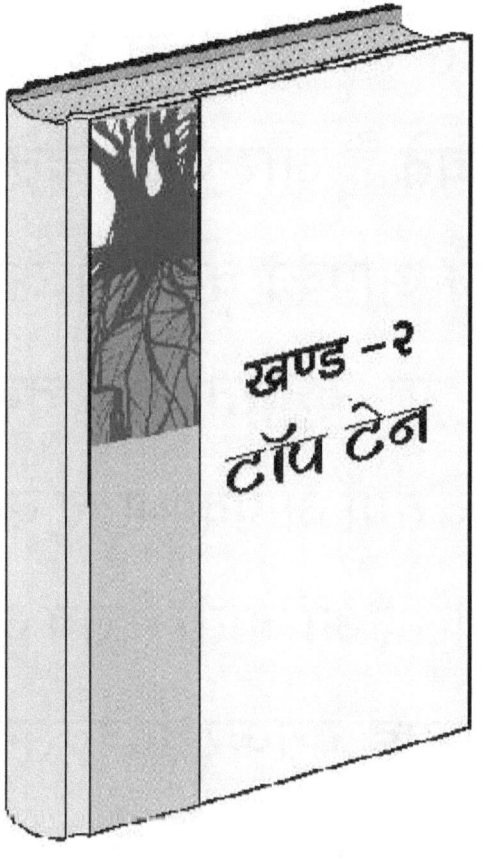

जब आप जो कहते हैं, वही करते हैं; जो करते हैं, वही सोचते हैं और जो सोचते हैं, वही आपकी वाणी में आता है तब कुदरत की तमाम शक्तियाँ आपको मदद करने के लिए आ जाती हैं तब आप अखण्ड बनकर विश्वसनीय बनते हैं।

DAY
19

टॉप टेन को ही सब कुछ न मानें

सस्ती प्रसिद्धि से बचें

'व्यक्तित्व निखार' के संबंध में लोगों में कई गलत धारणाएँ जड़ जमाये बैठी हैं। लोग बाहरी रूप-रंग को ही संपूर्ण व्यक्तित्व मान बैठे हैं। कुछ लोग तो टॉप टेन (बाहरी शरीर) को सजा-धजाकर प्रसिद्धि प्राप्त करने की कोशिश में लगे रहते हैं। कुछ लोग ऊल-जलूल हरकतें करके प्रसिद्ध हो जाते हैं तो लोगों को यह भ्रम हो जाता है कि प्रसिद्धि पाने का यह तो आसान तरीका है !

टॉप टेन के अंतर्गत सिर्फ आपका तन ही नहीं, आपकी वाणी और व्यवहार भी आते हैं। यदि कोई अपने तन की सुंदरता से, वाणी की बनावटी मिठास से और व्यवहार की कृत्रिम मधुरता से लोगों को प्रभावित कर ठगना चाहता है ताकि वह अपना स्वार्थ सिद्ध कर सके तो यह खतरनाक साबित हो सकता है। हो सकता है कि शुरू में उसे सफलता मिल भी जाए मगर कुछ ही दिनों में उसका कपट खुल सकता है और उसके चरित्र का खोखलापन

सामने आ सकता है।

बाह्य व्यवहार से किसी के व्यक्तित्व की गहराई को परख पाना बहुत कठिन कार्य है क्योंकि लोग असल में होते कुछ हैं और व्यवहार कुछ अलग करते हैं। लोगों की सच्चाई और व्यवहार में बहुत विसंगति होती है। लोग जो होते हैं, वह दिखते नहीं हैं और जो नहीं होते, वह दिखाने का प्रयास करते हैं।

कई बार विद्यार्थी परीक्षा में सही जवाब मालूम न होने की वजह से ऐसी लिखावट में लिखते हैं कि पढ़नेवाले को ठीक से समझ में न आये ताकि ऐसा जवाब भी लगे, वैसा जवाब भी लगे। वे ऐसा इसलिए करते हैं क्योंकि वे अपना अज्ञान छिपाना चाहते हैं। जब भी आप कुछ छिपाना चाहते हैं तब आपकी लिखावट खराब हो जाती है। अगर इंसान की नींव नाइन्टी कच्ची होगी तो उसकी पुस्तक (जीवनी) कैसी छपी होगी? खराब अक्षरों में ही होगी।

कुछ लोग विध्वंसक कार्य करके प्रसिद्धि पाना चाहते हैं। जैसे ओसामा-बिन-लादेन ने अमेरिका के वर्ल्ड ट्रेड सेंटर पर बम फेंककर सारे विश्व में दहशत फैला दी। पहले उसे कोई नहीं जानता था लेकिन कुछ दिनों में ही उसे दुनिया का बच्चा-बच्चा जानने लगा। उसकी देखा-देखी कई लोग ऐसे तरीके अपनाना शुरू कर चुके हैं। पुस्तक का कवर, उनका बाहरी व्यक्तित्तव उमदा होता है लेकिन वे अंदर से खोखले होते हैं। ऐसे लोगों से मिलकर कुछ पत्रकार बहुत प्रभावित होते हैं और कहते हैं कि वे धीरजवान हैं, मृदुभाषी हैं इत्यादि। लोग उनसे इसलिए प्रभावित हो जाते हैं क्योंकि उनकी नींव नाइन्टी उन्हें दिखाई नहीं देती। केवल टॉप टेन के आधार पर वे गलत अनुमान लगाते हैं।

अध्यात्म के क्षेत्र में भी कुछ ऐसे लोग हुए हैं, जिन्होंने अध्यात्म के नाम पर प्रसिद्धि पाने के लिए लोगों को बहुत सी मान्यताएँ दे रखी हैं। इससे नुकसान सिर्फ के-३ इंसानों का होता है। के-३ यानी ऐसे खोजी, जिन्हें केवल आत्मसाक्षात्कार में रुचि है। वे उनकी मान्यताओं को सुनकर सत्य की राह से हट जाते हैं या भटक जाते हैं।

ऐसे लोगों की पुस्तकों को शीतल अग्नि (सत्य की समझ) में जलाया जाना चाहिए ताकि लोगों में जागृति आये।

लोग आपके बाह्य व्यक्तित्व से प्रभावित होते हैं तो यह संभावना हो सकती

नैतिक मूल्यों की संपत्ति

है कि आगे आप कपट के रास्ते पर चल पड़ें इसलिए सदा सावधान रहें। यदि आप इन सभी बातों को जानकर समय रहते सजग हो पाएँ तो आप खुद पर हुई कृपा के लिए ईश्वर को सदा धन्यवाद देंगे।

दुनिया में कई लोग ऐसे हुए हैं जिनका टॉप टेन तो बहुत मजबूत रहा है लेकिन उनकी नींव नाइन्टी कमजोर रही है। नींव नाइन्टी कमजोर होने का परिणाम उनके जीवन पर ऐसा हुआ कि उनकी बुलंदियों को ढहते देर नहीं लगी।

नींव नाइन्टी कमजोर इंसान किसी भी प्रकार की निम्न हरकत करने से बाज नहीं आता। वह निम्न हरकत चाहे झूठ बोलना हो, चोरी करना हो, डाका डालना हो, चरित्र रूपी दौलत गँवानी हो या रिश्वत लेनी हो। जो लोग अवगुणों से भरे हुए होते हैं, उनकी नींव नाइन्टी बनती ही नहीं तो गिरने का सवाल ही नहीं उठता। आइए कुछ उदाहरणों द्वारा इस विषय को समझें।

१) रावण

रावण का टॉप टेन कैसा था यह सबको मालूम है। लोग एक चेहरे को सजाने में जीवनभर लगे हुए रहते हैं लेकिन रावण के तो दस चेहरे थे। रावण का टॉप टेन तो बहुत प्रभावशाली था पर उसकी नींव नाइन्टी फिसलू थी। उसने द्वेष और वासना से प्रेरित होकर सीता का अपहरण किया इसलिए उसके पुतले को लोग आज भी जलाते हैं। कमजोर चरित्र के लोगों के अंदर नफरत, द्वेष और वासना छिपी होती है। उनका चरित्र जब संसार के सामने आता है तब उन्हें जला दिया जाता है। रावण को अपनी कमजोरी की बहुत बड़ी कीमत चुकानी पड़ी। उसका सर्वनाश हुआ।

२) हिटलर

हिटलर का उदाहरण सबको मालूम है। उन्हें बचपन से अपने माँ-बाप का प्रेम नहीं मिला। इसके साथ ही वे जीवन के मूल्यों के बारे में भी अनभिज्ञ रहे। उनके अंदर योग्यताएँ थीं, काबिलीयत थी, उनका व्यक्तित्व जादुई था, उनके बाहरी रूप में करिश्मा भी था। लेकिन कमजोर नींव वाले इंसान समाज को क्या दे पाएँगे? हिटलर ने क्या किया? उसने निष्पाप जनता को गैस चेंबर में डालकर मार डाला। बच्चों को खेलने के बहाने गैस चेंबर में ले जाए गया और उनकी निर्घृण हत्या कर दी गई।

— नींव नाइन्टी —

३) फिल्मी कलाकार

कुछ फिल्मी कलाकारों ने जल्द-से-जल्द प्रसिद्धि पाने के लिए फूहड़ (बेअदब, बेढंग) फैशन को अपनाया और कुछ समय में ही दुनिया में प्रसिद्ध हो गए। अतः ऐसे लोग प्रसिद्धि पाने के लिए केवल बाहरी रूप को सजाकर फैशन परस्ती में लोगों को उलझाकर गलत मार्ग अपनाते हैं।

ऐसे लोगों की पुस्तक का कवर, उनका बाहरी व्यक्तित्व बहुत उमदा होता है लेकिन वे अंदर से खोखले होते हैं। ऐसे लोगों से मिलकर सभी बहुत प्रभावित होते हैं और कहते हैं कि वे कितने धीरजवान हैं, मृदुभाषी हैं, ऐसा करते हैं, वैसा करते हैं इत्यादि। लोग उनसे इसलिए प्रभावित हो जाते हैं क्योंकि उनकी नींव नाइन्टी उन्हें दिखाई नहीं देती। केवल टॉप टेन के आधार पर लोग गलत अनुमान लगाते हैं।

कमजोर नींव नाइन्टी वाले इंसान को दूसरों को परेशान करने में बड़ा आनंद मिलता है। ऐसे लोग प्रसिद्ध तो हो जाते हैं मगर गलत तरीके से। जरा सोचें, ऐसे लोग कैसे याद किए जाते हैं। जैसे हिटलर, मुसोलीनी, तुगलक, स्टेलिन, इडी आमीन, ओसामा बिन लादेन, विरप्पन इत्यादि। आज भी किसी कड़े मिजाज के अधिकारी, शिक्षक या शिक्षिका को हिटलर की उपमा दी जाती है।

नींव नाइन्टी कमजोर होने के कारण इंसान के अंदर अनगिनत अवगुण आ जाते हैं और वह दिन-ब-दिन अपनी चेतना को गिराता जाता है। अज्ञान के कारण उसे यह भी पता नहीं चलता कि वह क्या कर रहा है। इन लोगों के उदाहरणों से हमें यह सीख मिलती है कि हमें अपनी नींव नाइन्टी को कमजोर नहीं बल्कि मजबूत बनाना है। यदि हमारी नींव नाइन्टी जबरदस्त होगी तो ही हम जीवन के उच्चतम लक्ष्य तक पहुँच सकते हैं।

आपकी पुस्तक किन पुस्तकों के बीच है?

नीचे दी गई पुस्तकों के कवर (रूप) देखकर आपमें कौन से विचार जाग्रित होते हैं, जरा उन पर गौर करें।

आपको देखकर लोगों में कौन से भाव जगने चाहिए, यह तय करें।

DAY
20

टॉप टेन का दुरुपयोग न करें

अप्रभावी टॉप टेन भी कृपा है

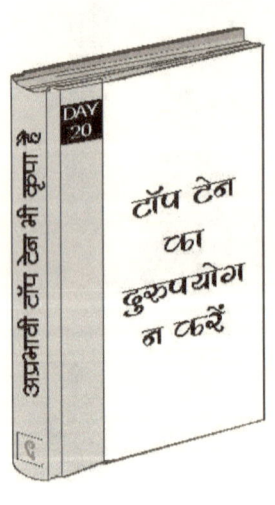

आश्रम में एक ऐसा शिष्य था, जो हमेशा झूठ बोला करता था, झगड़े लगाया करता था, सभी उससे परेशान थे। एक दिन आश्रम के बाकी सदस्यों ने उसकी शिकायत गुरुजी से की। गुरुजी ने उसे बुलाकर कहा, 'तुम्हें अपने चरित्र यानी नींव नाइन्टी पर काम करना होगा।' यह सुन शिष्य ने कहा, 'मैं तो ऐसा नहीं हूँ, मैं तो सभी से बहुत अच्छा व्यवहार करता हूँ। लोग ही ऐसे हैं, जो मेरा विकास सहन नहीं करते।'

गुरुजी ने बिना किसी वाद-विवाद के उससे कहा, 'ठीक है, अगर तुम ऐसे नहीं हो तो यह अच्छी बात है।' कुछ दिनों बाद उस शिष्य को उसके कुचरित्र के सबूत दिए गए तो वह गुरुजी के सामने कुछ नहीं बोल पाया, वह शर्मसार हो गया।

'अगर आगे भी तुम यही सब करोगे तो तुम आश्रम से निकाल दिए जाओगे।'

नैतिक मूल्यों की संपत्ति

यह आदेश उसे मिला। जब लोग अपनी कमजोरी छिपाने के लिए वाद-विवाद करते हैं तब वे अहंकार की सेवा करते हैं। नींव नाइन्टी तेजस्वी करने के लिए अहंकार की सेवा बंद करनी चाहिए। कुछ लोग अपनी गलती सुनकर भी ईमानदारी से उस पर मनन करना नहीं चाहते। ऐसे लोगों को जागने और सुधरने के लिए समय दिया जाता है, स्पेस दी जाती है ताकि वे भी अपनी नींव नाइन्टी को तंदुरुस्त कर पाएँ।

प्रभावी टॉप टेन

नींव नाइन्टी कमजोर लेकिन टॉप टेन बहुत अच्छा यानी ऐसे लोग जिनका व्यक्तित्व लोगों को प्रभावित करता है मगर नींव दुर्बल होती है। ऐसे लोग अपने ही जाल में फँस जाते हैं। उन्हें अपने व्यक्तित्व से लोगों को प्रभावित करना तो आता है मगर नींव नाइन्टी कमजोर होने के कारण वे लोगों के साथ धोखे पर धोखे करते जाते हैं और लोग भी उनकी बातों में जल्दी आ जाते हैं। इस तरह से वे परिस्थितियों को जटिल करते जाते हैं। ऐसे लोग आपने भी अपने आस-पास देखे होंगे।

जिन लोगों का व्यक्तित्व बाहर से बहुत अच्छा दिखता है मगर नींव नाइन्टी अस्थिर होती है, वे गलत बातों की तरफ जल्दी आकर्षित होते हैं। वे लोगों को अपनी बातों में फँसाने में माहिर हो जाते हैं और खुद का ही नुकसान कर बैठते हैं।

ऐसे लोग नींव नाइन्टी कमजोर होने की वजह से अपने प्रभावशाली व्यक्तित्व का दुरुपयोग करके समाज में गलत बातें फैलाते हैं और अपने साथ बहुत सारे लोगों को ले डूबते हैं। ऐसे लोग बहुत खतरनाक होते हैं क्योंकि उनकी बातों में लोग जल्दी फँसकर अपना नुकसान कर लेते हैं। लोगों को अपनी तरफ आकर्षित करने के लिए ऐसे लोग अपने बाहरी व्यक्तित्व का बार-बार इस्तेमाल करते हैं।

विद्यालयों और महाविद्यालयों में ऐसे विद्यार्थी ज्यादा उलझते हैं, जिनका व्यक्तित्व बाहर से अच्छा होता है लेकिन चरित्र का महत्व उन्हें पता नहीं होता। बच्चों को विद्यालयों और महाविद्यालयों में ही 'जीवन मूल्य' नहीं बताये गए तो आगे चलकर ये बच्चे अपने साथ अनेक लोगों को ले डूबेंगे।

टाइटैनिक जैसा विशाल जहाज भी समुंदर में डूब गया क्योंकि उसने हिमशिला के सिर्फ १०% हिस्से को ही देखा। बर्फ के नीचे का जो ९०% हिस्सा होता है, वह सहजता से किसी को दिखाई नहीं दिया। इसे समझने के लिए एक प्रयोग करके देखें। बर्फ का एक टुकड़ा पानी भरे काँच के गिलास में डालें और देखें कि उसका

नींव नाइन्टी

कितना प्रतिशत हिस्सा अंदर है और कितना हिस्सा बाहर है। आप पाएँगे कि बर्फ का ९०% हिस्सा पानी के अंदर है और १०% हिस्सा ही बाहर दिखाई देता है।

लोग टॉप टेन को देखकर ही अपनी राय बना लेते हैं। टाइटैनिक कहेगी, 'मैं तो टाइटैनिक हूँ, मैं तो डूब ही नहीं सकती।' इसी भाँति लोगों को भ्रम हो जाता है कि 'मैं तो ऐसा हूँ, मैं तो कमजोर नहीं हूँ, मुझे कोई फर्क नहीं पड़ता' लेकिन यही अज्ञान इंसान को ले डूबता है। जो लोग केवल टॉप टेन पर काम करते हैं, उन्हें इस तरह का वहम हो जाता है। इतिहास गवाह है कि 'टाइटैनिक' यानी बड़े से बड़ा प्रभावी व्यक्तित्व भी चरित्र न सँभाल पाने की वजह से डूब जाता है। एक जहाज के साथ ऐसा होता है तो हमारे साथ क्या हो सकता है, यह आप समझ सकते हैं। हमारी नाव फौलाद की है मगर हमें यह नहीं सोचना है कि हमें चरित्र न सँभालने के बावजूद भी कुछ हो ही नहीं सकता। कभी भी बाहरी व्यक्तित्व के भ्रम में नहीं अटकना चाहिए।

अप्रभावी टॉप टेन

जिनका टॉप टेन अच्छा नहीं है, उनकी बातों में लोग जल्दी नहीं फँसते। उनका व्यक्तित्व लोगों को तुरंत प्रभावित नहीं करता। उन लोगों से कहा जाता है, 'यह बुरी बात नहीं है कि आपका व्यक्तित्व लोगों को प्रभावित नहीं करता। यह एक तरह की कृपा ही समझें। इससे आपकी आदत नहीं बिगड़ेगी। लोगों को ठगने के विचार आपको नहीं आयेंगे तो आप अपनी नींव नाइन्टी पर काम कर पाएँगे, उसे सदा मजबूत रख पाएँगे।'

सर्वोत्तम संयोग

जिनका टॉप टेन अच्छा है, उन्हें नींव नाइन्टी पर काम करना है। उत्तम नींव नाइन्टी और उत्तम टॉप टेन का संयोग सर्वोत्तम संयोग होगा। ये दोनों मजबूत हैं तो आप दूसरों के लिए बड़ी प्रेरणा बन पाएँगे। आपका टॉप टेन आकर्षक है तो लोग जल्दी आपकी बातों में आ जाते हैं मगर फिर भी आप अपने चरित्र को सँभालकर रखते हैं तो आप महान हैं। आप झूठ बोलकर लोगों से पैसे लेना नहीं चाहते, किसी को धोखा देना नहीं चाहते तो यह बहुत बड़ी बात है। जिन लोगों का व्यक्तित्व प्रभावी होता है, उन्हें ज्यादा खबरदार रहना पड़ता है। विशेषतः उन्हें नींव नाइन्टी पर ज्यादा काम करने के लिए बताया जाता है।

नैतिक मूल्यों की संपत्ति

यदि आपका टॉप टेन आकर्षक है तो यह तब कृपा है, जब आप इस कृपा में नींव नाइन्टी को भी जोड़ते हैं ताकि संपूर्ण कृपा हो जाए। पूरी तरह से आपका जीवन सत्य की सेवा में लग जाए और सदियों तक आपकी पुस्तक (आत्मकथा) पढ़ी जाए। यदि आप चाहें तो ऐसी तैयारी हो सकती है, आपकी यह उत्तम संभावना है। जब तक आपको कोई आपकी संभावना नहीं बताता तब तक आपकी आराम सीमा नहीं टूटती। आप अपने जीवन में ज्यादा से ज्यादा यही सोचेंगे कि हम यह बन जाएँगे, वह बन जाएँगे, इससे ज्यादा आप सोच नहीं पाएँगे। अपनी सोच पर मर्यादा न डालें क्योंकि निर्धारित लक्ष्य पाने के बाद जब भी आप सोचेंगे तब यही सोचेंगे कि बहुत सीमित सोचा। आज से ही अपनी संभावनाओं को पाने के लिए अपनी नींव नाइन्टी को शक्तिशाली बनाएँ तथा टॉप टेन को अभिशाप बनने से रोकें।

DAY
21

टॉप टेन की परिपक्वता बढ़ाएँ

आपकी देहभाषा एक ही संदेश दे

बचपन में जब आपको किसी चीज से चोट लग जाती थी तब आपके माता-पिता उस चीज यानी वस्तु को चपत मारते थे। उसे मारते वक्त वे कहते थे, 'इसने तुझे मारा, लो अब मैं इसे मारता हूँ।' बचपन में आप इस बात से बहुत खुश हो जाते थे और रोनी सूरत में हँसने लगते थे। उस वक्त आपकी आँखों में आँसू भरे रहते थे और चेहरे पर मुस्कान आ जाती थी। रोते हुए बच्चे को जल्दी खुश करना है तो माता-पिता अकसर यह तरीका अपनाते हैं। माता-पिता उस चीज को हाथ से पीटते वक्त खुद भी अपना हाथ पकड़कर चिल्लाते हैं और यह दर्शाते हैं कि उस चीज ने उन्हें भी हाथ पर मारा है। माता-पिता को चिल्लाते देख बच्चे को और ज्यादा हँसी आती है। उसे लगता है कि 'उस चीज की भी पिटाई हो गई और साथ ही मम्मी-पापा को भी ठोकर लग गई यानी सिर्फ मुझे ही चोट नहीं लगी, मम्मी-पापा को भी चोट लगी।' इस तरह बच्चे का ध्यान दूसरी ओर चला जाता है और वह

जल्दी चुप हो जाता है।

यदि बड़े होने के बाद आपको किसी चीज से ठोकर लग जाए तो अब आपके माता-पिता आपसे यह नहीं कहेंगे कि 'ये छी है, ये गंदा है, ये तुम्हें मारता है, लो अब मैं इसे मारता हूँ।' कारण बड़े होने के बाद आपकी शारीरिक शक्ति और परिपक्वता बढ़ती है।

एक बड़े इंसान को चुप कराने के लिए भी वह सब करना पड़े, जो एक बच्चे को चुप कराने के लिए किया जाता है तो यही समझा जाएगा कि 'यह इंसान अभी तक परिपक्व नहीं हुआ है। इसे चुप कराने के लिए, खुश कराने के लिए किसी वस्तु को पीटना पड़ता है।' अतः हम जाँचें कि हमारे अंदर शारीरिक परिपक्वता कितनी आयी है।

बच्चा जब शरीर से बड़ा हो जाता है तब उसमें यह समझ आ जाती है कि उसके शरीर को निरंतर व्यायाम मिलना चाहिए और उसके लिए वह सर्वदा प्रयत्नशील रहता है। वह अपने शरीर को स्वस्थ रखने के लिए अच्छे जिम अथवा योगशाला में प्रवेश लेता है। अगर उसके शरीर का वजन ज्यादा है तो वह जिम व खान-पान के द्वारा अपने शरीर का वजन नियंत्रित करता है और यदि वजन कम है तो उसे बढ़ाने का भरपूर प्रयास करता है। ऐसा करके उसके शरीर में सुखद अनुभूति की लहर और स्वास्थ्य का अनुभव महसूस होता है।

जब आपमें शारीरिक परिपक्वता आ जाती है तब आप अपनी शारीरिक तकलीफ समझ पाते हैं। शरीर को जब दवाई की आवश्यकता है तब आप उसे दवाई भी देते हैं। इस तरह आप अपने शरीर को समझने और सँभालने लगते हैं। यदि आपमें शारीरिक परिपक्वता नहीं आयी है तो आप समझ नहीं पाते कि शरीर में यह किस तरह की तकलीफ है। शरीर को व्यायाम न मिलने पर होनेवाली यह तकलीफ है या बीमारी के कारण दवाई लेने की आवश्यकता है?

जो लोग मौन साधना, योगा और प्राणायाम जानते हैं, वे समझ पाते हैं कि शरीर की तकलीफ को किस तरह से देखना चाहिए। इससे भी शारीरिक प्रौढ़ता बढ़ती है और हम शरीर से परिपक्व बनने लगते हैं।

आप अपने आपसे पूछें कि यदि आपके शरीर पर कुछ दबाव या दर्द है तो यह दबाव, वेदना कितनी देर तक रहती है? क्या यह स्थायी है, अस्थायी (टेम्परारी)

है या आती-जाती रहती है? कुछ लोगों को शरीर में थोड़ा सा भी दर्द हुआ तो वे चीखने-चिल्लाने लगते हैं। फिर सारे घर वाले आकर उन पर ध्यान देते हैं, सांत्वना देते हैं। इस तरह दूसरों का ध्यान और सांत्वना पाना उन्हें अच्छा लगता है। यदि लोगों को अपनी ओर आकर्षित करने के लिए कोई जोर-जोर से चीखने-चिल्लाने लगता है तो इसका अर्थ है, वह इंसान सिर्फ शरीर से बड़ा हुआ है लेकिन उसके अंदर शारीरिक परिपक्वता नहीं है।

आपके शरीर को देखकर, आपके हाव-भाव और चाल-ढाल को देखकर यदि लोगों को गलत संदेश जाता है तो आप शारीरिक रूप से परिपक्व नहीं हुए हैं। अगर आपको पता ही नहीं है कि आप अपने शरीर से गलत संदेश दे रहे हैं तो आप प्रौढ़ नहीं हुए हैं।

कई लोगों को यह पता ही नहीं होता कि जब वे किसी की बातें सुनते हैं तो उनके चेहरे पर क्या भाव होता है। इंसान के चेहरे पर जैसे भाव होते हैं, यदि वैसा उसका आंतरिक मतलब नहीं होता तो इसका अर्थ यह हुआ कि वह अभी शरीर की भाषा बोलना नहीं सीखा है। यदि आपके चेहरे का हाव-भाव सामनेवाले को यह बताता है कि वह जो भी बता रहा है, सब बकवास बता रहा है तो सामने वाला इंसान दुविधा में पड़ जाएगा कि 'इस इंसान को आगे कुछ बतायें या न बतायें, इसे संदेश दें या न दें।'

हमारा चेहरा लोगों को क्या बता रहा है? चेहरे की भावदशा और हमारी देहभाषा लोगों को क्या बता रही है? इस भाषा को भी हम सही प्रसारित करें। एक समय में दो-दो संदेश न दें। यदि आपको एक ही बात कहनी है तो सामनेवाले को दो नहीं, एक ही संदेश जाए। आपकी 'हाँ' भी है और 'ना' भी है, ऐसा संदेश न जाए। जैसे फिल्मों में दिखाया जाता है कि 'नायक और सहनायक दोनों को लग रहा है कि नायिका मुझ से शादी करेगी।' नायिका का व्यवहार लोगों में गलतफहमी निर्माण कर रहा है तो नायिका शारीरिक परिपक्वता नहीं जानती। इस तरह शारीरिक परिपक्वता न होने के कारण ही इतनी गलतफहमियाँ और फसाद होते हैं।

आपके शरीर द्वारा गया हुआ संदेश संदेह रहित होना चाहिए। लोगों को समझ में आना चाहिए कि आपका लक्ष्य क्या है और आप जीवन में क्या चाहते हैं। आपका जीवन (किताब) कैसा हो, यह आप खुद तय करें। जब आप अपना लक्ष्य

नैतिक मूल्यों की संपत्ति

तय कर पाएँगे तब आपके द्वारा कभी भी दो-दो संदेश नहीं जाएँगे।

लोग जब पार्टी में जाते हैं और कोई उन्हें शराब पिलाता है तो वे 'नहीं' भी इस तरह कहते हैं कि उनका 'नहीं' कभी भी 'हाँ' हो सकता है। ऐसे लोग जल्द ही व्यसनों के शिकार हो जाते हैं क्योंकि वे कभी यह तय नहीं कर पाते हैं कि जीवन में क्या करना है, किस राह पर चलना है। ऐसे लोगों में शारीरिक परिपक्वता देर से आती है।

हमारे चेहरे पर कभी नफरत, कभी क्रोध तो कभी प्रेम की अलग-अलग भावनाएँ होती हैं। इस कारण लोग समझ नहीं पाते कि हम क्या हैं और हम चाहते क्या हैं। अतः हमें अपनी शारीरिक प्रौढ़ता बढ़ानी चाहिए। हम शरीर से बड़े हो गए यानी बड़े हुए हैं, ऐसा नहीं है। यदि हमारे अंदर शारीरिक, मानसिक, सामाजिक, आर्थिक तथा आध्यात्मिक परिपक्वता आयी है, वास्तव में तभी हम बड़े हुए हैं। वह परिपक्वता आने के लिए पहले शरीर के हाव-भाव पर काम करना शुरू करें। अगर हमारे हाव-भाव सामनेवाले को सही संदेश दे रहे हैं तो बहुत जल्द ही हम देखेंगे कि हमारा शरीर (टॉप टेन) उच्च चेतना यानी छिपे शून्य अनुभव को प्रसारित कर रहा होगा। पुस्तक का अगला खण्ड इसी शून्य अनुभव को प्रकट करने के लिए लिखा गया है। बिना छिपे शून्य के नींव नाइन्टी और टॉप टेन लाश हैं और शून्य अनुभव के जुड़ते ही वे कैलाश हैं।

खण्ड - ३
छिपा
शून्य

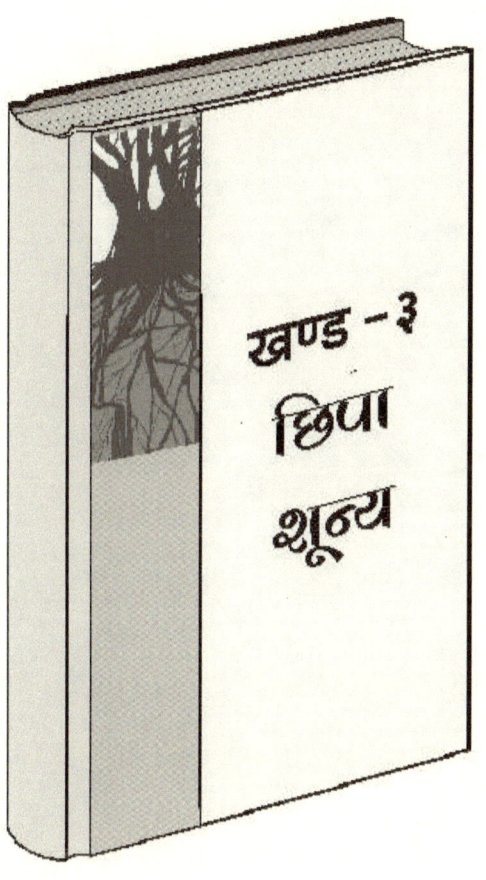

DAY
22

शून्य में जीना हकीकत है

90+10+0 = 100%

शून्य में रहते हुए जीवन जीना हकीकत है और हकीकत सभी के लिए एक सी होती है। क्या कोई ऐसा इंसान होगा जो किसी ऐसी चीज का इस्तेमाल कर रहा हो, जिसके बारे में उसे कुछ पता न हो और वह उसके बारे में जानना भी नहीं चाहता हो? इसे एक उदाहरण से समझें।

आप पेन इस्तेमाल करते हैं तो आप जानना चाहेंगे कि यह पेन कैसे लिखती है? इसके अंदर कितने रिफिल हैं, एक है कि चार हैं? आप चाहेंगे कि पेन के अंदर की सभी संभावनाएँ आपको पता चलें। अगर उसके अंदर चार रिफिल हैं और आप जिंदगीभर यह मानकर लिखते रहे कि उसके अंदर एक ही रिफिल है और अंत में जब आपको यह हकीकत मालूम पड़ेगी तब आप कहेंगे कि 'मुझे पहले ही किसी ने बताया होता कि इस पेन में चार अलग-अलग रंग के रिफिल हैं तो मैंने उसका पूरा फायदा लिया होता।'

नींव नाइन्टी

ठीक उसी तरह छिपा शून्य आपको बताता है कि जो शरीर आपको मिला है, उसकी उच्चतम संभावना क्या है? इस शरीर के अंदर क्या-क्या डाला गया है? इसके अंदर कौन सा खजाना छिपा है? शून्य में आपको उस खजाने की याद दिलायी जाती है। शून्य को जानना किसी विशिष्ट इंसान के लिए नहीं है, यह सभी के लिए है। हर इंसान को यह जानना चाहिए कि उसे जो शरीर मिला है, उससे क्या-क्या हो सकता है। लोग जब कोई भी नई चीज, कोई मशीन घर में लेकर आते हैं तब वे उसकी जानकारी पुस्तिका (मैन्युअल इन्स्ट्रक्शन) पढ़ते हैं। वे उसे इसलिए पढ़ते हैं क्योंकि वे चाहते हैं कि जो चीज वे इस्तेमाल करने जा रहे हैं, उसकी उन्हें पूरी जानकारी हो।

इसी तरह जिस शरीर का आप इस्तेमाल करने जा रहे हैं, उसकी पूरी जानकारी आपको होनी चाहिए। इसकी नींव नाइन्टी और टॉप टेन कैसा है? यह शरीर किसे मिला है? असली अध्यात्म (शून्य ज्ञान) आपको इसकी जानकारी देता है इसलिए शून्य ज्ञान सभी के लिए आवश्यक है। कुछ लोग सोचते हैं कि जो लोग परेशान होते हैं, जिंदगी से भागना चाहते हैं, लड़ नहीं पाते, अध्यात्म उन लोगों के लिए होता है। ऐसी गलत धारणाएँ अपने मन से निकाल दें।

आप स्कूल में जाते हैं, कॉलेज में जाते हैं यानी आप अपनी पढ़ाई को १५ साल देते हैं तो क्या इसका अर्थ यह है कि आप जीवन से १५ साल भाग रहे हैं? नहीं, इसका अर्थ ऐसा नहीं है। आपका लक्ष्य हमेशा यही होता है कि पढ़ाई करने के बाद हमें कैरियर (आजीविका द्वार) बनाना है, डॉक्टर बनना है, इंजीनियर बनना है। यह घर से भागना नहीं है, यह तो घर वापस आने की तैयारी है। आप अपना कैरियर सेट करके तैयार होकर घर वापस आते हैं। अगर कोई सोचे कि मैं कॉलेज से वापस आऊँगा ही नहीं, उधर ही बैठा रहूँगा तो वह जीवन से भागना है।

शून्य ज्ञान उन लोगों के लिए भी है जो चाहते हैं कि वे सही ढंग से विश्व के लिए निमित्त बनें, सही ढंग से सेवा करें। कई लोग दूसरों को मदद करना चाहते हैं। उनमें सेवा के भाव होते हैं। सेवा उनसे प्रेम की वजह से होती है। इसलिए वे लोग शून्य ज्ञान सीखने जाते हैं। जिससे उनका अपना फायदा तो होता ही है मगर उनका अपना मकसद भी पूरा होता है।

बुद्ध के मन में जब यह विचार आया कि सब दुःख ही दुःख है तब वे छिपे

नैतिक मूल्यों की संपत्ति

शून्य को पाने घर से निकल पड़े। वह दुःख बुद्ध के लिए प्रेरणा बना, वे अपने दुःख को दूर कर पाए, साथ-ही-साथ औरों के लिए भी प्रेरणा बने।

कुछ लोग अध्यात्म में सही समझ प्राप्त करने के लिए जाना चाहते हैं क्योंकि वे चाहते हैं कि जो भी चीज वे इस्तेमाल करें उसका एक बेहतर तरीका उन्हें मालूम हो। वे नया जीवन जीने का तरीका सीखने अध्यात्म में जाते हैं। कुछ लोगों को ईश्वर से प्रेम हो जाता है इसलिए वे शून्य होने को तैयार होते हैं। वे सदा ईश्वर द्वारा बनाए गए संसार की तारीफ करना चाहते हैं।

आप अपनी पुस्तक के शीर्षक के अनुसार तय करें कि आपके जीवन में शून्य की कीमत कितनी है, उस शून्य अनुभव को जानने की जरूरत कितनी है, जो सभी के अंदर है, छिपा है।

नींव नाइन्टी (९०)+टॉप टेन (१०)+छिपा शून्य (०)=१००% संपूर्ण लक्ष्य।

DAY
23

शून्य अनुभव अंदर-बाहर के बाहर है

फ्री सैंपल

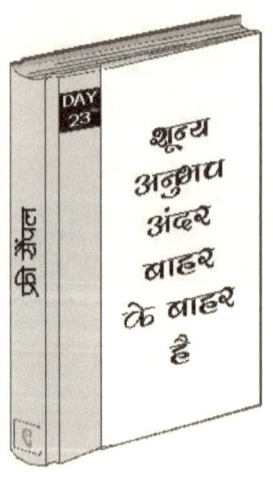

शून्य अनुभव स्थायी है, वह न अंदर है और न ही बाहर है, वह अंदर-बाहर के बाहर है। शून्य अनुभव को जानना यानी अपने आपको जानना है। शून्य अनुभव कहीं बाहर नहीं मिलेगा बल्कि वह तो हमारे अंदर छिपा है। शून्य अनुभव यानी अपना होना, सत्य, ईश्वर, स्वसाक्षी, परम आनंद, वह 'कुछ नहीं' जिसके अंदर सब कुछ होने की संभावना है।

शून्य अनुभव की पहचान जब तक नहीं होती तब तक मन में इस तरह के सवाल उठते हैं कि क्या शून्य अनुभव शरीर के बाहर होता है या अंदर होता है? क्या शरीर की वजह से शून्य अनुभव का एहसास होता है या शरीर पर यह अनुभव महसूस होता है? इसे समझने के लिए केवल उदाहरण दिए जा सकते हैं।

१) 'क्या रसगुल्ले के अंदर रस होता है या उसके बाहर भी रस होता है?' आप

कहेंगे, 'रसगुल्ला रस में ही रहता है, जिसके अंदर भी रस होता है और बाहर भी रस होता है।' उसी तरह छिपा शून्य अनुभव अंदर भी है और बाहर भी है।

२) जिस तरह मछली पानी के अंदर ही रहती है और उसके चारों तरफ पानी होता है। उसी पानी में वह जीती है। चाहे वह पानी को ढूँढ़ती रहे कि पानी कहाँ है क्योंकि पानी उसकी आँखों के इतना नजदीक, चिपका हुआ होता है कि उसे पता ही नहीं चलता कि वह पानी में है। इसी तरह शून्य अनुभव भी हमारे इतने करीब है कि पता ही नहीं चलता कि शून्य अनुभव के अंदर हम हैं या हमारे अंदर अनुभव है। जब कि छिपा शून्य अनुभव हमारे चारों तरफ है।

३) जैसे आप तेल में भजी डालते हैं, वैसे ही सारे शरीर तेल भरे संसार में आ गए हैं। तेल शरीर के अंदर भी है और बाहर भी है यानी तेल भजी में भी है और तेल में भजी भी है।

छिपे शून्य अनुभव की पहचान मन से नहीं होती। मन के सामने शून्य अनुभव आ भी जाए तो आप उसे नहीं पहचानेंगे क्योंकि मन अनुभव की कल्पना में कुछ और देखना चाहता है। जैसे आपने खाने के लिए इडली का ऑर्डर दिया है और कोई आपके सामने चौकोन, लाल इडली रखकर जाए तो आप उसे देखकर भी नहीं देखेंगे क्योंकि चौकोन, लाल इडली कभी आपने देखी नहीं। जब भी आपको इडली मिली तो गोल ही मिली है, अलग आकार में कभी आयी ही नहीं। आप यह सोचकर बैठे रहेंगे कि गोल इडली का मेरा ऑर्डर कब आयेगा तब आपको कहा जाएगा कि आपका ऑर्डर तो कब का आ चुका है।

इसी तरह छिपा शून्य अनुभव सदा आपके साथ ही है, सिर्फ उसे जानने की समझ प्राप्त करें। बुद्धि से शून्य अनुभव समझना पहला कदम है। बुद्धि से समझ जाने के बाद आप स्वअनुभव से भी जान जाऐंगे। उदाहरण कोई ए.बी.सी.डी जान गया और वह कहे कि 'मुझे ए.बी.सी.डी आ गई है मगर शब्द बनाने नहीं आते' तो आप उससे कहेंगे, 'ए.बी.सी.डी आ गई है तो शब्द बनाने भी आ जाएँगे।'

बुद्धि से पहले शून्य अनुभव समझ में आ गया तो वह जीवन में उतरने लग जाएगा। तब आप हर घटना में अपने आपसे पूछेंगे कि 'इस घटना में मैं अपने आपको क्या मानकर जी रहा हूँ?... यह निर्णय मैं क्या मानकर ले रहा हूँ?... क्या मैं अपने आपको शरीर मानकर सोच रहा हूँ?' यह जब आपको बार-बार याद आयेगा

तब शून्य का आनंद आपके अनुभव पर भी उतरने लग जाएगा।

छिपे शून्य अनुभव को पूरी प्रखरता से जानने के लिए अपनी पूछताछ समझदारी के साथ जारी रखें। हर घटना में अपनी पूछताछ करें। जब भी क्रोध आये, नफरत जागे, बोरडम सताये, डर डराये, अहंकार भटकाये, लोभ नचाये तब अपने आपसे पूछें कि 'यह क्रोध किसे आया है और क्रोध में मेरे साथ निश्चित क्या हो रहा है?' ... 'मैं कब बोर होता हूँ और मेरे शरीर को क्यों उत्तेजना चाहिए?' ... 'मेरे डर के पीछे कौन सी मान्यता काम कर रही है, लालच मुझे किस तरह की संतुष्टि दे रही है?' ... 'अहंकार आखिर होता किसे है?' ... 'मैं कौन हूँ?'

शून्य अनुभव पर स्थापित होने के लिए रोज मौन में बैठें और अपने आपसे पूछें कि 'मैं कौन हूँ?' यह सवाल आपको आंतरिक गहराइयों में ले जाएगा, जिससे आप अपना वास्तविक होना (beingness), जिसे छिपा शून्य कहा गया है, जान पाएँगे।

प्रकृति हर इंसान को सत्य का अनुभव हर सुबह सैंपल (नमूने) के रूप में देती है। जब भी सेल्स मैन किसी चीज की बिक्री करता है तब वह उसी चीज का थोड़ा हिस्सा फ्री सैंपल के रूप में स्वाद लेने के लिए देता है। उसी तरह प्रकृति भी हर इंसान को हर सुबह सत्य के अनुभव का फ्री सैंपल देती है ताकि इंसान को हर सुबह छिपे शून्य का वही स्वाद मिले। मगर सुबह उठते ही इंसान को इतने सारे काम याद आते हैं कि वह सैंपल छूट जाता है। सुबह उठने के तुरंत बाद इंसान को यही विचार आता है कि 'अब क्या करना है? आज कौन से काम बाकी हैं?' इन विचारों में वह फ्री सैंपल छूट जाता है।

हर सुबह यह छोटा सा प्रयोग करें जब भी आप छः बजे उठें तब अपने आप से कहें कि मैं सवा छः बजे उठा। फिर छः बजे से सवा छः बजे तक पंद्रह मिनट बैठकर उसी शून्य अनुभव पर रहें। यह समझें कि मैं आज सवा छः बजे उठा वरना छः बजे उठते ही 'आज क्या करना है? कहाँ जाना है? किससे मिलना है? यह होना है... वह होना है... नाश्ता बनाना है...' इस तरह के विचार आने शुरू हो जाते हैं। ऐसे समय पर अपने आप से यही कहें कि अगर मैं सवा छः बजे उठा होता तो क्या हुआ होता? अगर पंद्रह मिनट देरी से काम शुरू किया तो क्या फर्क पड़ता? उन पंद्रह मिनटों में कुदरत जो सत्य अनुभव का सैंपल हमें दे रही है, उसका हर सुबह लाभ लें। सुबह-सुबह आप छिपे शून्य अनुभव के नजदीक ही होते हैं इसलिए नींद

नैतिक मूल्यों की संपत्ति

से उठते ही वहाँ से शून्य अनुभव पर सजगता से जाना आसान है।

सारे दिन के काम के बाद जब आप शाम को मौन में बैठते हैं तब आप शून्य अनुभव से काफी दूर गए होते हैं। मौन में बैठते ही आपको पहले दिनभर के विचार देखने पड़ते हैं तब जाकर शून्य अनुभव प्रकट होता है। हर सुबह प्रकृति बड़ी आसानी से आपको शून्य अनुभव देती है। इस तरह हर दिन यह अनुभव करने के साथ कुछ महीनों में आप दिन के किसी भी समय पर शून्य अनुभव को महसूस कर पाएँगे। शून्य अनुभव से ही सारे निर्णय सही निकलते हैं, जीवन सफल और पूर्ण होता है।

नींव नाइन्टी (९०) + टॉप टेन (१०) + छिपा शून्य (०) = १०० %

DAY 24

शून्य को जानने के दो पहलू

स्वअनुभव सत्य

एक बार सिकंदर से एक ज्ञानी सत्पुरुष ने सवाल पूछा कि 'विश्व विजय के बाद आप क्या करेंगे?'

सिकंदर ने बड़े गर्व से कहा, 'तब मेरा पूरी दुनिया पर राज्य होगा।'

फिर उस सत्पुरुष ने अगला सवाल किया कि 'पूरी दुनिया पर राज्य करने के बाद आप क्या करेंगे?'

इस प्रश्न को सुनकर सिकंदर सोच में पड़ गया कि 'जब पूरी पृथ्वी पर मेरा राज्य होगा तब मैं क्या करूँगा?' सिकंदर के सामने एक जटिल प्रश्न खड़ा हो गया क्योंकि विश्व विजय के बाद उसके अंदर मौजूद जोश और ऊर्जा को अभिव्यक्त होने का मौका ही नहीं मिलेगा। सब कुछ जीत लेने के बाद वह क्या करेगा? उसके मन में यह सवाल कभी उठा ही नहीं था। किसी ने उसे इस सवाल पर सोचने के लिए मजबूर किया तो वह दुःखी हो गया। इस सवाल को सही ढंग से लेकर वह छिपे

नैतिक मूल्यों की संपत्ति

शून्य अनुभव तक पहुँच सकता था, जहाँ न दुःख, न असंतुष्टि है बल्कि पूर्णता है लेकिन सिकंदर की अतेज महत्वाकांक्षा की वजह से ऐसा नहीं हुआ।

इंसान जब सोचता है कि सारे कार्य पूर्ण हो जाएँगे तब वह क्या करेगा तब उसे तनाव महसूस होता है, निराशा होती है। अपूर्ण मनन के बाद असंतुष्टि की शुरुआत होती है। फिर इंसान कुछ नया सोचने लगता है, नये ढंग से देखने लगता है यानी उसे पूर्ण मनन के बाद नई सत्य दृष्टि मिलती है। ऐसी सत्य दृष्टि मिलते ही वह संतुष्टि की तरफ कदम उठाता है।

शून्य का पहला पहलू – स्वअनुभव

इंसान के अंदर जब छिपे शून्य अनुभव को जानने की प्यास जगती है तब वह सत्य के साथ रहना चाहता है, सत्य में विलीन होकर सत्यम् ही बन जाना चाहता है। वह सोचता है कि 'सत्य के साथ रहने के लिए मुझे ये-ये बातें रोक रही हैं तो मैं अभी से इन बातों से आज़ाद होना शुरू कर देता हूँ। ऐसी कौन सी व्यवस्था मैं करूँ, जिससे सभी गलत व नकारात्मक चीजों से मैं पूरी तरह से आज़ाद हो जाऊँ।'

इंसान जब निरंतर मनन करता है तब उसके अंदर दृढ़ता आती है। फिर वह ठान लेता है कि 'जो बातें मुझे सत्य से दूर ले जा रही हैं, उन बातों में मैं नहीं उलझने वाला हूँ।' पहले कदम पर इंसान के अंदर दृढ़ता जगती है और वह उस दृढ़ता (कनविक्शन) से पक्का निर्णय लेता है।

पहला कदम पा लेने के बाद अगला कदम शून्य अनुभव से निकलता है। उस कदम को नापने की जरूरत नहीं होती है कि 'यह सही कदम है या नहीं है।' चूँकि वह अनुभव से कदम उठ रहा है तो वह सही ही होगा। बाहर से किसी को लग सकता है कि यह तो गलत चल रहा है मगर फिर भी वह सही होता है। बिना अनुभव के इंसान सही कदम उठाते हुए दिखाई देगा मगर वह गलत कदम सिद्ध होता है क्योंकि वह कदम छिपे शून्य अनुभव से नहीं उठा है।

शून्य अनुभव से उठने वाला हर कदम भक्ति की गहराई में गया हुआ कदम है। वहाँ पर बहुत साफ-साफ दिखाई देता है कि इस कदम से कितने लोगों का भला होने वाला है। चाहे कुछ लोगों का बुरा होते हुए दिख रहा है, कुछ लोगों की हानि होते हुए दिख रही है मगर जिस स्थान से, जिस समझ से कदम उठाया गया है वहाँ संपूर्ण स्पष्टता है कि यही कदम लोगों के कल्याण के लिए काम करेगा। इसी कदम

को उठाने की जरूरत है।

चेतना के उच्च स्तर पर पहुँचकर ही इंसान में यह दृढ़ता आती है। लोग इस कदम को समझ पाएँ इसलिए छिपे शून्य पर बात होनी चाहिए कि 'यह स्वअनुभव है, तुम्हारा होना है। तुम शरीर नहीं हो बल्कि शरीर की वजह से अपना एहसास कर पा रहे हो। अगर यह तुम्हें साफ-साफ दिखाई दे रहा है तो अब तुम इस शरीर से क्यों जुड़े हुए हो, इसे पहचानो। तुम इसके साथ क्या कर रहे हो? क्या वही कर रहे हो, जो इस शरीर से जुड़ने के साथ करना चाहिए था?'

इंसान शरीर से आसक्ति रखकर असली लक्ष्य भूल जाता है और अपनी महत्वाकांक्षाओं में उलझ जाता है। हमारा हर कदम शून्य अनुभव से ही निकले क्योंकि हमारी हर क्रिया हमें बताती है कि हम असल में कौन हैं। इंसान के विचार ही बताते हैं कि वह अपने आपको क्या मानकर जी रहा है। अगर वह अपने आपको शरीर मानकर जी रहा है तो यह अज्ञान है। सुबह से लेकर रात तक जो भी विचार हमारे मन में उठते हैं, वे हमें हमारी तथा हमारे अज्ञान की खबर देते हैं।

असंतुष्टि से संतुष्टि की तरफ कदम

यदि छिपे शून्य अनुभव से या जो आप हैं, वह बनकर सोचा जाए तो सम्राट सिकंदर की तरह असंतुष्टि होती ही नहीं है। तब इंसान के मन में ऐसे विचार नहीं आते कि 'मेरे जीवन में बड़ा कुछ भी नहीं हुआ, कुछ मजा नहीं आया, कुछ खास नहीं लग रहा है, मेरे मरने के बाद क्या होगा, मैंने जो बीज डाला है, उसका फल मैं खुद ही नहीं देख पाऊँगा तो क्या फायदा?' अपने आपको जानने के बाद इंसान इन सारे नकारात्मक विचारों से मुक्ति पाता है। वह वही बनकर जीवन जीता है, जो वह हकीकत में है।

इंसान अज्ञान में हमेशा दुःखी ही रहता है। अज्ञान की वजह से किसी बड़ी कल्याणकारी योजना में भी वह उच्चतम अभिव्यक्ति की शुरुआत नहीं करता। अपनी सीमित बुद्धि से वह सोचता है कि 'ऐसा काम करके क्या फायदा, जिसे पूर्ण होने में सौ साल लगेंगे तब मैं तो नहीं रहूँगा।' इस तरह की सोच से इंसान कभी कोई बड़ा कार्य शुरू ही नहीं कर पाता। मगर जहाँ समझ और शून्य अनुभव से देखा जाता है, वहाँ हर चीज, हर घटना मौका बनती है जो जीवन में पूर्णता लाती है। नकारात्मक विचारों से इंसान कभी कोई नया कदम नहीं उठा पाता इसलिए हमेशा बुद्धि को

नैतिक मूल्यों की संपत्ति

सकारात्मक विचारों का आहार देना चाहिए। सकारात्मक विचारों का बीज डालना भी आपको छिपे शून्य की ओर ले जाता है क्योंकि कुदरत सदा सकारात्मक होती है।

हम जो हैं वह बनकर शरीर का उपयोग करें

कुछ लोग अपने जीवन में नया कदम उठा पाते हैं क्योंकि वे शून्य अनुभव पर रह पाते हैं, वहीं से निर्णय ले पाते हैं। जब भी वे शून्य अनुभव पर जाते हैं तब उन्हें यह साफ-साफ दिखाई देता है कि कौन सी बातें धुँधली हो गई हैं, जिस कारण हम अपने लक्ष्य से दूर जा रहे हैं। इंसान जब अपने जीवन का लक्ष्य ही भूल जाता है तब वह मन की बातों में ही उलझा रहता है। फिर उसे बार-बार लक्ष्य की याद दिलायी जाती है और कहा जाता है कि 'तुम शरीर नहीं हो, तुम अपने होने का अनुभव ले रहे हो। जीवन का एहसास तुम्हारे अंदर चल रहा है, तुम अपने आपको जिंदा महसूस कर रहे हो। यही वह अनुभव है, जहाँ पर रहते हुए तुम असीमित होकर सोच पाते हो।'

जो शरीर हमें मिला है, उसका उपयोग उच्चतम लक्ष्य पाने के लिए करना है वरना इंसान इस शरीर से लक्ष्य की बात छोड़कर बाकी सब कुछ करने की सोचता है। जैसे आप माईक का इस्तेमाल करना जानते हैं, उसका महत्व भी जानते हैं। यदि कोई माईक का इस्तेमाल डस्टर या हथौड़े की तरह करे तो आप उससे कहेंगे कि 'माईक का यह गलत इस्तेमाल है। माईक का इस्तेमाल इससे उच्च काम के लिए किया जा सकता है।' उसी प्रकार इंसान का शरीर भी है। इस शरीर से असीम, उच्चतम विचार प्रकट हो सकते हैं। ऐसा विचार जो आज तक विश्व के किसी भी शरीर में नहीं आया है, वह विचार इंसान के शरीर में आ सकता है। आज यदि ऐसा विचार हमारे शरीर में नहीं आ रहा है, इसका अर्थ ही हमें शून्य अनुभव का पता नहीं है। हम अपने आपको केवल शरीर मानकर बैठे हैं। जब अपने होने का एहसास हमारे अंदर पता चलना शुरू हो जाएगा तब हम वाकई जो हम हैं, वह बनकर इस शरीर का उपयोग करेंगे।

ऐसी अवस्था जब आती है तब 'नकली मैं' का भाव नहीं रहता। हम ऐसा नहीं सोचते कि 'यह विचार मेरे शरीर से आया है।' तब समझ यह होती है कि 'विचार चाहे किसी भी शरीर से आया हो, हमें पता है कि यह विचार उसी स्थान से, शून्य स्थान से आया है।'

'मैं कौन हूँ?' इस सवाल का जवाब जब आप अनुभव से जानेंगे तब शून्य

अनुभव पर जो थोड़ी-बहुत माया की धूल आ गई है, वह भी निकल जाएगी। हम जितना शून्य अनुभव के बारे में सुनेंगे, मनन करेंगे उतना वह हमें नित नया लगने लगेगा। ऐसा लगेगा जैसे पहली बार अपने आपसे मुलाकात हुई हो। हर बार हम शून्य अनुभव से पहली बार ही मिलते हैं। फिर हर कोई हमें नया, तेज, ताजा लगता है। शून्य अनुभव में स्थापित होना एक ऐसी अवस्था है, जिसमें रहकर कोई बोर नहीं होता बल्कि हरदम तरोताजा महसूस करता है।

शून्य का दूसरा पहलू – सत्य

मन के क्षेत्र की हर चीज कभी न कभी बोर लगती है, मन उससे ऊब जाता है लेकिन मन को जब सत्य की लगन लग जाती है तब मन पूरी तरह से समर्पित हो जाता है। वह सत्य के तेजप्रेम में मरने के लिए भी तैयार हो जाता है। सत्य में स्थापित होना यानी मन की मौत होना है। सत्य के साथ रहना यदि हमें बोर लग रहा हो इसका अर्थ ही हमने अभी जाना नहीं है कि सत्य क्या है। दिनभर में उस शून्य अनुभव की झलक हमें मिलती भी है लेकिन कुछ देर बाद वह धुँधली हो जाती है।

इंसान अपने शरीर में प्रकाश देखता है, शरीर पर संवेदनाएँ देखता है और चक्रों की शक्ति महसूस करता है मगर ये सब सत्य नहीं हैं। ये सभी बातें सत्य पाने में सहायक बन सकती हैं लेकिन ये सत्य नहीं हैं। इन सबका अपना-अपना लाभ है। शरीर पर उठी संवेदनाओं और चक्रों से शक्ति हासिल करनेवाले मनोशरीर यंत्र (शरीर) को हमें समझना है। यदि इन्हीं बातों को सत्य समझ लिया तो आप धोखे में पड़ जाएँगे। शरीर से सत्य की अभिव्यक्ति हो सकती है। हमें अपने शरीर को हरदम सत्य की अभिव्यक्ति के लिए ही निमित्त बनाना है। इसके लिए अपने आपसे पूछना है कि 'सत्य की अभिव्यक्ति के लिए मेरे शरीर में किन बातों की कमी है? मुझे कौन से गुण प्राप्त करने हैं? कौन सी भाषा जो अभी तक नहीं आती है, यदि आ जाए तो मेरे शरीर द्वारा बड़ी अभिव्यक्ति हो सकती है? मेरे शरीर में ऐसे कौन से हुनर आ जाएँ, जिससे सत्य की अभिव्यक्ति हो सकती है? मेरे अंदर ऐसे कौन से अवगुण हैं, जिनके कारण सत्य की अभिव्यक्ति रुकी हुई है?' इस तरह के सवाल अपने आपसे पूछकर अपने शरीर को चरित्रवान बनाकर देखने से आप जल्द ही छिपे शून्य अनुभव में स्थापित हो जाएँगे।

$$90+10+0 = 100\%$$

DAY
25

आध्यात्मिक परिपक्वता बढ़ाएँ

मौन में मैच्युरिटी

जीवन का सबसे महत्वपूर्ण भाग है 'आध्यात्मिक परिपक्वता।' जब इंसान अध्यात्म के पथ पर चलता है तब उसे मालूम नहीं होता है कि इस पथ पर चलकर उसे क्या मिलने वाला है। लोगों के बोलने पर वह अध्यात्म की शुरुआत करता है, फिर उसे पता चलता है कि ध्यान और मौन में किस प्रकार और क्यों बैठते हैं। मौन में बैठने से उसका फल मिलता है, आनंद आता है। मौन में शरीर का एहसास गायब हो जाता है। फिर अगली बार जब इंसान ध्यान में बैठता है तो उसके मन में यही विचार चलते रहते हैं कि 'अब तक मुझे आनंद क्यों नहीं आ रहा है... शरीर का एहसास गायब क्यों नहीं हो रहा है... आज तो पहले जैसा अनुभव नहीं आ रहा है।' इस तरह वह मौन में बैठकर अपने पूर्वानुमान के आधार पर लगातार उस अनुभव को आने के लिए जाँचता रहता है। आपके साथ जब ऐसा हो तब अपने आपसे कहें कि 'अभी हमारे अंदर आध्यात्मिक परिपक्वता नहीं आयी है।' अध्यात्म जैसे

विषय में किसी योग्य इंसान द्वारा मार्गदर्शन न पाने की वजह से लोग इतने परिपक्व नहीं हो पाते।

फल में न अटकें

एक समय की बात है जब कुछ भक्त मिलकर बड़े ही सेवाभाव से आश्रम का निर्माण करने में लगे हुए थे। कुछ समय बाद देखा गया कि उनका मन फल में अटकने लगा। जैसे 'यह इंसान मेरी सेवा क्यों छीन रहा है? यह कार्य तो मेरा था उसने क्यों किया? ये मेरे फल में अपने दाँत क्यों गड़ा रहा है। लोग श्रेय लेने के पीछे क्यों भागते हैं? अधिकतर तो सारा काम मैंने ही किया है लेकिन श्रेय किसी और को मिलता है' इत्यादि।

हालाँकि लोगों ने जब सेवा की शुरुआत की थी तब उनके अंदर यह भावना नहीं थी। शुरुआत में लोग सेवा करके आनंद प्राप्त करते थे मगर बाद में जब कुछ सेवकों को पारितोषिक (अवॉर्ड) दिए गए तो अन्य सेवकों को विचार आया कि 'अगली बार हमें पारितोषिक मिलेगा।' फिर पारितोषिक न मिलने पर उन्हें तकलीफ होने लगी। ऐसे लोग कर्म से ज्यादा फल को महत्व देकर आध्यात्मिक परिपक्वता से दूर चले जाते हैं।

इसी तरह इंसान जब ध्यान में बैठता है तो कुछ दिनों बाद उसे फल (अनुभव) महसूस होने लगता है। फल दिखने पर अब वह उस फल के लिए ध्यान में बैठने लगता है। जब वह पहली बार ध्यान में बैठा था तब क्या वह फल के लिए बैठा था? नहीं। वह तो इस भावना से ध्यान में बैठा था कि ध्यान करना अच्छी बात है। फिर कुछ दिन ध्यान में बैठने के बाद वह ताजगी और आनंद महसूस करने लगता है। अब वह सोचता है कि ऐसा हर दिन क्यों नहीं होता? अब वह फल में अटकने लगता है।

आप कहीं यात्रा पर जाते हैं तो आपको रास्ते में मील के पत्थर दिखाई देते हैं। उन माईल स्टोन पर यह लिखा होता है कि आपकी मंजिल कितनी दूर है, अभी आपकी यात्रा ४ किलोमीटर, ५ किलोमीटर या ६ किलोमीटर बाकी है। उन्हें देखकर आप सोचते हैं कि 'ये माईल स्टोन हैं, जो यात्रा के दौरान आते-जाते रहते हैं।' आप उन्हें देखकर, यह सोचकर वहाँ रुक नहीं जाते कि 'ये कितने अच्छे पत्थर हैं।' उन माईल स्टोन पर आप छाता लगाकर बैठ नहीं जाते। 'इधर अच्छा लग रहा है,

यहाँ का दृश्य अच्छा है', यह सोचकर आप वहाँ रुक नहीं जाते बल्कि आगे बढ़ते जाते हैं।

इसी तरह ध्यान में बैठते समय आपको फल में नहीं अटकना है। ध्यान से आपको अलग-अलग अनुभव प्राप्त होंगे, शरीर में हलकापन महसूस होगा, आपकी एकाग्रता बढ़ेगी, आपकी इच्छा शक्ति बढ़ेगी मगर याद रहे, समाधि का अनुभव पाने के लिए, शून्य अनुभव में स्थापित होने के लिए ये सभी ध्यान के रास्ते के माईल स्टोन हैं, मंजिल नहीं। आपको ध्यान के रास्ते में आने वाले शारीरिक अनुभवों पर अटकना नहीं है बल्कि अपनी साधना करते रहना है।

साक्षी बनकर देखें

आप ध्यान में यदि तरोताजा महसूस कर रहे थे तो वह कल की अवस्था थी। आज वह अवस्था नहीं है तो समझ यह हो कि वह अवस्था बीते कल की बात हो गई। आज के अभ्यास से आगे की अवस्था आयेगी, उसे देखें। वह अवस्था दोबारा प्राप्त हो, ऐसी कोई इच्छा अपने मन में न रखें। यदि उस अवस्था की पुनरावृत्ति हो तो कोई तकलीफ नहीं है, कोई बुरी बात नहीं है। आपको अनुभव मिलते हैं तो इसे कृपा समझें मगर उसके लिए आप ध्यान में नहीं बैठ रहे हैं, यह सदा याद रखें। कृपा इसलिए मिलती है ताकि आपको विश्वास हो कि आप शरीर नहीं हैं। अनुभव यह बताने के लिए ही मिलते हैं कि आप शरीर नहीं हैं, यह समझें। ध्यान में कुछ भी पकड़कर नहीं बैठना है कि ऐसा क्यों नहीं हो रहा है... हलका-हलका क्यों नहीं लग रहा है... टाँगें सुन्न क्यों हो गई... कल तो ऐसा नहीं हो रहा था... फिर आज क्यों हो रहा है... ?' ऐसा लगे भी तो समझ यही हो कि कल की बात कल थी, आज, आज है। आज की बात आज देखें। साक्षी बनकर देखें ताकि स्वसाक्षी (शून्य अनुभव) को जान पायें। यह आध्यात्मिक परिपक्वता है।

मूल बात सदा याद रखें

एक दिन आपको बीस लोगों के खाने का इंतजाम करना है। आप उस हिसाब से सब्जी लाने के लिए बाजार जाते हैं। बाजार में आप देखते हैं कि कुछ सब्जियाँ मुफ्त में भी बेची जा रही हैं। ऐसी स्थिति में आपका पहला काम यह होना चाहिए कि जो सब्जी आपको खरीदनी है, उसे ही आप खरीदें। अगर मुफ्त के चक्कर में आप मुख्य सब्जी खरीदना भूल गए तो हो सकता है कि बाद में जब आपको याद

आयेगा तब वह सब्जी खतम हो जाए। घर पर तो आप मुफ्त में मिली सब्जियाँ लेकर जाएँगे मगर जो सब्जी आपको सभी को खिलानी थी, वह आपको उतनी मिली ही नहीं जितनी चाहिए थी।

इसी प्रकार जब आप ध्यान में जाते हैं तब वहाँ पर आपको जो समझ प्राप्त करनी चाहिए क्या आप वही प्राप्त कर रहे हैं? जो सब्जी (दृढ़ता) लेनी है क्या आप वही ले रहे हैं? या मुफ्त में मिलने वाली सब्जी में अटक रहे हैं। इसका अर्थ ऐसा नहीं कहा गया है कि मुफ्त में जो मिल रहा है, वह नहीं लेना है। वह भी लें मगर जो मूल बात है, वह पहले लें। मूल बात यह है कि ध्यान द्वारा आपको दृढ़ता (विश्वास) प्राप्त हो कि 'आप शरीर नहीं हैं।' यह आप अपने अनुभव से देखें।

हर विचार प्रार्थना है

ध्यान में हमें जो मिल रहा है, जो मूल सत्य है, उसे आप ले रहे हैं या नहीं? ध्यान में हम क्यों जाते हैं? उस प्रतीक्षा अवधि (वेटिंग पीरियड) में क्या होता है? उस अवधि में हमारी सभी प्रार्थनाओं का फल आ रहा होता है। हमने प्रार्थनाएँ की हैं तो जरा चुप भी बैठें ताकि उस प्रार्थना पर काम किया जा सके।

जब आप किसी होटल में जाते हैं और वेटर को किसी खाद्यपदार्थ का ऑर्डर देते हैं तब ऑर्डर देने के बाद आप चुप बैठेंगे तभी वेटर आपका ऑर्डर लेकर आयेगा। उस वक्त यदि आप चुप ही नहीं बैठेंगे और बार-बार वेटर को कुछ कहते हुए रोककर रखेंगे तो वेटर आपका ऑर्डर कैसे लायेगा? वेटर जब आपका ऑर्डर पूर्ण करने के लिए जाने लगेगा और आप उसे कहते रहेंगे कि 'रुको, वो वाली सब्जी मत लाओ, उसकी जगह पर फलाँ सब्जी लाओ।' फिर वह जाने लगता है तो आप फिर उसे बुलाते हैं, 'अच्छा रुको, एक मिनट यहाँ आओ सलाद में क्या है, यह बताओ।' इस तरह पूरा समय यदि आप ऐसे ही करते रहेंगे तो खाना कब आपके टेबल पर आयेगा? आप कब भोजन करना शुरू करेंगे?

ध्यान के साथ भी ऐसा ही है। ध्यान में बैठने के बाद यदि आप बार-बार यह सोच रहे हैं कि कब वह अनुभव होगा, कब मेरे विचार बंद होंगे तो आपको कहा जाएगा कि अब आप किसी भी अनुभव की इच्छा न करते हुए चुप बैठें। वेटर (कुदरत) को ऑर्डर देकर अपना काम करने दें, फिर परिणाम अपने आप आने लगेगा।

इंसान सुबह से लेकर रात तक जो विचार करता है, वे विचार प्रार्थनाएँ ही हैं। यह इंसान को खुद भी पता नहीं है। उसके अंदर पल-पल प्रार्थना उठती है। अर्थात इतनी सारी प्रार्थनाएँ यदि चल रही हैं तो दिन में कुछ देर उसे चुप भी रहना चाहिए। आँख बंद करके बैठेंगे तो आँख बंद करते ही विचार बंद नहीं होंगे। कोई इंसान वेटर को आँख बंद करके भी ऑर्डर देता है, 'अच्छा सुनो, कुर्मा है क्या, चायनीज है क्या?' वह आँख बंद करके बोलता रहता है। आप देखेंगे कि आँख बंद करके भी ध्यान के वक्त थोड़ी देर विचार चलते रहते हैं। इसमें कोई दिक्कत नहीं है मगर आपका काम है कि कुछ देर आपको चुप बैठना है। फिर आप विचारों को अलग से देखने लग जाएँगे। धीरे-धीरे विचारों की गति कम होती जाएगी, उनके बीच का अंतराल बढ़ता जाएगा। यह अंतराल बढ़े या न बढ़े आपको परिणाम में नहीं अटकना है। आपका काम है बैठना। हम अपने आपको ध्यान* में बिठाकर मौका दें ताकि जो प्रार्थनाएँ आप कर रहे हैं, वे पूरी होकर आयें।

जब आपमें शारीरिक से लेकर आध्यात्मिक क्षेत्रों में परिपक्वता आयेगी तब आप कह पाएँगे कि 'अब मैं पूरी तरह से परिपक्व हूँ, विकसित हूँ। अब मुझे पता है कि मौन में बैठना है तो क्या करना होता है।' मौन से उठकर जो दृढ़ता (मैं शरीर नहीं हूँ) प्राप्त होती है, वह सदैव बनी रहे, उसे भूलना नहीं है। ध्यान में इंसान के साथ ऐसा न हो कि ध्यान से बाहर आने के बाद वह यह भूल ही जाए कि वह ध्यान में क्यों गया था, उसका ध्यान में बैठने का लक्ष्य क्या था।

मौन से दृढ़ता प्राप्त करें

मौन में जाने पर दृढ़ता मिलती है कि 'मैं शरीर नहीं हूँ।' मौन से बाहर आकर आपको यह देखना है कि वही दृढ़ता आपके व्यवहार में आयी है या नहीं। अगर मौन से उठकर आप ज्यादा खाना खाते हैं क्योंकि खाना बहुत स्वादिष्ट था तो समझें कि आपमें अभी दृढ़ता की कमी है।

अपने शरीर को चलाने के लिए जितना भोजन आवश्यक है, उतना ही खाना चाहिए। अगर उससे ज्यादा खाना खाएँगे तो शरीर आपके लिए निमित्त का काम नहीं कर पाएगा। यह जिम्मेदारी आपकी है, न कि शरीर की। शरीर तो सिर्फ संकेत

**ध्यान की विधि और विस्तार से समझने के लिए पढ़ें तेजज्ञान की पुस्तक 'संपूर्ण ध्यान - २२२ सवाल'।*

देगा कि खाना स्वादिष्ट है या स्वादरहित। शरीर हमारा बहुत अच्छा मित्र है। वह बिना रुके आपको निरंतर संकेत (फीडबैक) देता रहता है मगर यह आपका काम है कि इसे कितना खिलाना-पिलाना है। अगर आपने इसे जरूरत से ज्यादा खिला दिया तो इसका मतलब है कि आपमें परिपक्वता की कमी है। मौन में आपको जो परिपक्वता मिली थी, उसका आपने सही इस्तेमाल नहीं किया तो ऐसे मौन ध्यान से आपको कोई लाभ नहीं मिला।

वर्तमान के दृश्य के साथ निर्णय न बदलें

आपके अंदर सामाजिक, आर्थिक, मानसिक, शारीरिक और आध्यात्मिक, इन पाँचों क्षेत्रों की परिपक्वता आनी चाहिए। यदि आपमें आध्यात्मिक परिपक्वता आ गई तो आप देखेंगे कि जीवन के बाकी स्तरों पर अपने आप असर होने लगेगा। अब वर्तमान के दृश्य से प्रभावित होकर आप अपना लक्ष्य भुला नहीं देंगे।

वर्तमान के दृश्य यानी इंसान घर से बाहर निकलता है और रास्ते में उसका कोई मित्र उसे मिल जाए तो वह यह भूल जाता है कि वह क्या लेने के लिए बाहर निकला था। इसका अर्थ है कि वर्तमान की घटना उस पर हावी हो गई। दृश्य अचानक बदल जाए तो आप क्या करेंगे? क्या वह दृश्य देखकर आपका निर्णय बदल जाएगा? यदि आपके साथ ऐसा हो रहा है तो आपमें परिपक्वता की कमी है।

यदि आप बैठे सोच रहे थे कि दस मिनट ध्यान करते हैं और किसी ने कमरे में आकर टी.वी चलाया तो आपका निर्णय बदल गया कि 'अभी टी.वी देखते हैं, ध्यान बाद में करेंगे।' इसका अर्थ ही है कि दृश्य बदलने से हमारे निर्णय बदलते हैं।

हमें इस बात पर विचार करना है कि कौन हमारा मार्गदर्शक है? हमारी समझ हमारा मार्गदर्शन कर रही है या जो दृश्य सामने हैं, जो आवाजें चारों तरफ हैं, जो मनोहारी सुगंध फैली है, जो मनमोहक वातावरण है, जो लुभावना स्पर्श है, वह हमें गाईड कर रहा है? सही चीज हमारा मार्गदर्शन करे ताकि हमने मनन के द्वारा जो निश्चित किया है, उसे ही करें। महानिर्वाण निर्माण करना है तो ऐसे मनोशरीर यंत्र चाहिए जो अकंप हों। दृश्य बदलने पर भी वे अपने लक्ष्य से नहीं हटें। जो लोग उच्च चेतना पर काम करना चाहते हैं, वे लोग ही महानिर्वाण निर्माण कर पाएँगे वरना दृश्य बदलते रहेंगे और अपरिपक्व लोग कभी इस तरफ तो कभी उस तरफ डोलते रहेंगे।

नैतिक मूल्यों की संपत्ति

ऐसा आपके साथ न हो इसलिए आपको आध्यात्मिक परिपक्वता प्राप्त करनी होगी। जब आप मौन में बैठेंगे तो यह निश्चय करें कि 'अनुभव आये या न आये, मेरा मौन में बैठना बंद नहीं होगा।' इस निश्चय से जब आप मौन में बैठेंगे तो आप ईश्वर को मौका दे रहे हैं कि वह आपकी सौ प्रतिशत मदद कर सके।

नब्बे + दस + शून्य = सौभाग्य, ईश्वरीय सौगात, सौ प्रतिशत

अपूर्ण काम बहानों को जन्म देते हैं, बहाने झूठ को जन्म देते हैं, बार-बार बोला गया झूठ गलत वृत्तियों को जन्म देता है और गलत वृत्तियाँ चरित्र हीनता को जन्म देती हैं।

चरित्र वरदान
कुछ महान
जीवन चरित
और
अमूल्य शिक्षाएँ

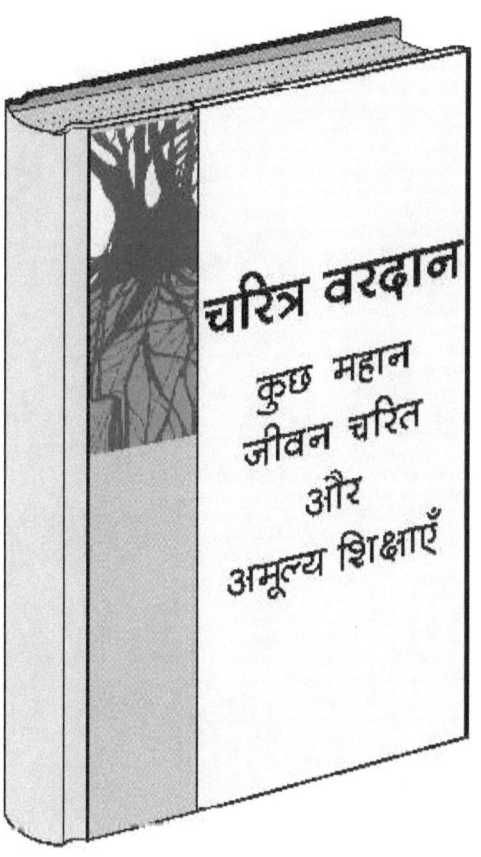

DAY
26

आत्मविकास की पराकाष्ठा

महात्मा गांधी

जीवन में यदि लक्ष्य, ज्ञान और प्रेम हो तो इंसान आत्मविकास की किस पराकाष्ठा पर पहुँच सकता है, यही गांधीजी का जीवन दर्शाता है।

गांधीजी के जीवन पर, उनके चरित्र पर आज तक कई सारी पुस्तकें लिखी गई हैं। गांधीजी के चरित्र को जानकर आप अपने जीवन में झाँक पाएँगे और समझ पाएँगे कि हमें अपने जीवन में चरित्र को कैसे आकार देना है। गांधीजी का जीवन शुरुआत से एक आम नागरिक की तरह रहा है परंतु उन्होंने अपने जीवन की हर घटना द्वारा कुछ सीखा, हर गलती को सुधारा। धीरे-धीरे वे एक साधारण इंसान से महात्मा बन गए।

बचपन से गांधीजी के साथ कई सारी दिक्कतें थीं। वे शर्मीले स्वभाव के थे, डरपोक थे। उन्हें हमेशा ये डर रहा करते थे कि एक तरफ से साँप आ जाएँगे, दूसरी तरफ से डाकू आ जाएँगे, तीसरी तरफ से भूत आ जाएँगे, चौथी तरफ से लोग

नींव नाइन्टी

क्या कहेंगे। रात को बिना लाईट जलाये वे सो नहीं पाते थे। स्कूल में वे सामान्य (एवरेज) विद्यार्थियों से भी कम श्रेणी के विद्यार्थी थे। सामान्य विद्यार्थी यानी जो साधारण अंक (मार्कस्) लेकर पास होते हैं, गांधीजी को उनसे भी कम अंक मिला करते थे।

गांधीजी के जीवन की ये बातें आपको इसलिए बतायी जा रही हैं ताकि आप अपने विकास की संभावना देख पाएँ। गांधीजी की जीवनी के बारे में पढ़कर आपको निश्चित ही प्रेरणा मिलेगी। अगर आपमें कुछ गुणों का अभाव है तो इसका अर्थ आप जीवन में आगे नहीं बढ़ सकते या एक चरित्रवान इंसान नहीं बन सकते, ऐसा नहीं है बल्कि यह सोचें कि गांधीजी में ऐसा क्या था जो वे राष्ट्रपिता बन पाए। उनकी जीवन कथा पढ़कर आप अपने जीवन से तुलना कर सकते हैं कि 'हमारे जीवन में जो दिक्कतें हैं, क्या उनसे ज्यादा हैं या उनकी दिक्कतों से कम हैं।'

गांधीजी की लोकप्रियता का मुख्य कारण उनके सिद्धांत हैं। उन्हीं सिद्धांतों ने उन्हें नेक काम करने के लिए प्रेरित किया। वे अपने कार्यों को केवल शब्दरूप ही नहीं देते थे बल्कि उन्हें कार्यरूप में भी उतारते थे। उनकी करनी और कथनी में कोई भेद नहीं था इसलिए वे विश्वसनीय थे।

१३ साल की उम्र में ही गांधीजी की शादी करवायी गई। कम उम्र में उनकी शादी करवाने की वजह से परिपक्वता के बाद जो समझ प्राप्त होती है, वह समझ उनमें नहीं थी। उन्होंने डॉक्टर बनने का प्रयास भी किया लेकिन उसमें वे असफल रहे। फिर अपने अंकल के कहने पर वे वकालत की पढ़ाई करने के लिए लंदन गए।

लंदन जाने से पहले उनकी माँ ने उन्हें कह रखा था कि 'वहाँ सिर्फ शाकाहारी भोजन ही करना, मांसाहारी भोजन से दूर रहना।' जिस कारण वहाँ उनकी हालत और खराब हो गई। विदेश में शाकाहारी भोजन पाने के लिए उन्हें बहुत दौड़-धूप करनी पड़ती थी। मांसाहार से बचने व शाकाहारी भोजन की तलाश में उन्हें सारे लंदन भर में पैदल घूमना पड़ता था, जो उनके लिए आगे चलकर डांडी यात्रा की तैयारी थी। वे इतनी आसानी से चल पाते थे कि लोगों को आश्चर्य होता था कि वे इतनी ज्यादा उम्र में भी इतना कैसे चल पाते हैं!

गांधीजी के इस व्यवहार से यह भी समझ में आता है कि वे कितने वचनबद्ध थे, उन्होंने अपनी माँ को वचन दिया था। अगर वे मांसाहारी भोजन लेते भी तो माँ

नैतिक मूल्यों की संपत्ति

को पता चलनेवाला नहीं था, फिर भी उन्होंने ऐसा नहीं किया। वचन का पालन करना उनके कई गुणों में से एक मुख्य गुण था, जो हर चरित्रवान इंसान में होना चाहिए।

गांधीजी को पहले यह डर था कि गोरे लोग उन्हें असभ्य और जंगली न समझने लगें। यह सोचकर उन्होंने अपनी वेश-भूषा में परिवर्तन लाया। स्वयं के लिए नये कपड़े सिलवाये, नया हैट खरीदा, बालों की कटिंग करवायी, टाई बाँधना सीखा और एक घड़ी खरीदी, जिसकी चैन सोने की थी। वे सभ्य समाज में शामिल होना चाहते थे इसलिए उन्होंने वायलिन खरीदी, फ्रेंच भाषा सीखी और नाचना भी सीखा। कुछ समय पश्चात ही उन्हें ज्ञात हो गया कि ये सभी चीजें निरर्थक हैं।

गांधीजी एक 'ऑनेस्ट थिंकर' (ईमानदार विचारक) थे। उनका यह एक बहुत ही महत्वपूर्ण एवं उमदा गुण था। उनके इस गुण को यदि हर एक ग्रहण करे तो चरित्रवान इंसान बनने में देर नहीं लगेगी। उस वक्त गांधीजी ने ईमानदारी से सोचा कि 'इस परिस्थिति में क्या सही है। मैंने अपना पहनावा बदल दिया, रहन-सहन बदल दिया तो क्या मुझ में बाहरी बदलाहट के साथ-साथ आंतरिक बदलाहट आयी है?' ईमानदारी से जब इंसान अपने आपसे बात करता है तब जवाब आता ही है कि 'अंदर से तो तुम वैसे ही हो... डरे हुए ही हो... "लोग क्या कहेंगे" क्या सिर्फ इस वजह से सब करना है क्योंकि चारों तरफ वैसे ही लोग दिखाई दे रहे हैं?' इत्यादि। फिर उन्होंने उन सब चीजों का त्याग कर दिया, वायलिन बेच दी। वे समझ गए कि बाहरी दिखावा (टॉप टेन ठीक) करके कोई आंतरिक सुंदरता नहीं पा सकता है। जिसकी नींव मजबूत हो, जिसका चरित्र पाक हो वह इंसान ऊपरी दिखावे में नहीं उलझता।

गांधीजी के पास अहिंसा का अचूक शस्त्र था। उन्होंने अपने इस शस्त्र से अंग्रेजी सेना को, जो विश्व की सर्वोत्तम और महाशक्तिशाली सेना थी, बुरी तरह पराजित किया। बापू की अहिंसा पर आधारित नीतियों ने ही भारत को गुलामी की बेड़ियों से आज़ाद कराया।

इतिहासकार मि.कृपलानी ने एक बार जब गांधीजी से कहा कि 'आपने अंग्रेजों को भगाने का ऐसा तरीका ढूँढ़ा है, जिससे कोई परिणाम नहीं आने वाला। इतिहास में आज तक ऐसा नहीं हुआ कि किसी ने अहिंसा से जीत पायी हो।' तब गांधीजी

ने उन्हें जवाब दिया, 'शायद तुम इतिहास नहीं जानते ... क्या इतिहास में यह लिखा है कि जो आज तक नहीं हुआ, वह आगे भी नहीं होगा? इतिहास बनता ही ऐसे है कि जब कोई एक नया कदम उठाता है तो इतिहास बनता है।'

गांधीजी कहा करते थे कि 'जिसने अहिंसा को जी-जान से चुन लिया, उसके जैसी शक्ति संसार में दूसरी नहीं है।' अहिंसा यानी प्रेम और निडरता। जहाँ अहिंसा का राज्य होता है, वहाँ निडरता होती है, असुरक्षा का डर नहीं होता वरना यह डर होता है कि सामने वाला गाली देगा, हाथ उठायेगा, मारेगा तो हम से अहिंसा का पालन नहीं हो सकता। उस डर की वजह से आप पहले ही सामनेवाले को मारना चाहेंगे। वह हाथ उठाये, उसके पहले ही आप उस पर हाथ उठाना चाहेंगे इसलिए अहिंसा का सही अर्थ हमें समझना है।

एक बार गांधीजी कोर्ट में केस लड़ रहे थे और उनकी टाँगें काँप रही थीं। उन्होंने केस आधे में अपने मित्र को दे दिया कि 'आगे तुम बताओ।' उस वक्त लोग उन पर बहुत हँसे। तब वे बहुत दुःखी हुए थे क्योंकि जब तक वे अपने लिए कुछ कर रहे थे तब तक उनमें आत्मविश्वास नहीं था। जब उन्होंने औरों के लिए लड़ना शुरू कर दिया तब उनमें बहुत आत्मविश्वास आ गया। राऊन्ड टेबल कॉन्फरन्स में वे लगातार दो घंटों तक बोलते रहे, जिसकी उन्होंने कोई तैयारी भी नहीं की थी। उनके सेक्रेटरी, मि. देसाई से जब पूछा गया कि 'गांधीजी कैसे दो घंटे धारा प्रवाह बोल पाए, अपनी बात बता पाए?' तब मि. देसाई ने बताया, 'गांधीजी जो सोचते हैं, वही उनके भाव में होता है, वाणी में होता है और वही वे करते हैं।'

कई बार निर्णय लेने के लिए गांधीजी अंतिम क्षणों तक रुके रहते थे। किसी भी फैसले को वे तब तक अंतिम घोषित नहीं करते थे, जब तक अंतर्प्रेरणा से उसका जवाब न आ जाए।

गांधीजी में योग्य निर्णय लेने की अद्भुत क्षमता थी। उनके नेतृत्व में समाज में उत्साह और त्याग की जादुई लहर दौड़ गई। उस लहर ने लोगों के दिलों से छुआछूत की भावना को खतम करना शुरू कर दिया। सारा विश्व आश्चर्य के सागर में डूब गया कि आखिर इस दुबले-पतले व्यक्तित्व में ऐसी कौन सी जादुई शक्ति है, जो बार-बार लोगों की अंतरात्मा को जगाती है और उनमें नई चेतना का निर्माण करती है!

नैतिक मूल्यों की संपत्ति

कोई भी इंसान एक दिन में चरित्रवान नहीं बनता, उसके लिए लंबे समय तक काम करना पड़ता है। गांधीजी ने अपने जीवन की हर घटना में अपने आप पर काम किया, स्वयं की पूछताछ की। तभी आज चरित्रवान इंसानों में उनका नाम लिया जाता है।

आत्मविश्वास, आंतरिक ज्ञान (इनट्यूशन), निर्णय शक्ति, संकल्प शक्ति, वचनबद्धता, आत्मनिर्भरता, सादगी और सहजता, ईमानदार-विचारक, निडरता, कर्तव्यनिष्ठा, नैतिकता, साहस, आत्मिक बल, कपट मुक्तता इत्यादि गुणों से भरपूर महात्मा गांधीजी नींव नाइन्टी की मजबूती के सबूत हैं। इन सभी गुणों को अपनाकर हम एक चरित्रवान इंसान बन सकते हैं, बच्चों को चरित्रवान बना सकते हैं।

DAY
27

प्रेम, ममता, त्याग और सेवा का अनोखा संगम

मदर तेरेसा

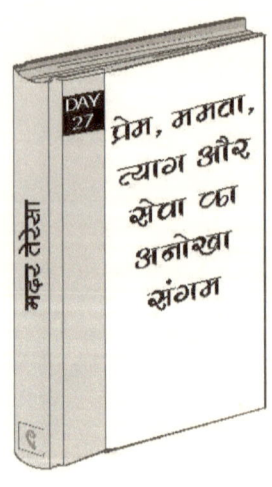

दुनिया में ऐसे कई सारे लोग हैं जो अपनी देहभाषा (टॉप टेन) से नहीं बल्कि अपने चरित्र से पहचाने जाते हैं। उनका जीवन दर्शाता है कि विपरीत परिस्थितियों में असाधारण व्यवहार कैसे किया जाता है। ऐसे लोगों में से एक नाम है - 'मदर तेरेसा', जहाँ प्रेम, करुणा, ममता, सेवा और त्याग का अनोखा संगम दिखाई देता है। आज मदर तेरेसा का शरीर हमारे बीच नहीं है लेकिन उनके चरित्र पर लिखी पुस्तकें पढ़कर उनके जीवन की निर्मल गाथा हमारे सामने आती है। उनका बाहरी आवरण (टॉप टेन) अत्यंत साधारण था लेकिन उनके अंदर गजब का आत्मविश्वास था। किसी विशाल पेड़ की जड़ों की तरह उनकी नींव नाइन्टी मजबूत थी। इस वजह से मदर तेरेसा वृद्धावस्था में भी उतनी ही कार्यशील थीं, जितनी युवावस्था में। सेवा भाव ही उनकी ऊर्जा का स्रोत था, जिसकी वजह से वे सारी उम्र अपने लक्ष्य के प्रति सजग रहीं।

मदर तेरेसा ने दीन-दुःखी, लाचार और अपाहिज लोगों को एक माँ के समान सच्चा प्रेम दिया। कोढ़ी, रोगी, वृद्ध और गरीब बच्चों के लिए मदर तेरेसा ईश्वर की प्रतिमूर्ति बनीं। जिन कोढ़ियों के जख्मों से मवाद रिसता था, घावों पर मक्खियाँ भिनभिनाती थीं, जिन्हें समाज ने बहिष्कृत कर दिया था, उन्हें मदर तेरेसा ने गले से लगाया और बड़े भक्ति भाव से उनकी सेवा की। उनके हृदय में दया और प्रेम का ऐसा सागर उमड़ता था कि रोगी स्वयं को निरोगी समझने लगते थे। कोई भी सर्वसामान्य इंसान ऐसा कार्य नहीं कर सकता लेकिन मदर तेरेसा के लिए यह कार्य प्रेम और करुणा भाव की वजह से सहज था।

संसार के सभी देश मदर तेरेसा के कार्यक्षेत्र थे। वे जहाँ भी गयीं, वहाँ उन्होंने अपना निर्मल प्रेम बाँटा। उनकी दृष्टि में सभी दुःखी प्राणी एक जैसे थे। सब पर उन्होंने स्नेह भरा मरहम लगाया। अनाथ बच्चे, बेसहारा वृद्ध और गंभीर रोग से पीड़ित रोगी मदर के स्नेहिल स्पर्श से मानो अपने सारे दुःख-दर्द भूल जाए करते थे।

मदर के जीवन में एक ऐसी घटना हुई थी, जिससे प्रेरित होकर उन्होंने गरीबी से लड़ने का दृढ़ संकल्प किया। यह घटना उन दिनों की है जब मदर ने 'मिशन ऑफ चॅरिटी' का बीजारोपण किया था। एक दिन वे मोती झील की बस्ती में गयीं। उस वक्त बहुत तेज बारिश हो रही थी। ऐसे में एक निर्धन महिला अपने बच्चे को गोद में लिए बिना छत की झुग्गी में खड़ी थी। झुग्गी का मात्र आठ रुपये किराया न देने के कारण मकान मालिक ने झुग्गी की छत उठा ली थी। उस महिला के कपड़े, चावल, मिट्टी का चूल्हा सब कुछ पानी में भीग गया था। यह देख मदर ने किसी तरह आठ रुपयों का बंदोबस्त किया और झुग्गी की छत वापस रखवायी। यह घटना मदर की करुणा भावना दर्शाती है।

मदर ने एक दिन सुबह एक गरीब स्त्री को बेहोश अवस्था में सड़क पर पड़े देखा। उसमें अभी कुछ साँसें शेष थीं। उसकी अवस्था देखकर मदर उसे समीप के अस्पताल में ले गयीं। मदर के अनुनय विनय पर भी बिस्तर के अभाव में डॉक्टर ने उसका इलाज करने से साफ इंकार कर दिया। लेकिन मदर ने हार नहीं मानी। वे उस स्त्री को अपनी गोद में लिए पाँच घंटों तक इंतजार करती रहीं। शाम हो गई और डॉक्टर घर जाने के लिए अस्पताल से निकले तो मदर को उसी प्रकार बैठी देखकर चकित रह गए। मदर की निष्ठा और सेवा भाव देखकर डॉक्टर ने भी उनके

आगे हार मान ली। उन्होंने तुरंत एक गद्दा फर्श पर डलवाया और रोगिणी का उपचार आरंभ किया। हालाँकि रोगिणी बच न सकी लेकिन इस घटना ने लोगों को बहुत कुछ सिखा दिया।

उस दिन के बाद मदर जब भी किसी असहाय, बेसहारा रोगिणी स्त्री को अस्पताल लेकर जाती थीं, वे उसके इलाज के लिए किसी प्रकार की देरी नहीं करते थे।

एक दिन मदर का सेवा भाव देखकर पोप जॉन पॉल ने उन्हें एक कीमती गाड़ी भेंट स्वरूप दी। मदर शानो-शौकत से दूर रहा करती थीं इसलिए वे उस कार को अस्वीकार करना चाहती थीं लेकिन उनके मन में पोप के प्रति श्रद्धा भी थी। उस श्रद्धा की वजह से वे उनकी भेंट को अस्वीकार नहीं कर पायीं। उस वक्त मदर ने सभी को अपनी असीमित व्यावहारिक क्षमता का परिचय दिया। उन्होंने उस कार की नीलामी की योजना बनायी। नीलामी में उन्हें पाँच लाख रुपयों की धनराशि प्राप्त हुई। इस धनराशि को उन्होंने कलकत्ता के 'शांतिनगर कुष्ठ रोगी पुनर्वास योजना' में दान कर दिया। इस तरह देश-विदेश से मिले असंख्य उपहारों का वे सेवा कार्यों में उपयोग करती रहीं। मदर के अंदर इतना सेवा भाव था कि किसी भी चीज की आसक्ति या लोभ-प्रलोभन उन्हें आकर्षित न कर सके। वे इन सभी मन को लुभाने वाली बातों से अलिप्त रहीं और निरंतरता से सेवा का कार्य करती रहीं।

एक बार मदर तेरेसा एक नया होम (आश्रम) खोलने के लिए मनीला पहुँचीं। वहाँ कस्टम अधिकारियों ने दवाइयों पर टैक्स की माँग की। इस बात से मदर के चेहरे पर कठोरता छा गई। वे दृढ़ता से बोलीं, 'हम सरकार से कुछ लेते नहीं इसलिए देने को भी बाध्य नहीं हैं। इसी देश के बीमार लोगों के लिए हमें यह दवाइयाँ अन्य देश ने सहायतार्थ भेजी हैं। अतः हम कदापि टैक्स नहीं देंगे।' उस वक्त उन्होंने वहाँ के राष्ट्रपति श्रीमती कोरी एक्वीनो से बात कर दवाइयों पर लगाये गए टैक्स पर छूट दिलवायी।

इन सभी घटनाओं से मदर तेरेसा का चरित्र हमारे सामने उभरकर आता है। मदर तेरेसा मजबूत नींव नाइन्टी की एक मिसाल हैं। बाहरी रूप को प्रेम, करुणा, ममता, त्याग और सेवा कितना खूबसूरत बना सकते हैं, यह मदर तेरेसा का जीवन बयान करता है।

DAY
28

ज्ञान, प्रेरणा और कर्मयोग के प्रतीक

स्वामी विवेकानंद

चरित्रवान इंसान कैसे बनता है, उसके अंदर कौन से गुण होते हैं, कैसे उसका व्यक्तित्व बाकी लोगों पर प्रभाव डालता है, ये सभी बातें स्वामी विवेकानंद के जीवन चरित्र से भी प्रकट होती हैं।

स्वामी विवेकानंद युवा पीढ़ी के लिए प्रेरणा का एक स्रोत थे और रहेंगे। स्वामीजी ज्ञान, प्रेरणा और कर्म योग के प्रतीक थे। उन्होंने भारत वर्ष के युवकों को उच्च मार्ग पर चलना सिखलाया और साथ-साथ निरपेक्ष भाव से सेवा कैसे हो सकती है, यह भी बतलाया। स्वामी विवेकानंद का स्वप्न था कि 'निर्भय भारत बने, बलशाली भारत बने' इसलिए उन्होंने संदेश दिया था कि 'कायरता और दुर्बलता ये दो पाप हैं, इनसे सबको मुक्त होना चाहिए।' स्वामी विवेकानंद का जन्मदिवस भारत वर्ष में 'राष्ट्रीय युवा दिन' के नाम से मनाया जाता है।

स्वामी विवेकानंद इतने लाजवाब शिष्य थे कि जब भी उनका जिक्र आता

है तो उनके साथ उनके बेमिसाल गुरु रामकृष्ण परमहंस जी की भी याद आती है। जब शिष्य की उच्च ज्ञान प्राप्त करने की तैयारी हो जाती है तब गुरु को आना ही पड़ता है। स्वामी विवेकानंद के जीवन में भी उनके गुरु रामकृष्ण परमहंस का आना एक महान घटना थी, जो गुरु-शिष्य के रिश्ते की एक आदर्श मिसाल है।

नरेंद्र की तेज बुद्धि

विवेकानंद होशियार विद्यार्थी थे, स्कूल में लीडर भी थे, स्कूल में उन्होंने एक बार भाषण भी दिया था। एक शिक्षक जो स्कूल छोड़कर जा रहे थे, उनके बारे में मंच पर जाकर दो शब्द बोलने के लिए कोई भी तैयार नहीं था। उस वक्त स्वामी विवेकानंद ने उस शिक्षक के बारे में बात की थी। यह उनका पहला भाषण था। नरेंद्र की बुद्धि तीव्र थी। वे हमेशा तर्क से सोचा करते थे। जो भी धर्म प्रचारक उनके शहर में आते थे, वे उनसे जाकर मिलते थे और उनकी जिज्ञासा इतनी प्रबल थी कि वे सीधे जाकर उनसे सवाल पूछते कि 'क्या आपने ईश्वर को देखा है?' जिन लोगों से वे यह सवाल पूछते थे, वे आश्चर्यचकित हो जाते थे।

रामकृष्ण परमहंस से मुलाकात

जब नरेंद्र की कॉलेज की बी.ए. की परीक्षा खतम हो गई तब वे दक्षिणेश्वर में रामकृष्ण से मिलने गए। यह उनके जीवन की दूसरी घटना थी, जहाँ उनके जीवन में एक नया मोड़ (यू टर्न) आया। जब वे वहाँ पहुँचे तो उन्हें बिठाया गया और भजन गाने के लिए भी कहा गया। उन्होंने जब भजन गाया तब रामकृष्ण भावदशा में चले गए। भजन खतम होते ही रामकृष्ण नरेंद्र का हाथ पकड़कर उन्हें बाहर बरामदे में लेकर गए और कहा, 'तुमने आने में इतने दिन क्यों लगा दिए? इतने दिन तक तुम अलग कैसे रह पाए? तुम जानते नहीं कि तुम कौन हो। तुम नर के रूप में नारायण हो।'

नरेंद्र ने रामकृष्ण परमहंस से भी यह सवाल पूछा कि 'क्या आपने ईश्वर को देखा है?' तब रामकृष्ण परमहंस ने कहा, 'हाँ हाँ, बिलकुल देखा है जैसे आपको देखते हैं बिलकुल वैसे ही हम ईश्वर को देखते हैं, बातचीत करते हैं। आपको भी चाहिए तो दिखाया जा सकता है।' मगर ये सब बातें और व्यवहार नरेंद्र को पहले पागलपन लगा। फिर रामकृष्ण परमहंस वापस अंदर जाकर अपने मकान में बैठे। नरेंद्र वहाँ से यही सोचकर लौटे कि एक पागल संत से मुलाकात हुई है क्योंकि

नैतिक मूल्यों की संपत्ति

रामकृष्ण परमहंस ने उन्हें तभी छोड़ा जब नरेंद्र ने वादा किया कि 'मैं जल्दी वापस आऊँगा।' एक महीने के बाद उन्हें फिर से लगने लगा कि रामकृष्ण के पास वापस जाना चाहिए। जब विवेकानंद रामकृष्ण परमहंस से मिलने गए तब उन्हें पहली बार समाधि का अनुभव हुआ लेकिन उस वक्त वे उस अनुभव को समझ नहीं पाए।

रामकृष्ण के यहाँ जो भी शिष्य आया करते थे, उनके लिए कुछ नियम बनाए गए थे। मगर नरेंद्र के बारे में वे कहते, 'उसके लिए कोई नियम नहीं है। वह उनका पालन करे या न करे, कोई फर्क नहीं पड़ता। नियम तो कच्चे लोगों के लिए बनाए जाते हैं, उसके लिए कोई नियम नहीं है।' ऐसी बातें सुनकर नरेंद्र को भी आश्चर्य होता था।

विवेकानंद के जीवन की घटनाएँ

उस समय उनके जीवन में जो सबसे दुःखद घटना हुई वह थी, उनके पिताजी की मृत्यु। पिताजी की मृत्यु के वक्त उन्हें बड़ा दुःख हुआ। पिताजी की मृत्यु के बाद सारी जिम्मेदारी नरेंद्र पर आ गई। अब उन्हें रोजी रोटी में दिक्कत आने लगी। कोई नौकरी भी नहीं मिल रही थी। उनके कुछ मित्र मदद करने से इनकार कर देते थे और कुछ मित्र मदद करने से इसलिए भी डरते थे कि कहीं नरेंद्र के आत्मसम्मान को ठेस न पहुँचे। वे नरेंद्र का स्वभाव जानते थे कि वह किस तरह का इंसान है। कभी-कभी कोई घुमा-फिराकर कहता, 'हमारे यहाँ खाना है, पार्टी है, आ जाओ।' नरेंद्र नहीं जाते, यह सोचकर कि घरवालों को खाना नहीं मिल रहा है तो मैं कैसे पार्टी में जाऊँ, कैसे खाना खाऊँ।

भक्ति और त्याग की माँग

एक दिन विवेकानंद रामकृष्ण परमहंस के यहाँ गए और पहली बार उन्होंने उनसे कुछ माँगा। उन्होंने कहा कि 'आप काली माता से बात-चीत करते रहते हैं, मेरे परिवार के लिए कुछ माँगें ताकि हमारा जीवन सुकर हो जाए।' तब रामकृष्ण परमहंस ने कहा, 'मैं तो ऐसी चीजें नहीं माँगता, तुम ऐसा क्यों नहीं करते – तुम ही जाकर क्यों नहीं माँगते।' वे मंदिर में गए और माता के आगे बैठे। कुछ देर के बाद भक्ति में उन्हें ऐसी अनुभूति हुई तो बिना माँगे ही वे लौट आये।

फिर दूसरे दिन रामकृष्णजी ने पूछा, 'कुछ माँगा क्या?' नरेंद्र ने कहा, 'माँग तो नहीं पाया।' उन्होंने कहा, 'ठीक है तो आज फिर जाओ।' जब वे दूसरी बार मंदिर

— नींव नाइन्टी —

गए तब दूसरे दिन भी वही हालत हुई। जब उन्हें तीसरी बार भेजा गया तो तीसरी बार भी वे परिवार के लिए कुछ नहीं माँग पाए सिर्फ इतना ही माँगा कि 'भक्ति दो, त्याग की शक्ति दो।' ऐसे ही वर माँगकर वे वापस आ गए। तब रामकृष्ण ने कहा, 'तुमसे नहीं होगा, निश्चिंत होकर घर जाओ, तुम्हारे घर में कभी भी सूखी रोटी और मोटे कपड़ों की कमी नहीं होगी।' उसके बाद उनके जीवन में बहुत परिवर्तन आया। आगे उन्हें ट्रान्सलेटर का काम मिला, फिर शिक्षक की नौकरी भी मिली। उनके परिवार के लिए सूखी रोटी की व्यवस्था हमेशा के लिए हो गई। इससे उनका जीवन पहले जैसा खाता-पीता तो नहीं रहा मगर उन्हें कहीं भटकना भी नहीं पड़ा।

रामकृष्ण परमहंस हमेशा अपने शिष्यों से नरेंद्र के बारे में कहते थे कि 'देखो कैसा विद्यार्थी है, कितनी अच्छी पढ़ाई करता है, बात करने का सलीका देखो कितना बढ़िया है और इसका गीत-संगीत देखो कैसा मधुर है, इतने गुण किसी में भी नहीं होते, पढ़ाई में भी आगे है और इन सबके अलावा धर्म चर्चा करने में होशियार है। इस तरह का इंसान शायद ही कोई होता हो।'

विवेकानंद की यात्रा

ऐसी ही एक और घटना से उनका आत्मबल, लोगों के प्रति उनकी प्रेम व निष्ठा प्रकट होती है। अमेरिका में हुई महाधर्म सभा में सभी धर्म के लोग आये हुए थे। विवेकानंद भी वहाँ पहुँचे। वहाँ पहुँचने तक उनके सब पैसे लुट चुके थे। वे पैदल रास्ते से जा रहे थे तो किसी बूढ़ी औरत ने उन्हें धर्म सभा में पहुँचने में मदद की। वहाँ पर उनका जो पहला भाषण हुआ जिसमें उन्होंने शुरुआत ही इस तरह की, 'मेरे प्यारे भाईयो और बहनो।' इस पंक्ति पर काफी देर तक तालियाँ बजती रहीं क्योंकि वहाँ के लोगों को 'लेडिज़ ऐण्ड जेंटलमैन' की जगह 'सिस्टर्स ऐण्ड ब्रदर्स' इस तरह के शब्द सुनकर बड़ा आश्चर्य हुआ। विदेश में किसी को ब्रदर कहना, सिस्टर कहना लोगों के लिए बड़ी बात थी। भारत में यह बात किसी को नई नहीं लगेगी मगर वहाँ पर सभी को यह नई और अद्भुत बात लगी। वहाँ के लोगों को लगा कि 'कैसे कोई इतनी आसानी से सभी को ब्रदर या सिस्टर कह पाता है। इस अनजान शहर में इतना नज़दीक का रिश्ता कैसे कोई नये लोगों के साथ रख पाता है और विवेकानंद ने यह बड़ी आसानी से कहा, बड़े प्रेम से कहा। लोगों ने इसकी प्रशंसा की। पेपर में उनका नाम और उसके साथ उनका भाषण भी प्रकाशित हुआ।

नैतिक मूल्यों की संपत्ति

भाषण देते वक्त कुछ लोग उनकी उपेक्षा भी करते थे, उनके बारे में नकारात्मक प्रचार भी करते थे। जहाँ स्वामीजी को भाषण देने का आमंत्रण मिलता था, वहाँ वे लोग जाकर लोगों को भड़काते थे। फिर स्वामीजी वहाँ पहुँचते थे तो वहाँ उन्हें ताला लगा दिखाई देता था। बाद में गलतफहमी दूर होने पर वे लोग आकर उनसे क्षमा माँगते थे।

स्वामी विवेकानंद की शिक्षाएँ

स्वामी विवेकानंद की शिक्षाओं में एक बात हमेशा आती है कि 'विश्व में दो ही पाप हैं – एक है कायरता, दूसरा है दुर्बलता इसलिए अभय बनो और दुर्बलता के विषयों को मन से निकाल दो। शरीर को फौलाद बनाओ ताकि तुम्हारी नसें लोहे की हों, तुम्हारी बुद्धि रद्दी न हो।' बुद्धि में लोग अज्ञान की वजह से कचरा डाल देते हैं। जो लोग दुर्बलता के विषयों में उलझ जाते हैं, वे माया में बार-बार अटक जाते हैं। स्वामीजी लोगों को बताते थे कि शरीर के लिए व्यायाम बहुत आवश्यक है। शरीर अगर तंदुरुस्त होगा तो आसानी से तुम साधना कर पाओगे। उनकी शिक्षाओं में यह भी आता था कि 'ईश्वर को प्राप्त करना है, याद रखना है तो उसी तरह याद करो जिस तरह एक औरत जिसका पति मर गया है, उसे याद करती है। उतनी ही तीव्रता से यदि तुम ईश्वर को याद करोगे तो ही ईश्वर तुम्हें मिलेगा।'

स्वामी विवेकानंद सदा अपने गुरु की शिक्षाओं पर ही चले। वे जो भी बताते थे, वही उनके जीवन में भी उतरा था। उनकी शिक्षाओं में यह भी एक शिक्षा थी कि 'यह ज्यादा अच्छा है कि शरीर घिस-घिसकर, कुछ करते हुए मरे बजाए इसके कि तमोगुण में हम हजारों साल जीयें।' वे लगातार कार्य करते रहे। लगातार अलग-अलग स्थानों पर जाते रहे। कर्म ही उनकी पूजा थी।

इन सभी घटनाओं और शिक्षाओं से, जो थोड़े में यहाँ बतायी गई हैं, स्वामी विवेकानंद का निर्मल लेकिन अटल चरित्र हमारे सामने प्रकट होता है।

DAY
29

वैराग्य, भक्ति, सेवा और क्षमा का सागर

संत तुकाराम महाराज

तुकाराम महाराज का जीवन वैराग्य और भक्ति का सुंदर संगम है, दया और क्षमा का सागर है। उन्होंने अपने अनुभव इतनी सहजता से और कपटमुक्त होकर बताये हैं, जिसे लोग आज अभंग के रूप में गाते हैं। तुकाराम महाराज ने उस वक्त के लोगों को वह ज्ञान दिया, जिसका अनुभव उन्होंने स्वयं किया था। सहज, सुंदर लोकभाषा और भक्ति के माध्यम से उन्होंने अपनी सिखावनियाँ उनकी गाथा में लिखी हैं। तुकाराम महाराज एक सामान्य पुरुष थे पर अपनी हरि भक्ति और निःस्वार्थ भाव से वे असामान्य संत बने।

संसार का हर इंसान एक अच्छा चरित्रवान इंसान बने, जिससे एक आदर्श समाज निर्माण हो, ऐसे विचार संत तुकाराम के मन में आते थे। समाज में कैसे वर्ण, जाति, संपत्ति की वजह से अहंकार बढ़ता है और कैसे इस पाखण्ड को नष्ट करना है, इसका वर्णन उन्होंने अपने अभंगों द्वारा किया

नैतिक मूल्यों की संपत्ति

है। गुरु कृपा से उन्हें ईश्वर दर्शन हुआ और उन्होंने अपना जीवन विश्व कल्याण के लिए समर्पित किया।

संसार में लोग जब अपने चरित्र की दौलत को पहचान नहीं पाते, जब जीवन के मूल्य नीचे गिरने लगते हैं तब ऐसे महान संत जन्म लेते हैं।

संत तुकाराम का जन्म शूद्र परिवार में हुआ। उन्होंने वैश्य जीवन जीया, जहाँ व्यापार होता है। उनकी बनिये की दुकान थी, जिसमें उन्होंने बनिये का काम किया। वे सत्य के रक्षक भी बने थे यानी क्षत्रिय भी बने और ब्राह्मण बनकर लोगों को ज्ञान भी दिया। चारों अवस्थाएँ एक ही शरीर में आयीं - शूद्र, वैश्य, क्षत्रिय और ब्राह्मण।

उनके माता-पिता सात्त्विक जीवन जीने वाले लोग थे। उनके घर में ही पांडुरंग का मंदिर बनाया हुआ था। बचपन से ही उन्हें वह माहौल मिला। शुरुआत से ही उनकी नींव मजबूत की जा रही थी। उनके पिता वारकरी सांप्रदाय के लिए पंढरपुर जाते थे तो बचपन से ही वे गुण उनके अंदर आ गए थे।

जिम्मेदारियों की शुरुआत

१२-१३ साल की उम्र में ही उन पर व्यापार की जिम्मेदारी डाल दी गई। उन्हें दुकान चलाने के लिए दी गई क्योंकि बड़ा भाई ज्यादा होशियार नहीं था और छोटे भाई को उस वक्त समझ नहीं थी। पैसा क्या है, धन क्या है, इसकी समझ उन्हें तब से ही आने लगी और सिर्फ इतना ही नहीं हुआ बल्कि उनकी दो शादियाँ हुईं, पहली शादी १३-१४ साल की उम्र में हुई और दूसरी शादी १५-१६ साल में करवायी गई। उनकी पहली पत्नी शांत स्वभाव की थी तो दूसरी पत्नी उनके लिए बहुत बड़ी निमित्त बनीं। उसने ईश्वर के मार्ग पर जाने के लिए उन्हें बहुत पकाया। उनकी दूसरी पत्नी द्वारा उन्हें बहुत तकलीफें हुईं। वह अमीर खानदान की और चिड़चिड़े स्वभाव की थी। तुकाराम व्यापार करते थे तो किसी गरीब को, किसी जरूरत मंद को पैसे देना उनके लिए बहुत सहज था। पति के इस व्यवहार से उनकी पत्नी रोती रहती और ताने मारती रहती कि 'कैसा निकम्मा पति मिला है!'

दुःखद घटनाओं की शुरुआत

जब तक उनके माता-पिता साथ में थे, वे सब सँभाल लेते थे। मगर १७ साल

नींव नाइन्टी

में उनके माता-पिता गुजर गए। बड़े भाई की भी शादी हो चुकी थी, उनकी पत्नी का देहांत हो गया। जिसके एक साल बाद उनके बड़े भाई घर छोड़कर चले गए। कुछ साल बड़े साहस के साथ उन्होंने काम किया क्योंकि सब मुसीबतें एक साथ आ चुकी थीं। माता-पिता के गुजरने के बाद एक बेटा, २ पत्नियाँ, छोटा भाई, दुकान, घर, बैल, कर्जदार, लेनदार, देनदार सभी को उन्हें सँभालना था। कुछ लोगों से कर्ज लिया हुआ था, कुछ लोगों को कर्ज दिया हुआ था। व्यापार के बही खाते सँभालने की जिम्मेदारी भी उन पर आ चुकी थी। जीवन की ऐसी घटनाओं में उन्होंने साहस के साथ कुछ साल निकाले मगर वहाँ पर जीवन का इम्तहान खतम नहीं हुआ।

गाँव में भयानक सूखा पड़ा। कई जानें गयीं, उनका सम्मान भी चला गया, व्यापार में दिवाला निकल गया। उनका व्यापार करने का जो तरीका था, उस वजह से जिन्हें कर्ज दिया था, उनसे ले नहीं पाते थे और जिनसे लिया था, वे आकर हमेशा पैसे की माँग करते, उन्हें परेशान करते थे। कोई भी इंसान उन्हें बहुत आसानी से ठगकर जाता था। फिर घर आकर पत्नी को बताते तो पत्नी उन्हें ताने देती, गालियाँ देती। उन्हें हजारों गालियाँ पड़ती रहीं, फिर भी वे मौन रहे।

संत तुकाराम ने अपने अभंगों में बताया है कि 'जैसे युद्ध में अपनी हार होते हुए देख योद्धा का ताव बढ़ता है, उसी तरह एक भक्त की मुसीबत के समय में श्रद्धा बढ़ती है।' आगे उन्होंने बताया कि 'जो विपत्तियों पर सवार हो जाए, न कि विपत्तियाँ उस पर सवार हो जाएं, वही सच्चा भक्त है।' जो दब जाए, वह कैसे भक्त बनेगा? यानी अपने आपको हम वैसे तैयार करें कि विपत्तियों के बावजूद भी हमारी नींव मजबूत रह पाए। परीक्षा में ईश्वर के प्रति निष्ठा कम न हो जाए।

उस वक्त की घटना में वे दिवालिया हो गए। सिर्फ दिवालिया ही नहीं हुए बल्कि उनके बैलों में से तीन बैल मर गए। शहर में अकाल और सूखा पड़ने के कारण उनकी पहली पत्नी और पहला बेटा भूख की वजह से गुजर गए। उनके पास इतना भी पैसा नहीं था कि वे उन्हें खिला पाते। उनके जीवन की यह सबसे दुःखद घटना थी।

समाज में उनका जो सम्मान था, जो भी साख थी, वह चली गई। परेशानियाँ तो पहले से ही थीं, साथ ही लुच्चे लोग उन्हें परेशान करते थे। मगर फिर भी तुकारामजी डटे रहे, काम करते रहे, जो भी उनसे बन पड़ता था, वे करते रहे। उनके

मन में किसी के लिए भी नफरत या घृणा के विचार नहीं थे। लोग चाहे कुछ भी कहें लेकिन उन्होंने कभी गलत व्यवहार नहीं किया।

जब भक्ति ऊपर उठने लगती है तब इंसान के जीवन में नया मोड़ आता है। तुकारामजी के जीवन में भी नया मोड़ आया। वे इंद्रायणी नदी के पीछे, बामनाथ पर्वत पर मनन करने के लिए चले जाते थे। दिनभर वे वहीं रहते थे। सुबह जाते थे तो रात को लौटते थे। कभी ऐसा भी हुआ कि कुछ दिन गायब ही हो गए। फिर उनकी पत्नी उन्हें ढूँढ़ने जाती थी। उन्हें जंगलों से, पर्वतों से ढूँढ़कर, मनाकर घर लेकर आती थी। बाद में गालियाँ भी देती थी।

संत तुकाराम ने अपने जीवन की छोटी उम्र में ही सब कुछ देख लिया। २३ साल में उन्हें स्वप्न में गुरु भी मिल गए, ज्ञान भी प्राप्त हुआ। ज्ञान प्राप्त करने के बाद उनकी सत्य अभिव्यक्ति अभंगों द्वारा होनी शुरू हुई, उनसे नित नये अभंग निकलने लगे। इससे कई लोग नाराज हुए। पंडित-पुरोहित, उस वक्त के लोग जो अपने आपको ज्ञानी समझ रहे थे, उन्हें बुरा लगने लगा। सभी तुकारामजी की शिकायत, गाँव के सर्वश्रेष्ठ भट्ट, शास्त्री से करने लगे। मगर तुकारामजी को यह बहुत स्पष्ट था कि उनके अंदर से विठ्ठल ही बोल रहे हैं। वे कहते, 'अगर विठ्ठल बोल रहे हैं तो मैं क्या करूँ?' उनका कहना था कि 'मेरे शरीर से जो अभंग निकले, अगर वे किसी वेद-शास्त्र से मिलते-जुलते हैं तो मैं क्या करूँ?' क्योंकि वे पढ़कर तो नहीं बता रहे थे। मगर यह बात साधारण इंसान कैसे समझेगा?

सेवा की शुरुआत

मुंबाजी नाम के एक ब्राह्मण उनके पड़ोस में ही रहने के लिए आये थे। वे हमेशा तुकारामजी से चिढ़ते थे पर उनका कीर्तन सुनने भी जाते थे। मुंबाजी पड़ोसी थे तो अड़ोस-पड़ोस में रहनेवालों को तकलीफ तो होती ही है। ऐसे लोगों को ज्ञान से ज्यादा सुविधा और सुरक्षा चाहिए होती है। अगर उन्हें कोई असुविधा हो गई तो वे तुकारामजी को बहुत गालियाँ देते थे कि 'तुम तो बड़े संत बनते हो, तुम्हारी गाय ने मेरे पौधे खा लिए।' एक बार तो वे इतने चिढ़ गए कि उन्होंने एक पेड़ की टहनी से संत तुकाराम को पीट दिया।

उनके जीवन की यह घटना हमें बताती है कि धीरज क्या होता है, सब्र क्या होता है और कैसे सामनेवाले से व्यवहार हो सकता है। शाम को कीर्तन में मुंबाजी

नींव नाइन्टी

नहीं आये क्योंकि उसी दिन यह घटना हुई थी। संत तुकाराम ने पूछा, 'मुंबाजी कहाँ हैं? वे क्यों नहीं आये?' बाद में वे उनके घर उन्हें देखने गए और उनसे कहा, 'तुम्हें तकलीफ हुई होगी, हाथों में पीड़ा हुई होगी, क्या उन्हें मैं दबा दूँ?' मुंबाजी को बहुत शरम आयी कि 'मैंने यह क्या किया?'

सामनेवाले की चेतना आप तभी बढ़ा पाएँगे जब आपमें सहन शक्ति होगी, धीरज होगा, मनन करने के लिए आप थोड़ा समय लेंगे, शून्य अनुभव पर जाएँगे, मौन से जवाब लाएँगे। वरना इंसान सोचता है कि 'सामने वाला यदि गलत है तो उसे सजा देने का मुझे अधिकार है।'

जब गाँव में यात्री आते और किसी के सिर पर बोझ होता तो तुकारामजी कहते कि 'चलो, कहाँ जा रहे हो, वहाँ तक मैं लेकर चलता हूँ।' इस तरह अलग-अलग तरह की सेवाएँ उनसे होती रहीं। कीर्तन में श्रवण करने वालों पर वे गर्मी के मौसम में पंखा झलते। ये सब करने में उन्हें कभी शरम नहीं आयी। कोई थका है तो गरम पानी की व्यवस्था, पाँव सेंकने की व्यवस्था, उनका खाना बनाने की व्यवस्था, अलग-अलग तरह की व्यवस्था वे किया करते थे। लोगों के रहने की व्यवस्था किसी धर्मशाला में या तो अपने घर में किया करते थे।

संत तुकाराम की सिखावनियों में मुख्य बात आती है 'सज्जनों का संग।' जब सज्जनों का संग होगा तब आपके पाँच अवगुण यानी परधन, परस्त्री, परनिंदा, परहिंसा और परमान कट जाएँगे। वे कहते हैं, 'छाँव को दूर से देखेंगे तो कुछ फायदा नहीं होगा, उसे महसूस करने के लिए वहाँ जाना होगा। आप वहाँ जाएँगे तो आपको ठंढक मिलेगी और ताप और संताप की सब परेशानियाँ दूर होंगी।' इसलिए कहा गया कि सज्जनों का संग हो। सज्जनों के संग से ही हम चरित्रवान बनेंगे।

उनकी शिक्षा है - अध्ययन, पठन और मनन। उन्होंने स्वयं उस वक्त जो भी पुस्तकें उपलब्ध थीं, वे पढ़ी थीं। वे जानते थे कि पठन से मनन होगा, मनन से सत्य की गहराई प्राप्त होगी, गहराई से क्रिया में बदलाहट आयेगी, क्रिया से वर्तमान बदल जाएगा, वर्तमान से सुनहरा भविष्य निर्माण होगा। सुनहरा भविष्य अपने और सभी के लिए खुशियाँ लेकर आयेगा। इसलिए अध्ययन, पठन और मनन का महत्व सदा रहेगा।

अपनी शिक्षाओं में उन्होंने भक्ति पर बात की है। हर इंसान के अंदर भक्ति

नैतिक मूल्यों की संपत्ति

जगे यानी उसे ईश्वर से प्रेम हो जाए। उन्होंने भक्ति में क्या हो सकता है, इस बात पर भी लोगों को समझ दी। भक्ति की शक्ति से ही उन्हें गुरु का तथा पांडुरंग का दर्शन हुआ था।

उन्होंने चित्त की शुद्धि को भी महत्व दिया है। चित्त की शुद्धि के बाद ही हमारा शरीर हमारे लिए काम करने लगेगा यानी हमारा शरीर हमारी अभिव्यक्ति में सहायक होगा, न कि बाधक बनेगा। विकारों से भरा हुआ शरीर हमें जीवनभर उलझाये रखेगा। मन के किसी न किसी विकार में हम सदा लिप्त रहेंगे, जिससे आत्मसाक्षात्कार होना असंभव हो जाएगा। तुकारामजी ने अच्छे गुणों पर ध्यान देने के लिए भी कहा है। वे कहते हैं, 'कस्तूरी पर ध्यान दो, कस्तूरी की शकल, सूरत पर मत जाओ। कस्तूरी का जो गुण है वह हमें लेना है।' इसका अर्थ ही हमें अपनी नींव की मजबूती पर ज्यादा ध्यान देना है, न कि अपने देह यानी टॉप टेन को सजाने में निरर्थक समय गँवाना है।

DAY
30

गुरु को हमारी नींव बनाने दें

गुरु के औजार पहचानें

आखिरी उपाय

इंसान की नींव नाइन्टी ओजस्वी बनाने के लिए उसके जीवन में गुरु बहुत महत्वपूर्ण भूमिका निभाते हैं। गुरु ही उसे निष्पक्ष मार्गदर्शन देने में समर्थ होते हैं। गुरु अपने शिष्य को उसके गुण-दोषों से अवगत कराते हैं ताकि शिष्य अपने गुणों को निखार सके और अपने दोषों का विसर्जन करके अपनी नींव नाइन्टी को तेजस्वी कर सके।

यहाँ पर गुरु को इलेक्ट्रिशियन की उपमा दी गई है। जिस तरह इलेक्ट्रिशियन सारे घर में रोशनी फैलाते हैं, उसी तरह गुरु अपने शिष्य के जीवन को ज्ञान के प्रकाश से आलोकित करते हैं।

आपके घर में अगर बिजली चली गई तो आप इलेक्ट्रिशियन को बुलाते हैं। जब बिजली थी और आपको दिखाई दे रहा था तब आपका जीवन सहज और आनंदित था मगर जब बिजली चली गई और दिखाई देना बंद हो गया तो आपकी सहजता नष्ट हो गई। इसी तरह एक समय ऐसा था जब

सभी लोगों को सत्य दिखाई दे रहा था, सत्य उनके जीवन में काम कर रहा था। अयोध्या में सदा रामराज्य था। आपका शरीर अयोध्या का प्रतीक है। अयोध्या यानी अ-युद्धा जहाँ युद्ध नहीं है। राम का वास अयोध्या में ही था मगर जब वे वनवास गए तो आनंद खो गया। आपका खोया हुआ आनंद (प्रकाश) वापस दिलाने के लिए गुरु आपके जीवन में आते हैं।

गुरु इलेक्ट्रिशियन की तरह आकर इंसान का मीटर, वायर और लूज कनेक्शन ठीक करते हैं। आप थोड़ी देर पहले लाईट चले जाने पर मातम मना रहे थे और अचानक जब प्रकाश आता है तो 'आहा!' ऐसा प्रभाव पड़ता है। आप कहते हैं, 'अच्छा हुआ हमने इलेक्ट्रिसिटी बोर्ड को फोन लगाये।'

जब आपके जीवन में गुरु आते हैं तब आपको अपने बारे में सच पता चलता है और साथ-ही-साथ आपके आस-पास के लोगों की मान्यताओं के बारे में भी जानकारी मिलती है। जब आप लोगों को अंधेरे (अज्ञान) में चलते हुए देखते हैं तब आपको खुद पर हुई कृपा की पहचान होती है। आपके मन में आता है कि काश बाकी लोग भी सत्य सुन पाएँ, काश वे भी रोशनी के लिए प्रयत्न कर पाएँ, तेज प्रकाश के लिए श्रवण कर पाएँ और उनके जीवन में भी इलेक्ट्रिशियन (गुरु) आये।

आपको पहले इलेक्ट्रिशियन इसलिए पसंद नहीं आयेगा क्योंकि उसके पास कटर, पक्कड़, हेड क्लीनर और स्क्रू-ड्राइवर जैसे तेज औजार होते हैं। कुछ नटबोल्ट जब ढीले हो जाते हैं तब लूज कनेक्शन हो जाता है। माया के गीलेपन से (सांसारिक बातों में उलझकर) जब नटबोल्ट (बुद्धि) को जंग लग जाती है तब इंसान सही निर्णय सोच नहीं पाता। इसलिए बुद्धि में तेज प्रकाश लाना और विवेक को जगाना जरूरी है। शिष्य की नींव नाइन्टी मजबूत बनाने के लिए, उसकी बुद्धि में लगी जंग निकालने के लिए, गुरु चार औजार इस्तेमाल करते हैं। ये मात्र समझाने के लिए उदाहरण हैं, इनके शाब्दिक अर्थ में न उलझकर असली सत्य पता करें।

१) क्लीनर – बुद्धि की जंग समाप्त होती है

इंसान को बुद्धि की जंग (रस्ट) निकालने के लिए और थोड़ा मनन करने के लिए कहा जाता है लेकिन उसे समझ में ही नहीं आता कि अपने जीवन पर क्या मनन करे? जीवन के किस पहलू पर वह प्रकाश डाले? धीरे-धीरे जब समझ के क्लीनर द्वारा उसकी बुद्धि की सफाई की जाती है तब बुद्धि और जीवन से सारी जंग समाप्त

हो जाती है।

२) कटर – लोगों की मान्यताएँ कटती हैं

जब शिष्य के जीवन में तेज प्रकाश आता है तब उसे पता चलता है कि कटर भी कितने काम की वस्तु थी। उस कटर से गुरु द्वारा पैटर्न, मान्यताओं जैसी अनुपयोगी बातें काट दी जाती हैं। कटर ज्यादा काम उन लोगों के लिए करता है, जो बहुत कट्टर होते हैं। वे कहते हैं, 'हम कट्टर हिंदू हैं, हम कट्टर मुसलमान हैं।' ये जो शब्द उनके दिमाग में बैठ गए हैं, उनका असली अर्थ वे भूल चुके हैं। लोगों ने 'कट्टर' इस शब्द का गलत अर्थ लगाया है। कट्टर यानी सख्त ऐसा वे समझते हैं। ऐसे लोग जीवन का कोई और पहलू देखना ही नहीं चाहते। जिस तरह जब कोल्हू के बैल की आँखों पर पट्टी बाँध दी जाती है तब वह गोल-गोल घूमता है और अपने आस-पास कुछ देखना ही नहीं चाहता। वह वहीं चक्कर लगाता रहता है। इस बात का उसे पता ही नहीं चलता कि वह आगे नहीं केवल गोल-गोल घूम रहा है। उसी तरह कट्टर इंसान भी अपनी बात पकड़कर बैठा रहता है। कट्टर इंसान अलग ढंग से सोचना ही नहीं चाहता। ऐसे इंसानों को गुरु के महावाक्यों की कटर की सबसे ज्यादा जरूरत होती है।

गुरु जब अज्ञान के कटिंग का काम, कटर का काम करेंगे तब आपको थोड़ी तकलीफ होगी। आपको जब भी गुरु के कुछ शब्द अखरें या बुरे लगें तब समझ जाएँ कि अब गुरु के कटर का इस्तेमाल हो रहा है।

३) पक्कड़ – अहंकार की गरदन पकड़ती है

जब शिष्य के अहंकार की गरदन पकड़ ली जाती है तब समझें कि पक्कड़ का इस्तेमाल हो रहा है। मन कह रहा है कि श्रवण के लिए न जाएँ मगर देखा गया कि आप श्रवण करने के लिए गुरु के सम्मुख पहुँच गए तो यह पक्कड़ अपना काम कर रही है। आप पर कसी माया की पकड़ को ढीला करने के लिए पक्कड़ का इस्तेमाल किया जाता है। जहर, जहर को मारता है। लोहा, लोहे को काटता है। आपको माया की पकड़ से छुड़ाने के लिए गुरु की पक्कड़ का इस्तेमाल होता है।

४) स्क्रू ड्राइवर – हमें यात्रा में आगे बढ़ाता है

फिर गुरु स्क्रू ड्राइवर से उसे आसानी से टाईट कर देते हैं। ड्राइवर आपकी सत्य

नैतिक मूल्यों की संपत्ति

की यात्रा आगे बढ़ाता है क्योंकि ज्ञान का प्रकाश होगा तभी आप आगे बढ़ सकते हैं। वरना आपकी कार मन के अमावस्या की रात को आगे नहीं बढ़ पाएगी। तेज प्रकाश (ज्ञान) जल रहा है तो दिखाई देगा कि कब, कहाँ, कौन सा निर्णय लेना है। दिन है तो हमें क्या करना है और रात है तो हमें क्या करना है और दोनों के बीच में मौन अंतराल है तो उसमें कैसे उपस्थित रहना है।

गुरु के वार, गुरुवार से न घबरायें। गुरु के वार, शब्दों और मौन के प्रहार, आपके केवल कल्याण के लिए होते हैं। इसलिए अपना कल्याण यानी अपना चरित्र गुरु कृपा से सँवार लें।

अपने गलत संस्कारों को नष्ट करने के लिए साधना का सहारा लें। गुरु द्वारा अपनी गीता अनुसार मनन और मौन साधना प्राप्त करें। इसी को सच्चा योग कहा गया है। योगसूत्रों में भी 'चित्तवृत्ति निरोध' को योग कहा गया है। चित्तशुद्धि का महत्व नींव नाइन्टी मजबूत करने के लिए है। पुराने गहरे संस्कारों की वजह से यह कार्य कठिन लगता है, जो निरंतर प्रयत्न की माँग करता है। लेकिन सही समझ और आत्मनिरीक्षण की क्षमता विकसित करने से यह कार्य सफल हो सकता है। नींव नाइन्टी, टॉप टेन, छिपे शून्य (सौनबेदसशून्य) को बलवान बनाने का आपका कार्य अब शुरू होता है। It is the best beginning project.

इस पुस्तक के पठन या सेल्फ शिविर करने के बाद आप अपने अभिप्राय (विचार सेवा) इस पते पर भेज सकते हैं:
Tejgyan Global Foundation,
Pimpri Colony Post office, P.O. Box 25,
Pune- 411017. Maharashtra (India).

संपूर्ण चरित्र का निर्माण नींव नाइन्टी प्लस टॉप टेन प्लस छिपे शून्य से हो सकता है। छिपा शून्य इंसान के अंदर छिपा ईश्वर है, जिसे अलग-अलग जाति, देश, धर्मों में अलग-अलग नाम दिए गए हैं। छिपे शून्य की सहायता से ही इंसान जीवन के सर्वोच्च शिखर पर पहुँचकर तृप्ति और संतुष्टि का एहसास कर सकता है।

तेजज्ञान ग्लोबल फाउण्डेशन
अभियोग
परिशिष्ट

सरश्री
अल्प परिचय

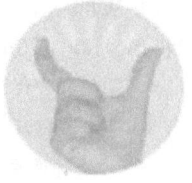

स्वीकार मंत्र मुद्रा

सरश्री की आध्यात्मिक खोज का सफर उनके बचपन से प्रारंभ हो गया था। इस खोज के दौरान उन्होंने अनेक प्रकार की पुस्तकों का अध्ययन किया। इसके साथ ही अपने आध्यात्मिक अनुसंधान के दौरान अनेक ध्यान पद्धतियों का अभ्यास किया। उनकी इसी खोज ने उन्हें कई वैचारिक और शैक्षणिक संस्थानों की ओर बढ़ाया। इसके बावजूद भी वे अंतिम सत्य से दूर रहे।

उन्होंने अपने तत्कालीन अध्यापन कार्य को भी विराम लगाया ताकि वे अपना अधिक से अधिक समय सत्य की खोज में लगा सकें। जीवन का रहस्य समझने के लिए उन्होंने एक लंबी अवधि तक मनन करते हुए अपनी खोज जारी रखी। जिसके अंत में उन्हें आत्मबोध प्राप्त हुआ। आत्मसाक्षात्कार के बाद उन्होंने जाना कि अध्यात्म का हर मार्ग जिस कड़ी से जुड़ा है वह है– समझ (अंडरस्टैण्डिंग)।

सरश्री कहते हैं कि 'सत्य के सभी मार्गों की शुरुआत अलग-अलग प्रकार से होती है लेकिन सभी के अंत में एक ही समझ प्राप्त होती है। 'समझ' ही सब कुछ है और यह 'समझ' अपने आपमें पूर्ण है। आध्यात्मिक ज्ञान प्राप्ति के लिए इस 'समझ' का श्रवण ही पर्याप्त है।'

सरश्री ने ढाई हज़ार से अधिक प्रवचन दिए हैं और सौ से अधिक पुस्तकों की रचना की हैं। ये पुस्तकें दस से अधिक भाषाओं में अनुवादित की जा चुकी हैं और प्रमुख प्रकाशकों द्वारा प्रकाशित की गई हैं, जैसे पेंगुइन बुक्स, हे हाऊस पब्लिशर्स, जैको बुक्स, हिंद पॉकेट बुक्स, मंजुल पब्लिशिंग हाऊस, प्रभात प्रकाशन, राजपाल ॲण्ड सन्स इत्यादि।

तेजज्ञान फाउण्डेशन का परिचय

तेजज्ञान फाउण्डेशन आत्मविकास से आत्मसाक्षात्कार प्राप्त करने का एक रास्ता है। इसके लिए सरश्री द्वारा एक अनूठी बोध पद्धति (System for Wisdom) का सृजन हुआ है। इस पद्धति को अन्तर्राष्ट्रीय मानक ISO 9001:2008 के आवश्यकताओं एवं निर्देशों के अनुरूप ढालकर सरल, व्यावहारिक एवं प्रभावी बनाया गया है।

इस संस्था की बोध पद्धति के विभिन्न पहलुओं (शिक्षण, निरीक्षण व गुणवत्ता) को स्वतंत्र गुणवत्ता परीक्षकों (Quality Auditors) द्वारा क्रमबद्ध तरीके से जाँचा गया। जिसके बाद इन पहलुओं को ISO 9001:2008 के अनुरूप पाकर, इस बोध पद्धति को प्रमाणित किया गया है।

फाउण्डेशन का लक्ष्य आपको नकारात्मक विचार से सकारात्मक विचार की ओर बढ़ाना है। सकारात्मक विचार से शुभ विचार यानी हॅपी थॉट्स (विधायक आनंदपूर्ण विचार) और शुभ विचार से निर्विचार की ओर बढ़ा जा सकता है। निर्विचार से ही आत्मसाक्षात्कार संभव है। शुभ विचार (Happy Thoughts) यानी यह विचार कि 'मैं हर विचार से मुक्त हो जाऊँ।' शुभ इच्छा यानी यह इच्छा कि 'मैं हर इच्छा से मुक्त हो जाऊँ।'

ज्ञान का अर्थ है सामान्य ज्ञान लेकिन तेजज्ञान यानी वह ज्ञान जो ज्ञान व अज्ञान के परे है। कई लोग सामान्य ज्ञान की जानकारी को ही ज्ञान समझ लेते हैं लेकिन असली ज्ञान और जानकारी में बहुत अंतर है। आज लोग सामान्य ज्ञान के जवाबों को ज्यादा महत्त्व देते हैं। उदाहरण के तौर पर– कर्म और भाग्य, योग और प्राणायाम, स्वर्ग और नर्क इत्यादि। आज के युग में सामान्य ज्ञान प्रदान करनेवाले लोग और शिक्षक कई मिल जाएँगे मगर इस ज्ञान को पाकर जीवन में कोई बड़ा परिवर्तन नहीं होता। यह ज्ञान या तो केवल बुद्धि विलास है या फिर अध्यात्म के नाम पर बुद्धि का व्यायाम है।

सभी समस्याओं का समाधान है तेजज्ञान। भय से मुक्ति, चिंतारहित व क्रोध से आज़ाद जीवन है तेजज्ञान। शारीरिक, मानसिक, सामाजिक, आर्थिक और आध्यात्मिक उन्नति के लिए है तेजज्ञान। तेजज्ञान आपके अंदर है, आएँ और इसे पाएँ।

यदि आप ऐसा ज्ञान चाहते हैं, जो सामान्य ज्ञान के परे हो, जो हर समस्या का समाधान हो, जो सभी मान्यताओं से आपको मुक्त करे, जो आपको ईश्वर का साक्षात्कार कराए, जो आपको सत्य पर स्थापित करे तो समय आ गया है तेजज्ञान को जानने का। समय आ गया है शब्दोंवाले सामान्य ज्ञान से उठकर तेजज्ञान का अनुभव करने का।

अब तक अध्यात्म के अनेक मार्ग बताए गए हैं। जैसे जप, तप, मंत्र, तंत्र, कर्म, भाग्य, ध्यान, ज्ञान, योग और भक्ति आदि। इन मार्गों के अंत में जो समझ, जो बोध प्राप्त होता है, वह एक ही है। सत्य के हर खोजी को अंत में एक ही समझ मिलती है और इस समझ को

सुनकर भी प्राप्त किया जा सकता है। उसी समझ को सुनना यानी तेजज्ञान प्राप्त करना है। तेजज्ञान के श्रवण से सत्य का साक्षात्कार होता है, ईश्वर का अनुभव होता है। यही तेजज्ञान सरश्री महाआसमानी शिविर में प्रदान करते हैं।

महाआसमानी महानिवासी शिविर

क्या आपको उच्चतम आनंद पाने की इच्छा है? ऐसा आनंद, जो किसी कारण पर निर्भर नहीं है, जिसमें समय के साथ केवल बढ़ोतरी ही होती है। क्या आप इसी जीवन में प्रेम, विश्वास, शांति, समृद्धि और परमसंतुष्टि पाना चाहते हैं? क्या आप शारीरिक, मानसिक, सामाजिक, आर्थिक और आध्यात्मिक इन सभी स्तरों पर सफलता हासिल करना चाहते हैं? क्या आप 'मैं कौन हूँ' इस सवाल का जवाब अनुभव से जानना चाहते हैं।

यदि आपके अंदर इन सवालों के जवाब जानने की और 'अंतिम सत्य' प्राप्त करने की प्यास जगी है तो तेजज्ञान फाउण्डेशन द्वारा आयोजित 'महाआसमानी शिविर' में आपका स्वागत है। यह शिविर पूर्णतः सरश्री की शिक्षाओं पर आधारित है। सरश्री आज के युग के आध्यात्मिक गुरु और 'तेजज्ञान फाउण्डेशन' के संस्थापक हैं, जो अत्यंत सरलता से आज की लोकभाषा में आध्यात्मिक समझ प्रदान करते हैं।

महाआसमानी शिविर का उद्देश्य :

इस शिविर का उद्देश्य है, 'विश्व का हर इंसान 'मैं कौन हूँ' इस सवाल का जवाब जानकर सर्वोच्च आनंद में स्थापित हो जाए।' उसे ऐसा ज्ञान मिले, जिससे वह हर पल वर्तमान में जीने की कला प्राप्त करे। भूतकाल का बोझ और भविष्य की चिंता इन दोनों से वह मुक्त हो जाए। हर इंसान के जीवन में स्थायी खुशी, सही समझ और समस्याओं को विलीन करने की कला आ जाए। मनुष्य जीवन का उद्देश्य पूर्ण हो।

'मैं कौन हूँ? मैं यहाँ क्यों हूँ? मोक्ष का अर्थ क्या है? क्या इसी जन्म में मोक्ष प्राप्ति संभव है?' यदि ये सवाल आपके अंदर हैं तो महाआसमानी शिविर इसका जवाब है।

महाआसमानी शिविर के मुख्य लाभ :

इस शिविर के लाभ तो अनगिनत हैं मगर कुछ मुख्य लाभ इस प्रकार हैं...

* जीवन में दमदार लक्ष्य प्राप्त होता है।
* 'मैं कौन हूँ' यह अनुभव से जानना (सेल्फ रियलाइजेशन) होता है।
* मन के सभी विकार विलीन होते हैं।
* भय, चिंता, क्रोध, बोरडम, मोह, तनाव जैसी कई नकारात्मक बातों से मुक्ति मिलती है।
* प्रेम, आनंद, मौन, समृद्धि, संतुष्टि, विश्वास जैसे कई दिव्य गुणों से युक्ति होती है।
* सीधा, सरल और शक्तिशाली जीवन प्राप्त होता है।
* हर समस्या का समाधान प्राप्त करने की कला मिलती है।

* 'हर पल वर्तमान में जीना' यह आपका स्वभाव बन जाता है।
* आपके अंदर छिपी सभी संभावनाएँ खुल जाती हैं।
* इसी जीवन में मोक्ष (मुक्ति) प्राप्त होता है।

महाआसमानी शिविर में भाग कैसे लें?

इस शिविर में भाग लेने के लिए आपको कुछ खास माँगें पूरी करनी होती हैं। जैसे -

१) आपकी उम्र कम से कम अठारह साल या उससे ऊपर होनी चाहिए।

२) आपको सत्य स्थापना शिविर (फाउण्डेशन ट्रुथ रिट्रीट) में भाग लेना होगा, जहाँ आप सीखेंगे- वर्तमान के हर पल को कैसे जीया जाए और निर्विचार दशा में कैसे प्रवेश पाएँ।

३) आपको कुछ प्राथमिक प्रवचनों में उपस्थित होना है, जहाँ आप बुनियादी समझ आत्मसात कर, महाआसमानी शिविर के लिए तैयार होते हैं।

यह शिविर साल में तीन या चार बार आयोजित होता है, जिसका लाभ हज़ारों खोजी उठाते हैं। इस शिविर की तैयारी आगे दिए गए स्थानों पर कराई जाती है। पुणे, मुंबई, दिल्ली, सांगली, सातारा, जलगाँव, अहमदाबाद, कोल्हापुर, नासिक, अहमदनगर, औरंगाबाद, सूरत, बरोडा, नागपुर, भोपाल, रायपुर, चेन्नई, वर्धा, अमरावती, चंद्रपुर, यवतमाल, रत्नागिरी, लातूर, बीड, नांदेड, परभणी, पनवेल, ठाणे, सोलापुर, पंढरपुर, अकोला, बुलढाणा, धुले, भुसावल, बैंगलोर, बेलगाम, धारवाड, भुवनेश्वर, कोलकत्ता, राँची, लखनऊ, कानपुर, चंदीगढ़, जयपुर, पणजी, म्हापसा, इंदौर, इटारसी, हरदा, विदिशा, बुरहानपुर।

आप महाआसमानी की तैयारी फाउण्डेशन में उपलब्ध सरश्री द्वारा रचित पुस्तकों, सी.डी. और कैसेटस् सुनकर कर सकते हैं। इसके अलावा आप टी.वी., रेडियो और यू ट्यूब पर सरश्री के प्रवचनों का लाभ भी ले सकते हैं मगर याद रहे, ये पुस्तकें, कैसेट, टी.वी., रेडियो और यू ट्यूब के प्रवचन शिविर का परिचय मात्र है, तेजज्ञान नहीं। आप महाआसमानी शिविर में भाग लेकर ही तेजज्ञान का आनंद ले सकते हैं। आगामी महाआसमानी शिविर में अपना स्थान आरक्षित करने के लिए संपर्क करें : **09921008060/75, 9011013208**

महाआसमानी शिविर स्थान

महाआसमानी महानिवासी शिविर 'मनन आश्रम' पर आयोजित किया जाता है। यह आश्रम पुणे शहर के बाहरी क्षेत्र में पहाड़ों और निसर्ग के असीम सौंदर्य के बीच बसा हुआ है। इस आश्रम में पुरुषों और महिलाओं के लिए अलग-अलग, कुल मिलाकर 700 से 800 लोगों के रहने की व्यवस्था है। यह आश्रम पुणे शहर से 17 किलो मीटर की दूरी पर है। हवाई अड्डा, हाइवे और रेल्वे से पुणे आसानी से आ-जा सकते हैं।

मनन आश्रम : मनन आश्रम, पुणे, सर्वे नं. ४३, सनस नगर, नांदोशी गाँव, किरकट वाडी फाटा, तहसील - हवेली, जिला : पुणे - ४११०२४. फोन : 09921008060

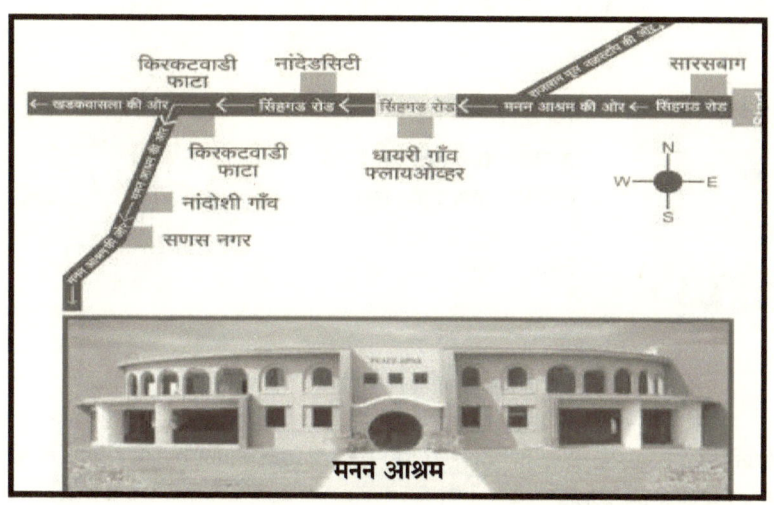

अब एक क्लिक पर ही शिविर का रजिस्ट्रेशन !

तेजज्ञान फाउण्डेशन की इन शिविरों के लिए
अब आप ऑनलाईन रजिस्ट्रेशन भी कर सकते हैं-

* महाआसमानी महानिवासी शिविर (पाँच दिवसीय निवासी शिविर)
* मैजिक ऑफ अवेकनिंग (केवल अंग्रेजी भाषा जाननेवालों के लिए तीन दिवसीय निवासी शिविर)
* मिनी महाआसमानी (निवासी) शिविर, युवाओं के लिए

रजिस्ट्रेशन के लिए आज ही लॉग इन करें

www.tejgyan.org

तेजज्ञान ग्लोबल फाउण्डेशन की श्रेष्ठ पुस्तकें

विचार नियम

आपकी कामयाबी का रहस्य

द पॉवर ऑफ हॅपी थॉट्स

Pages - 200
Price - 150/-

क्या हम सभी आंतरिक शांति को तलाश रहे हैं?

हम अपने जीवन में आंतरिक शांति और स्थायी पूर्णता की चाहत रखते हैं। साथ ही हमें बेशर्त प्रेम और आनंद की तलाश रहती है। परंतु यह संभव नहीं लगता क्योंकि रोज़मर्रा के जीवन में चुनौतियों में हम उलझकर रह जाते हैं।

क्या हम सभी सांसारिक सफलता पाने की चाहत रखते हैं?

हम सभी संपन्न जीवन का आनंद लेना चाहते हैं। एक ऐसा जीवन जहाँ रिश्तों में भरपूर ताल-मेल और अपनापन हो, आर्थिक स्वतंत्रता हो और उत्तम स्वास्थ्य हो।

हम सभी अपने काम में रचनात्मक और उत्पादक बनकर सर्वोत्तम परिणाम हासिल करने की चाह रखते हैं। लेकिन ये सब हासिल करने की कीमत हमें अपनी आंतरिक शांति खोकर चुकानी पड़ती है...

खुशखबर यह है कि अब हमें दोनों प्राप्त हो सकते हैं!

'विचार नियम' पुस्तक के ज़रिए -

- अपने आंतरिक और बाहरी जीवन में ताल-मेल बिठाएँ।
- अपनी इच्छानुसार शांत और स्थिर महसूस करें।
- विचारों के पार जाकर अपने 'असली अस्तित्व' को पहचानें, जो आपकी मूल अवस्था है।
- विचार नियमों को अपने जीवन में उतारें ताकि आप अपनी उच्चतम संभावना की ओर सहजता से आगे बढ़ पाएँ।
- मौनायाम की अवस्था में रहकर प्रेम, आनंद, करुणा, भरपूरता व रचनात्मकता जैसे गुणों को अपने अंदर से प्रकट होने का मौका दें।

आइए, बीस लाख से भी अधिक पाठकों के समूह में शामिल हो जाएँ, जिन्होंने विचारों के ७ शक्तिशाली नियमों तथा मत्रों द्वारा आंतरिक शांति और सफलता हासिल की है।

इमोशन्स पर जीत

दुःखद भावनाओं से मुलाकात कैसे करें
Total Pages - 176
Price - 135/-

अपनी भावनाओं को दुश्मन नहीं, दोस्त बनाने के लिए पढ़ें...

* दुःखद भावनाओं से मुक्ति का मार्ग
* क्या रोना अच्छा है या कमज़ोरी है
* असुरक्षा की भावना से मुक्ति कैसे मिले
* भावनाओं को मुक्त करने के चार योग्य तरीके
* भावनाओं से मुलाकात करने के चार उच्चतम तरीके
* भावनाओं को अभिव्यक्त करने के सच्चे तरीके

आपका इमोशनल कोशंट -EQ- कितना है?
क्या आपसे किसी ने उपरोक्त सवाल पूछा है?

आज लोग आय.क्यू. का महत्त्व तो समझते हैं परंतु इ.क्यू. (इमोशनल कोशंट) का महत्त्व उससे अधिक है, यह कम लोग जानते हैं।

भावनाओं से जूझ रहे इंसान के पास यदि 'इ.क्यू.' है तो वह जीवन की हर बाज़ी को पलट सकता है। परंतु यदि उसके पास इ.क्यू. नहीं है और केवल आय.क्यू. है तो उस कार्य को कर पाना उसके लिए मुश्किल हो सकता है। इसी लिए भावनात्मक परिपक्वता पाना महत्त्वपूर्ण है।

सिर्फ उम्र से बड़ा होना परिपक्वता नहीं है, भावनाओं से प्रभावित हुए बिना उनसे गुज़रकर, उनको सही रूप में देखने की कला सीखकर ही इंसान भावनात्मक रूप से परिपक्व बनता है। यही परिपक्वता आपको प्रदान करती है यह पुस्तक।

भावनाओं से मुक्ति पाने के दो ही तरीके इंसान ने सीखे हैं– एक है उन्हें निगलना और दूसरा है उगलना। जबकि भावनाओं को मुक्त करने के अनेक अचूक तरीके हैं, जो इस पुस्तक में आपको बताए गए हैं।

यह पुस्तक आपको भावनाओं के भँवर से निकालकर, प्रेम का टीका लगाएगी ताकि आपको कभी नकारात्मकता छू न पाए।

समग्र लोकव्यवहार
मित्रता और रिश्ते निभाने की कला

Total Pages - 184
Price - 150/-

लोक व्यवहार चुनने की आज़ादी आपके हाथ में

आश्चर्य की बात है कि इंसान अपना व्यवहार खुद चुनकर नहीं करता। उसका व्यवहार दूसरों के व्यवहार पर निर्भर होता है। जैसे 'उसने मेरे साथ गलत व्यवहार किया इसलिए मैंने भी उसे भला-बुरा कहा... उसने मुझसे टेढ़े तरीके से बात की इसलिए मैंने क्रोध किया...', ऐसी बातें तो अकसर आप सुनते व बोलते हैं। इसका अर्थ है कि सामनेवाला जैसा चाहे, वैसा व्यवहार हमसे निकलवा सकता है। यह दिखाता है कि हम बँधे हुए हैं। स्वयं को इस बंधन से मुक्त करने के लिए लोक व्यवहार की कला सीखें। इस पुस्तक से आप सीखेंगे –

* व्यवहार चुनने के लिए आज़ाद होने का मार्ग और उस पर चलने का राज़।
* उच्चतम व्यवहार कब-कैसे किया जाए।
* रिश्तों में सफलता हासिल करने के लिए लोक व्यवहार का सही तरीका।
* मित्रता और रिश्ते निभाने की कला
* चार तरह के व्यवहार का ज्ञान
* सही समय पर सही व्यवहार कैसे किया जाए
* समग्र व्यवहार सीखने की विधि
* दर्द और दुःख में योग्य व्यवहार करने की कला

यह पुस्तक आपको मित्रता और रिश्ते निभाने तथा समग्र लोक व्यवहार की कला सिखाएगी। यह पुस्तक समग्र जीवन की कूँजी है। इस कूँजी द्वारा आप लोक व्यवहार कुशलता के खज़ाने का ताला बड़ी कुशलता से खोल पाएँगे।

सुनहरा नियम

रिश्तों में नई सुगंध

Total Pages - 216

Price - 140/-

एक साथ मिल-जुलकर रहने और प्यार का दूसरा नाम है परिवार पर सच यह भी है कि दुनिया में ऐसा कोई कुटुंब नहीं, जहाँ पर कभी न कभी तकरार न होती हो। सवाल यह है कि परिवार में सभी सदस्य एक-दूसरे के शुभचिंतक होते हैं लेकिन फिर भी उनके बीच झगड़े क्यों होते हैं? हर कोई चाहता है कि परिवार में सुख-शांति हो, फिर भी ऐसा नहीं होता। आखिर इसका कारण क्या है? इसी विषय पर मनन और व्यावहारिक ज्ञान से गुंथी है सरश्री की नई पुस्तक 'सुनहरा नियम'।

तेजज्ञान ग्लोबल फाउंडेशन द्वारा अत्यंत सरल और सहज हिंदी में प्रकाशित यह पुस्तक परिवार को प्रेम, आनंद और मौन के धागे से बाँधने का सही रास्ता दिखाती है।

इस पुस्तक के तीस छोटे-छोटे अध्यायों में रोचक उदाहरणों, बेमिसाल उपमाओं और जहाँ आवश्यकता है वहाँ सवाल-जवाब के जरिए परिवार को एकजुट बनाए रखने की प्रैक्टिकल बातें बताई गई हैं। चाहे वह परिवार के सभी सदस्यों को समान प्लेटफॉर्म देने की बात हो या बाहरी लोगों के उकसावे से बचाने की, क्षमा का महत्त्व हो या प्रायश्चित का रहस्य, यह पुस्तक आपको एक बार फिर से सरश्री की अनूठी समझ का कायल बना देती है।

असंभव कैसे करें संभव

हातिम से सीखें साहस और निःस्वार्थ जीवन का राज़

Total Pages - 176

Price - 100/-

हातिम के किस्से विश्व प्रसिद्ध हैं जो आपको रहस्य, रोमांच और साहस की तिलस्मी दुनिया में ले जाते हैं। लेकिन इस बार यह साहस आपको दिखाना है और सात नहीं बल्कि चौदह सवालों के जवाब खोजने हैं पर एक अलग ढंग से। यह खोज जंगलों में, पर्वतों पर, रेगिस्तानों में नहीं बल्कि स्वयं के भीतर ही डुबकी लगाकर करनी है।

इस खोज में यह पुस्तक आपकी मार्गदर्शक बनेगी। जो पहले आपको सवाल देगी, फिर आपसे उनके जवाबों की खोज करवाएगी। ये जवाब आपको सिखाएँगे-

१. असंभव कैसे बने संभव? वहम, तथ्य, सत्य और परमसत्य का रहस्य क्या है?
२. कुदरत से कैसा ताल-मेल बनाएँ ताकि लक्ष्य सहजता से प्राप्त हो?
३. दुःख से बाहर आने की कला क्या है, आनंदित अवस्था कैसे पाएँ?
४. निःस्वार्थ जीवन की शक्ति क्या है, इसे अपनाना क्यों ज़रूरी है?
५. कर्म विज्ञान क्या है, कर्म बंधनों से मुक्ति कैसे पाएँ?
६. प्रेम, आनंद, शांति, संपन्नता, स्वास्थ्य, मधुर रिश्तोंभरा जीवन कैसे पाएँ?
७. मृत्यु और जीवन का रहस्य क्या है? मुक्ति क्या है, इसे कैसे प्राप्त करें?

तो चलिए हातिम बनकर सात-सात वचनों के साथ आंतरिक खोज का शुभारंभ करें और वह सब कुछ प्राप्त करें, जिसे पाने के लिए आप पृथ्वी पर आए हैं।

असफलता का मुकाबला

काबिलीयत रहस्य

Total Pages - 184

Price - 100/-

- 'क्या आपको कभी असफलता फली है?'
१. जी हाँ, सफलता ही असफलता का फलित रूप है लेकिन इंसान इसे तब तक मानने से इंकार करता है, जब तक सफलता न मिले।
- 'क्या पैसा, पद, शोहरत प्राप्त न कर पाना ही असफलता है?'
२. पैसा, पद, शोहरत हासिल न कर पाना असफलता नहीं है बल्कि अपना हौसला खो देना असफलता है।
- 'क्या यह संभव है कि असफलता ही सफलता की राह का बल बन जाए?'
३. असफलता ही सफलता की राह का बल बन सकती है। इतिहास ऐसे उदाहरणों से भरा है, जब असफलता पाकर इंसान और भी अधिक संकल्पबद्ध होकर कामयाब हुआ है।
- 'क्या असफलता में भी कोई खूबी छिपी होती है?'
४. असफलता की खूबसूरती कुछ यूँ है कि उसमें इंसान की सारी गलतियाँ भस्म हो जाती हैं और वह अपने भीतर धीरज, विश्वास और काबिलीयत का संवर्धन कर, असफलता से मुकाबला करने के लिए स्वयं को तैयार कर पाता है।
- 'क्या निराशा और असफलता, अंतिम सफलता के आधार स्तम्भ हैं?'
५. अंतिम सफलता तक पहुँचने के लिए निराशा का धक्का वरदान है।
असफलता से मुकाबला करने का हौसला है यह पुस्तक... जिसे पढ़कर आपके भीतर असफलता का एक नया अर्थ जन्म लेगा। तब राही मायने में असफलता फलित होकर सफलता के शिखर को छू पाएगी। जहाँ सफलता-असफलता विरोधी न होकर, एक दूसरे के पूरक होंगे।

समय नियोजन के नियम

समय संभालो, सब संभलेगा
Pages - 192
Price - 150/-

'मेरे पास टाइम नहीं है' का इलाज

अपनी जिंदगी का एक दिन बेचकर रोज़ आप क्या खरीदते हैं- क्या आपने यह कभी सोचा है? ऐसे कई प्रश्न हैं जिन पर हम मनन नहीं करते और 'मेरे पास समय नहीं है' का बहाना बनाते हैं। ऐसे कुछ प्रश्नों और उनके हल को आपके सामने लाएगी यह पुस्तक।

समय नियोजन की प्रभावशाली व प्रयोगशील (प्रैक्टिकल) तकनीकों को यह समय सारणी आपके सामने लाएगी। समय नियोजन की कुछ तकनीकें हमने सुनी होंगी परंतु सारी तकनीकें और उनका इस्तेमाल रोज़मर्रा के जीवन में कैसे करना है, यह सिखाना, इस प्रयास की विशेषता है। तो आइए इस पुस्तक के कुछ महत्वपूर्ण बिंदुओं पर एक नज़र डालते हैं:

* प्राथमिकता, समय सीमा और ८०/२० नियम द्वारा समय नियोजन करने का तरीका
* समय के अमीर बनने का तरीका
* कार्य सौंपकर समय बचाने का तरीका
* टाइम किलर्स को किल करने का तरीका
* कार्यों के मानसिक बोझ से मुक्ति पाने का तरीका
* 'ना' कहकर समय बचाने का तरीका
* ऊर्जा बढ़ाकर, समय की बचत करने का तरीका
* कम समय में कार्य पूरे करने का तरीका

आइए इन बिंदुओं पर विस्तार से ज्ञान प्राप्त करके, समय को संभालना सीखें क्योंकि समय संभलेगा तो सब संभलेगा।

अवचेतन मन की शक्ति के पीछे आत्मबल

मन का प्रशिक्षण और पाँच शक्तियाँ

Pages - 160
Price - 100/-

अवचेतन मन किसी अजूबे से कम नहीं। उसे सही प्रशिक्षण दिया जाए तो वह आपके जीवन में अनोखे चमत्कार कर सकता है। पर क्या आप जानते हैं कि मानव जन्म का लक्ष्य क्या है? यदि नहीं तो आपको इस पुस्तक की ज़रूरत है। यह पुस्तक अवचेतन मन की शक्तियों के साथ-साथ आपकी आगे की संभावनाओं पर भी रोशनी डालती है। इस पुस्तक में आप पढ़ेंगे –

* अवचेतन मन को प्रशिक्षित क्यों और कैसे किया जाए?
* इस मन के पार कौन सी ५ शक्तियाँ हैं जो आत्मबल प्रदान करती हैं?
* अपने इमोशन्स को कैसे सँभाला जाए?
* अपनी ऊर्जा को एकत्रित क्यों और कैसे किया जाए?
* आत्मबल से पहाड़ जैसे लक्ष्य को कैसे हासिल किया जाए?
* आपकी सही उपस्थिति चमत्कार कैसे करे?
* फल के प्रति उदासीन रहने के क्या फायदे हैं?
* सहनशीलता, धैर्य और अनुशासन जैसे गुण स्वयं में कैसे लाएँ?
* अवचेतन मन की ७ शक्तियों का सार क्या है?

विकास नियम

आत्मविकास द्वारा संतुष्टि पाने का राज़
Total Pages - 176
Price - 100/-

विकास नियम हमारे चारों ओर काम कर रहा है। फिर चाहे वह शरीर का विकास हो, बुद्धि का विकास हो, शहर या देश का विकास हो। यह नियम तो एक बुनियादी नियम है; यह पूर्णता की चाहत है। आइए, इस पुस्तक द्वारा विकास नियम को अपना आदर्श बना दें और विकास की नई ऊँचाइयों को छू लें।

विकास नियम हर इंसान और वस्तु में छिपी संभावनाओं को प्रकट करने का नियम है। यह आपकी संपूर्ण संतुष्टि की चाहत को पूरा करता है। इस नियम के जरिए जान लें जो अब आपके सामने है।

✵ विकास नियम का महा मंत्र क्या है? ✵ विकास की शुरुआत कैसे और कहाँ से करें? ✵ विकास का विकल्प कैसे चुनें? ✵ विकास पर सदा अपनी नजर कैसे टिकाए रखें? ✵ आत्मविकास के स्वामी कैसे बनें? ✵ इंसान की अंतिम विकास अवस्था क्या है? ✵ स्वयं को और अपने मन की जमाई सोच को कैसे जानें?

पुस्तकें प्राप्त करने के लिए नीचे दिए गए पते पर मनीऑर्डर द्वारा पुस्तक का मूल्य भेज सकते हैं। पुस्तकें रजिस्टर्ड, कुरियर अथवा वी.पी.पी. द्वारा भेजी जाती हैं। पुस्तकों के लिए नीचे दिए गए पते पर संपर्क करें।

WOW Publishings Pvt. Ltd.

✵ रजिस्टर्ड ऑफिस – इ- ४, वैभव नगर, तपोवन मंदिर के नज़दीक, पिंपरी, पुणे – ४११०१७

✵ पोस्ट बॉक्स नं. ३६, पिंपरी कॉलोनी पोस्ट ऑफिस, पिंपरी, पुणे – ४११०१७   फोन नं.: 09011013210 / 9623457873

आप ऑन–लाइन शॉपिंग द्वारा भी पुस्तकों का ऑर्डर दे सकते हैं।
लॉग इन करें – www.gethappythoughts.org
300 रुपयों से अधिक पुस्तकें मँगवाने पर डाक–व्यय के साथ १०% की छूट।

बेस्ट सेलर पुस्तक 'विचार नियम' श्रृंखला के रचनाकार सरश्री द्वारा सत्य संदेश का लाभ लें

संस्कार चैनल

सोमवार से शनिवार शाम 6:30 से 6:50

और रविवार शाम 8:10 से 8:30

www.youtube.com/tejgyan

पर भी सरश्री के प्रवचनों का लाभ ले सकते हैं।

For online shopping visit us - www.tejgyan.org
www.gethappythoughts.org

हर मंगलवार, शुक्रवार, शनिवार, रविवार सुबह ९.१५ रेडियो विविध भारती,

एफ. एम. पुणे पर 'तेजविकास मंत्र'

हर शनिवार सुबह ८.५५ रेडियो एम. डब्ल्यू. पुणे,

तेजज्ञान इनर पीस ॲण्ड ब्यूटी कार्यक्रम

नोट : उपरोक्त कार्यक्रमों के समय बदल सकते हैं इसलिए समय पुष्टि करें।

तेजज्ञान इंटरनेट रेडियो

२४ घंटे और ३६५ दिन सरश्री के प्रवचन और भजनों का लाभ लें,

तेजज्ञान इंटरनेट रेडियो द्वारा। देखें लिंक

http://www.tejgyan.org/internetradio.aspx

तेजज्ञान फाउण्डेशन – मुख्य शाखाएँ
पुणे (रजिस्टर्ड ऑफिस)
विक्रांत कॉम्प्लेक्स, तपोवन मंदिर के नज़दीक,
पिंपरी, पुणे-४११ ०१७.
फोन : 020-27411240, 27412576

मनन आश्रम
सर्वे नं. ४३, सनस नगर, नांदोशी गाँव,
किरकटवाडी फाटा, तहसील – हवेली,
जिला- पुणे – ४११ ०२४. फोन : 09921008060

e-books
•The Source •Complete Meditation •Ultimate Purpose of Success
•Enlightenment •Inner Magic •Celebrating Relationships
•Essence of Devotion •Master of Siddhartha
•Self Encounter, and many more.
Also available in Hindi at www.gethappythoughts.org

Free apps
U R Meditation & Tejgyan Internet Radio on all platforms like
Android, iPhone, iPad and Amazon

e-magazines
'Yogya Aarogya' & 'Drushtilakshya'
emagazines available on www.magzter.com

e-mail
mail@tejgyan.com

website
www.tejgyan.org, www.gethappythoughts.org

– नम्र निवेदन –
विश्व शांति के लिए लाखों लोग प्रतिदिन
सुबह और रात ९ बजकर ९ मिनट पर प्रार्थना करते हैं।
कृपया आप भी इसमें शामिल हो जाएँ।

www.ingramcontent.com/pod-product-compliance
Lightning Source LLC
LaVergne TN
LVHW041710070526
838199LV00045B/1290

* 9 7 8 9 3 8 0 5 8 2 2 9 0 *